本书获国家艺术基金资助
本书获安徽省青年人才基金项目资助

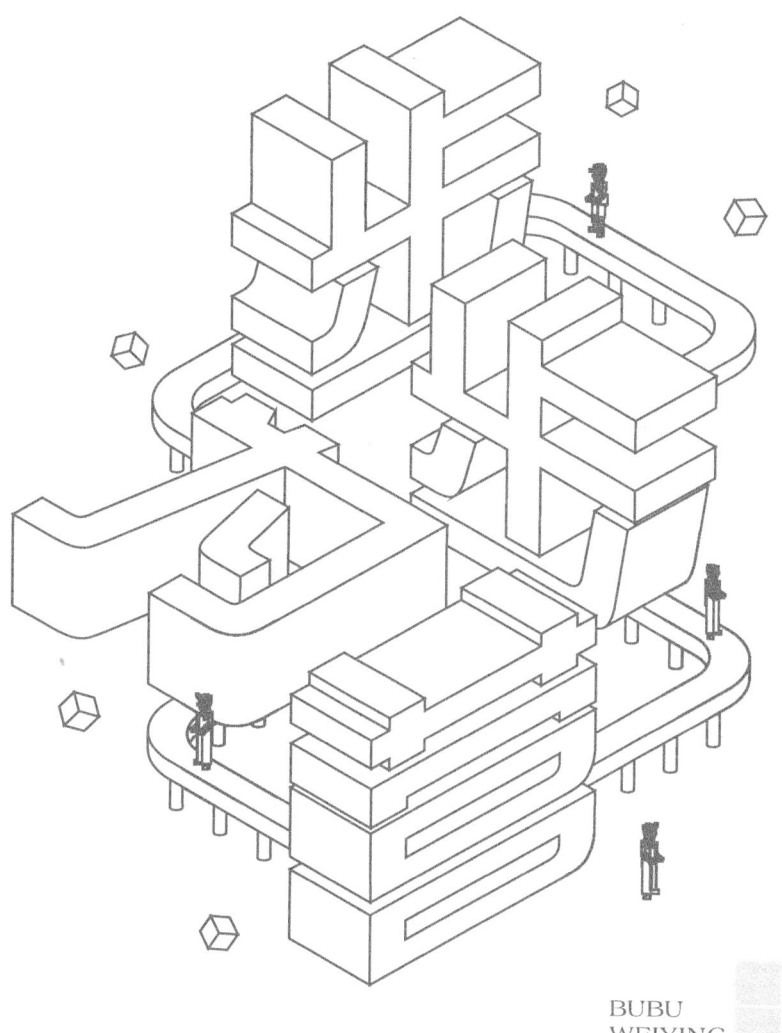

BUBU WEIYING
CONG CHUANGYI DAO JUBEN

从创意到剧本

冯传胜 ◎著

中国戏剧出版社

图书在版编目（CIP）数据

步步为营：从创意到剧本 / 冯传胜著 . —北京：
中国戏剧出版社，2020.8
ISBN 978-7-104-04983-8

Ⅰ.①步… Ⅱ.①冯… Ⅲ.①编剧—教材 Ⅳ.
① I053

中国版本图书馆 CIP 数据核字 (2020) 第 136313 号

步步为营——从创意到剧本

责任编辑： 黄艳华
责任印制： 冯志强

出版发行：	中国戏剧出版社
出 版 人：	樊国宾
社　　址：	北京市西城区天宁寺前街 2 号国家音乐产业基地 L 座
网　　址：	www.theatrebook.cn
电　　话：	010-63381560（发行部） 010-63385980（总编室）
传　　真：	010-63383910（发行部）

读者服务：010-63387810
邮购地址：北京市西城区天宁寺前街 2 号国家音乐产业基地 L 座 (100055)

印　　刷：	北京九州迅驰传媒文化有限公司
开　　本：	787mm×1092mm　1/16
印　　张：	19.875
字　　数：	270千
版　　次：	2020年8月　北京第1版第1次印刷
书　　号：	ISBN 978-7-104-04983-8
定　　价：	120.00元

版权所有，违者必究；如有质量问题，请与出版社联系。

跨界·奔腾·超越
（序）

吴 戈

冯传胜的教材《步步为营——从创意到剧本》即将付梓，请我作序，作为他走向戏剧文化的导游者与引路人，我自然责无旁贷，欣然命笔。

冯传胜是我 12 年前的研究生。报考云南艺术学院戏剧学院，面试的时候我问他了一些问题。首先是，一个安徽科技学院园林专业背景的学生，基于何种考虑、因为什么机缘想到跨界转行来学戏剧历史与理论专业？他的回答是，看过校园演出，也参加过校园文化的类似活动，所以对戏剧研究有兴趣。再追问一下，他其实对戏剧文化涉足不深，戏剧知识积累不厚，甚至，身为安徽人，连黄梅戏也没有看过几出，考试有些准备，应答还清楚，所透出的学习渴望也是有的。对他的戏剧知识基础薄弱、文史素养准备不足的"先天状况"，我明确表达了对他完成学业的担心，明确探寻一种可能性：如果被录取，他的未来学习处境可能会持续地处于需要"恶补"的窘迫境况当中，会压力不断、挑战不断、筋疲力尽的消耗战不断……他开始紧张，承诺会竭尽全力去"追赶"差距。但是走出考场，显然有点沮丧，觉得肯定与云南艺术学院无缘了。

但是我给他了兑现自己努力学习承诺的机会。

后来的事实证明，他一直在为自己面试那一天的承诺而努力，而且卓有成效。

因为他面试的时候说到自己积极参加过校园文化活动，而且有演剧活动。进校后的第一学年，我有意识地布置他在专业核心课程的学习之余，专注地梳理研究一下中国校园戏剧的发展和现状，结合我的授课内容，要求他做一份详尽的中国校园戏剧社团的历史和现状调查，立足当代。我的希望是，因势利导，一是从他原有的兴趣点与基础出发延伸学习，二是让他从校园戏剧活动的业余性经验过渡到戏剧文化的专门历史与专业知识，这可能是适合于他这样的基础与准备的学生的学习起点。他做了，也申请了教育厅的研究生课题，后来的成果在反复修改的基础上，浓缩成为一篇论文，发表在2011年《云南艺术学院学报》的第一期上，那算是他的第一篇像样的论文。

根据他的情况，毕业论文做什么，也颇费斟酌。如果继续做中国校园戏剧，由于文史知识的准备还不到时机，让他深入下去，提炼观点，都会困难重重。后来为他选定一个剧作家研究的题目——《喻荣军剧作论》。我希望从一个活跃的当代剧作家入手，由点到面，敦促他了解中国话剧创作的现状，省思一些问题，总结一些经验，学习一些方法。联系好了喻荣军，让家在安徽的冯传胜写论文期间好好做一下同为安徽人的喻荣军的访谈、交流，甚至作为实习在上海话剧艺术中心跟排密集上演的喻荣军的剧目，获得新鲜的感受与直观的经验积累，扎扎实实地写好论文。论文初稿出来后，也要与剧作家喻荣军有充分地沟通交流请教斟酌，做一个剧本的解读者，有条件一定应该做一个体察艺术创造者甘苦的"贴心人"，至少是一个创作心路的"知情者"。

但是，作为研究生导师，我很诧异，不知为何，冯传胜写论文期间根本没有按照这样的思路和安排去做，支支吾吾，含含糊糊，临到答辩，他才言明，他既没有去接洽喻荣军，也没有去上海话剧艺术中心看排练，满足于一种书斋阅读、文本想象和远观遐想。后来与喻荣军聊天说起这个学生的毕业论文，喻荣军说一直没有见到，尽管早先听我说起要有学生去采访他、观看他的剧目排演，专门的研究者，尤其是很年轻的研究者对他的剧目眼光与剧作的判断究竟如何，很感兴趣也很是期待，但是，我和喻荣军的期待都被打了折扣。

受到批评的冯传胜，知道我对他的毕业论文不满意。但是，惝惝一阵子也就过了，他很快投入到就业的焦虑与从业的兴奋之中。辗转周折了一阵子后，终于在安徽艺术学院落下脚来，从事专门研究和专业教学了，而且成为安徽艺术学院办学的见证者之一：从安徽大学艺术与传媒学院到独立设置的本科建制的安徽艺术学院，他经历了发展的基本过程，算得上一个年轻的"元老"了。

如今的冯传胜，取得了不少成绩：获得"安徽省优秀教师""安徽省省级教坛新秀"称号，获得省级教学成果奖一项，两次主持国家艺术基金项目。他是安徽省有一定影响的青年编剧，所编剧的作品获教育部、安徽省纪委、省监察委、省委组织部、宣传部、教育厅、文旅厅、共青团省委、省新闻出版局、省法宣办、网宣办、省学联等单位的各类比赛奖项 30 余项，其中一些剧目在省内外多家高校展映、巡演。

我为他感到由衷的高兴。他早年的校园戏剧活动经验、后来的校园戏剧研究在从事高校艺术教育的职业生涯中，从潜在的兴趣"兴奋点"变成了从业的现实"聚焦点"，实现了从业余兴趣活动向专门职场生涯的漂亮转型，而且，做得风生水起，自信心倍增。

这是应该向他表示祝贺的。

如果说，从"园林设计"专业转向"戏剧文化"研究，是他的第一次跨界转行的话；那么，从一个教文化素养课的教员转向戏剧专业教师，是他的职业从副科辅课的美育文化走向戏剧专业专门教学、创作、研究的"入行"的开始。前后有联系，彼此不相同，一般性的美育教育、校园文化营造与专门化的人才培养，本质立场和目标设定都不一样。冯传胜也许意识到了这一点。一个校园戏剧的组织者、倡导者，要变成戏剧专门知识的讲授者、实践能力的培养者，自己当然就需要更高的自我要求。他的自我要求，体现在教材的编写中。

安徽艺术学院在教育部的批件中给予的办学定位，是地方技术实用型本科院校。冯传胜编写教材的时候，显然紧紧抓住了办学的人才培养定位。他的这本教材，就是教给学生在文化产业蓬勃发展、戏剧文化生态窘迫的状况下如何写剧本、如何有创意、如何把创意变为一个可以在当下文化环境中成活的"作品"的一些基本技巧和基础方法。他直接套用了外国翻译的编剧方法的书籍名称"步步为营"，也是煞费苦心的。因为，既然要教给学生一些剧作创造的技巧方法，就不去奢谈美学，不去高论"工程"，老老实实，一步一个脚印，点点滴滴地培养从创意萌生到剧本实现的能力。我倒觉得，"步步为营"比较具体实在。对于他所供职的艺术院校的办学定位而言，学"杀猪宰羊之技"，可能比研究"屠龙烹凤之术"来得实际、来得具体、来得要紧。大概是看到了这一特点，这本书获得了同时获得了国家艺术基金和安徽省青年人才基金的资助。

与现在出版的不少教材不同，就是冯传胜的书写，立足于自己的创作心得，立足于他对创意的理解，立足于他的创意着眼点在于"情感关系"，用创作价值学的思考，去分析创意的"动人之处"在于"情感"，动人、感人、化人的编剧立足点就在于时下网络语言总结的所谓"泪点""痛点""笑点""尿点"的分析判断当中。抓牢"情感"，引入"情怀"，就不是一般的鸡毛蒜皮、蜚短流长的那些琐屑情感了，这是冯传胜教学生创意和创作的立足点，可以点赞。冯传胜的教材编写，全身心地投入了自己，以自己的创作为例，去印证他在第三章所提出的创作"切入点"——情感关系与情怀价值。现身说法，又说又练，这就高出了那种自己不谙水性但是喋喋不休地教人游泳、指导泳技的"大家"许多。

冯传胜有他的长处，也有自己的短板，那就是成果还有一定程度的局限性。应该有更多更好更经得起时间检验的经验积累和更多的创意名家、编剧翘楚的研究解读为基础。因为，艺术家创造的经验可以借鉴，但是难于复制。要更多地让学生看到更广阔的风景园林，而不仅仅是自己营造创设的一片园林风景，要让学生们在见多识广的经验中提高自己的鉴赏能力与审美判断。

其实，冯传胜在他这个年纪，通过自己持续的努力生活也因此变得很精彩了。他是有希望的"后浪"。从专业背景的跨界"转行"，到从业的辅业走向专业的延伸"入行"，他毫不停歇地一路奔腾至今，已经获得了可喜的成绩。但是，作为导师，我在赞赏鼓励之余，希望他有更好的发展，希望他能够持续地以超越自己为努力目标。每一次进步，都应该成为一次再努力地新起点。从"园林"专业转向戏剧舞台研究，他一步一步把自己变成了他的学校里校园文化和创意写作学习者眼中的一片"园林"，那么，这片"园林"的风景，如何铺展得更加大气磅礴、美不胜收呢？我相信，这是比从前更加诚笃潜心于教学、创作、研究的冯传胜的努力目标。

是为序。

2020 年 5 月 24 日星期日于昆明果林湖畔

吴戈，吴卫民教授的笔名，曾任云南艺术学院院长。

目 录

跨界·奔腾·超越（序）/ 吴戈 / 001

前　言 / 009

第一章　运营创意 / 001

　　第一节　创意的来源 / 004

　　第二节　创意的方法 / 039

第二章　经营情感 / 057

　　第一节　亲情 / 058

　　第二节　爱情 / 067

　　第三节　友情 / 078

　　第四节　师生情 / 084

　　第五节　爱国（集体）情怀 / 087

　　第六节　人与动物之间的情感 / 089

第三章　矛盾营造 / 093

　　第一节　矛盾的种类 / 095

　　第二节　矛盾的进程 / 101

第四章　原创作品解读 / 107

第一节　微电影《贷·价》/ 108

第二节　微电影《烛摇红》/ 126

第三节　广播剧《给你一个家》/ 140

第四节　话剧《归》/ 164

第五节　话剧《赵庄姬》/ 185

第六节　话剧《给我一个家》/ 202

第七节　儿童剧《输给怪兽的爸爸》/ 228

第八节　儿童剧《包公审石头》/ 245

第九节　小品《骗你好商量》/ 253

第十节　黄梅戏《你是我的眼》/ 260

第十一节　民族舞剧《梁红玉》/ 277

第十二节　肢体剧《高考1977之命运火车》/ 287

附录一　书中列举的作品 / 293

附录二　主要参考文献 / 302

后　记 / 303

前　言

本书分为两个部分，第一章到第三章是通过200余部电影、电视剧、戏剧和小说等作品来举例论证故事中创意、情感和矛盾的写作方法，是笔者从事表演专业编剧课程教学的经验总结。这些影视剧作品基本能从互联网观看。

第四章为笔者及团队前期作品的剧本原文和创作感悟。通过对这些作品的分析，能够看到每部作品的创作思路和得失之处，从而为读者的故事或剧本创作提供一些借鉴。为尊重历史，作品基本按当时排演时的状态呈现，未按今天的审美修改。

本书既可以作为表演、导演等专业本专科学生的编剧入门书，也可以作为艺术高考（广播电视编导、戏剧影视文学、戏剧学、电影学等专业）故事写作的培训教材。

诚然，由于笔者自身的知识储备有限，书中难免谬误之处，还请诸位专家同行不吝赐教。

灵光乍现？立刻要写一个剧本？

下笔千言，离"题"万里？

怎么回事？

学习编剧课之初就想写剧本？太急啦！

理想很丰满，现实很骨感。

要先写好一个故事，再根据故事的题材、内容确定剧的种类，比如话剧、广播剧、舞剧、肢体剧或者微电影。

好故事有很多标准。

本书强调十二个字，即创意新颖、真情实感、矛盾突出。

如果把一篇故事比喻成一个人的话，那么：

创意就是人的特点，无论是外形的、性格的、气质的、着装的、声音等，他一定与别人不一样，能勾起你的"注意力"。

矛盾就是人的骨架，矛盾冲突越激烈，这个人的骨骼就越健壮，越能"顶天立地"。

情感是灵魂，能让观众"情深深，泪濛濛"。

第一章 运营创意

创意是创造性的想法。这种想法必须要有一定的区分度和可看性。如果把故事比作一个商品的话,那么创意就是它最值钱的部分了。

在这一点上,电视广告给了我们很好的启示。引一些经典的广告词供赏,并点评它们创意的出发点。

特仑苏——不是所有牛奶都叫特仑苏。
点评:定位高端,强调品位。

特步——非一般的感觉。
点评:"非"同"飞",强调舒适和与众不同。

农夫山泉——我们不生产水,我们只是大自然的搬运工。
点评:强调水质的卓越,以"搬运工"的低姿态获得顾客的信赖。

格力——好空调,格力造。
点评:把商品品种与品牌高度关联,使顾客购买空调时顺口想到格力品牌。

小米——小米，为发烧而生。

点评：突出小米用户的"粉丝"属性。

德芙——德芙，纵享丝滑。

点评：把巧克力的口感与"丝绸"的触感巧妙结合。

香飘飘奶茶—— 一年卖出三亿多杯，能环绕地球一圈。

点评：让顾客形象地了解到奶茶的销量，为自己的"买单"增添信心。

聚美优品——我是陈欧，我为自己代言。

点评：陈欧开创了中国互联网公司负责人为企业代言的先河。

炫迈——根本停不下来。

点评：以俏皮、形象的手法突出了产品的品质。

步步高——妈妈再也不用担心我的学习了。

点评：解决了"不教作业母慈子孝，教作业鸡飞狗跳"的世纪难题。

李宁——一切皆有可能。

点评：融奥运精神于产品之中，鼓励顾客大胆尝试生活中的困难。

联想集团——人类失去联想，世界将会怎样？

点评：把产品同人类思维相关联，在顾客"会心一笑"的同时，记住了品牌。

美特斯·邦威——不走寻常路

点评：把鞋的功能和人的"冒险"精神结合起来。

耐克——just do it

点评：鼓励顾客勇于实践。

丰田汽车——车到山前必有路，有路必有丰田车

点评：将"车到山前必有路，船到桥头自然直"这句俗语进行改编，巧

妙融入丰田品牌的汽车。句式工整，朗朗上口，便于记忆。

金利来——男人的世界

海澜之家——男人的衣柜

点评：两个品牌都将自己的男装属性强调出来，容易吸引男性顾客的注意和记忆。

感叹号——治感冒，杠杠的。

点评：商家邀请笑星范伟采用东北话讲述广告台词，加深了顾客的印象。

广告的目的只有一个，让观众秒秒钟记住，以便在需要时购置。现在很难有一个商品的出现能够填补某个领域的空白了，要做的就是这个商品和已有的商品存在着某种不同。原料、包装、造型、色彩、功能甚至是代言人等都可以是一个重要的区分因素。

5100西藏冰川矿泉就是主打水源自西藏念青唐古拉山脉海拔5100米的原始冰川，含有锂、锶、偏硅酸等丰富的矿物质和微量元素等内容，率先超越市场上每瓶均价1—2元的矿泉水价格，卖到10元每瓶，成为"水中贵族"。

故事写作的道理一样，今天想再创作一个故事，别人完全没碰过，难度太大了。需要做的就是从选材、结构、矛盾设置、情感脉络、结局等方面找到突破口，让这个故事与已有的故事存在一定的差别。差别越明显，存在的意义越大。

当前，电影、电视剧、舞台剧作品在投资拍摄或排演前期都会召开立项论证会，讨论剧本的可实施性、投资规模、预期收益、演职人员安排、拍摄周期等。立项论证会召开的前提就是创意得到出品方的认可。

那么创意从何而来，往何处去呢？

答案就在这本书中。

第一节 创意的来源

创意的来源有很多种，本书重点从神仙灵怪、传世名作、名人典故、社会热点等常用的来源分析。

一、神仙灵怪

在人类文明的发展进程中，涌现了一系列奇特生趣的神仙灵怪故事。再经过一代又一代的流传，故事越来越丰满，越来越有趣。故事中蕴含的道理自然就可以进行现代化的表达，从而产生出新颖的创意。

例如电影《画皮》（导演陈嘉上，编剧刘浩良、邝文伟、陈嘉上，2007年上映）就是改编自蒲松龄小说《聊斋志异》中的《画皮》。

小说《画皮》中，一个面目狰狞的恶鬼披上用彩笔绘画的人皮。她装扮成一个惹人怜爱的美女，佯称自己是富贵人家的小妾，因不甘忍受大太太的屈辱逃命出来，无处可去。姓王的书生贪恋美色，就把她带回家中，锁在密室，供自己取乐。但恶鬼真实的目的却是剖人腹、掏人心，也成功地杀死了书生。恶鬼被一个道士识破，被迫脱去"画皮"，露出本相，死于一剑之下。王生妻子遵从道士的指令，百般忍受乞丐的屈辱，最终使得丈夫起死回生。小说劝诫世人莫被表面的美色所迷惑而身处危险的境地，真正爱护自己的人才值得珍惜。同时，也宣扬了"善恶有报"的观点。

电影《画皮》中，王生（陈坤饰演）从文弱书生变成了英勇的都尉，恶鬼变成了九霄美狐小唯（周迅饰演），王妻变成了与小唯斗智斗勇的佩蓉（赵薇饰演）。

王生率王家军在西域与沙匪激战中救回一绝色女子小唯，并带回江都王府。

佩蓉先是待小唯如姐妹，并希望王生纳小唯为妾；发现小唯是妖后，又邀请庞勇前来相助降妖；最后为了保护王生的性命，饮下妖毒，为爱而死。在佩蓉死后，王生明白了一切都是小唯的阴谋。他追悔莫及，请求小唯用他的命换回佩蓉的生。王生死得很决绝。

小唯祸害的是江都城中的其他人的心脏，对王生一片痴情。她不惜一切代价要得到王生，在害死佩蓉后，仅仅得到王生的人而并没有得到王生的心。在王生要求用他的命换回佩蓉的命之时，小唯给了他们夫妻二人重生的机会。她自己魂飞魄散。

可以发现，经过电影编导的改编，故事从单纯的色诱升华到了情与欲的两难取舍。在爱情面前，这三个人都是能够牺牲自己的性命。佩蓉的豁达与外柔内刚、小唯的直率与外恶内柔、王生在两个女人之间的迷惑与清醒，都是故事的看点。

除了三位主人公外，影片还安排了两个次要角色来丰富剧情。小唯的助手小易，一只沙漠蜥蜴修炼成的妖，深深地爱恋着小唯，并为她杀人进献心脏。王家军前统领庞勇武功高强，与王生、佩蓉情同手足，并暗恋佩蓉。后因佩蓉嫁给王生，庞勇辞官出走成为流浪侠士。这次为了王生和佩蓉的安全，庞回来捉妖。情感线如此丰富，色诱与捉妖就演变成了情爱之间的多重较量，场面就更加多彩了。

关于哪吒的神话，版本就更加多了。电视剧《莲花童子哪吒》（导演余明生，编剧李容，1999年上映）、动画电影《哪吒闹海》（导演严定宪、王树忱、徐景达，编剧王往，1979年上映）、动画片《哪吒传奇》（导演张藜，编剧吴楠、孟瑶、卜智洪，2003年上映）、动画电影《哪吒之魔童降世》（导演饺子，编剧饺子、易巧、魏芸芸，2019年上映）等50余部作品涉及哪吒。

前三部作品中的哪吒形象差别不大，是一个丸子头、包子脸、穿肚兜、手拿火尖枪和乾坤圈、身披混天绫、光脚踏风火轮的男娃娃。他性格活泼可爱、顽皮好动、勇敢善良、聪颖绝顶，充满着纯真和童真。内容也大同小异，托塔李天王在陈塘关做总兵时，其夫人怀孕三年，却生下一个肉蛋。李天王认为肉蛋是不祥之物，于是一剑劈开，却蹦出一个俊俏男孩——哪吒。哪吒自幼喜欢习武。有一天，他同小朋友在海边嬉戏，遇巡海夜叉与东海龙王三太子敖丙肆虐百姓，残害儿童。小哪吒义愤填膺，挺身而出，打死敖丙又抽了他的龙筋。东海龙王勃然大怒，降罪于哪吒的父亲，随即兴风作浪，口吐洪水淹没陈塘关。李靖夫妇惧怕天庭怪罪，哀恸不已。哪吒不愿牵连父母，于是自己剖腹、剜肠、剔骨，还筋肉于双亲。百姓无不悲伤。所幸，哪吒在太乙真人的帮助下，借着荷叶莲花之力脱胎换骨，后又砸了龙宫，捉了龙王，为民除害。他被誉为智勇双全的少年小英雄。

电影《哪吒之魔童降世》对传统的哪吒形象进行了颠覆，哪吒头顶扎着双鬏，前额一头齐刘海，额头有火焰印记、一对熊猫眼，浓重的烟熏妆，略微令人恐怖的一排板牙，脖子上套着乾坤圈，脸上常露出邪魅的笑容。他身穿莲花图案红衣马甲，火焰花纹的棕色七分裤，系着黄色腰带，身材矮小。该片把哪吒设置成魔丸转世，只有3年寿命，并且遭到了陈塘关百姓的歧视、排斥、嘲笑和敌对。因此，他性格孤僻、冷漠、叛逆、憋屈、玩世不恭，时不时就要跑出府邸，大闹陈塘关百姓，欺负小朋友，让所有人不得安宁。实际上，哪吒比谁都孤独，比谁都渴望认同。在龙王要执行复仇计划，摧毁陈塘关之时，哪吒站了出来，牺牲自己换得陈塘关百姓的安全。李靖也是为了哪吒不惜以自己性命去换哪吒的长生。为了给哪吒寿命终结之时过一个热闹的生日，愿意挨家挨户磕头去求、去拜，塑造了一个感人的父亲形象。

《哪吒之魔童降世》从一开始就打破观众心里的固有印象，让大家习以为常的、通过世俗眼光和经验主义判断的结果与真实的情况大相径庭，从而达到一种"意料之外"的审美愉悦。人人讨厌的熊孩子最终为了人类的安宁做出了巨大的牺牲，让人们扼腕痛惜。

《龙背墙》的传说①和电影《全民目击》(导演非行,编剧非行,2013年上映)也是一例成功的改编案例。

  传说中,龙背墙不是一面墙,而是一座山。讲述远古时期,南海龙王老来得子,所以对小龙王宠爱有加。但小龙王淘气任性,到处惹祸,直到有一天,失手烧掉了天庭神龛。慌乱中的小龙王回到家里。天庭自然不会放过他。南海龙王为了救儿子,他冒名顶替小龙王,趴在盘龙山下,接受雷电的击打。眼看父亲被烧得遍体鳞伤,奄奄一息,小龙王悔恨愧疚,他一下冲出来,要承担这个惩罚。龙王为了阻止儿子,便一头撞向身旁的金刚壁,当场死去。南海龙王认为"养不教,父之过",自己死得其所。死后,他的尸体便化作龙背山。经过这场灾难之后,小龙王幡然醒悟,终生恪守本分,与人为善。后人将龙背山改称为龙背墙,是因为这面墙,挡住了小龙王所有的罪行。

电影《全民目击》中,老龙王是富豪林泰(孙红雷饰演),小龙王是女儿林萌萌(邓家佳饰演),天庭是法律体系。林萌萌冲动之下,撞死了林泰女友杨丹(周韦彤饰演)。停车场的视频监控记录下林萌萌开车撞向杨丹的画面。林泰同意司机顶包,但不能打消后来检察官童涛(郭富城饰演)的真相不懈地追击。林泰决定在一片废弃的厂房重新布置车祸现场,找来多名香港演员,分别饰演杨丹、林萌萌。他伪造自己杀死杨丹的视频录像。林泰也是想用"龙背墙"挡住"小龙王"所有的罪行。

  最终,林泰的计谋被童涛识破。虽被林泰的父爱所打动,但童涛仍决定让林萌萌勇于承担自己的罪行。林萌萌也从一个不谙世事、冲动易怒的少女成长为敢于承担责任的社会公民。

  可以发现,改编之后的影片既保留了深沉父爱这一传说精髓,同时进行了现代化的表达,让做错事的人得到应有的惩处是法治的应有体现。

---

① 电影《全民目击》中详细叙述了这个传说。

明代吴承恩所著小说《西游记》的改编次数可以用数不胜数来形容了。作品讲述孙悟空、猪八戒、沙僧保护大唐高僧玄奘去西天取经，师徒四人一路抢滩涉险，降妖伏怪，历经八十一难，取回真经，终修正果的故事。

电视剧《西游记》（导演杨洁，编剧戴英禄、杨洁、邹忆青，1982—1988年陆续播出，俗称86版《西游记》）剧情走向与原著相同，人物性格塑造鲜明，孙悟空（六小龄童饰演）疾恶如仇，猪八戒（马德华饰演）好吃懒做，沙僧（闫怀礼饰演）淳朴憨厚，唐僧（汪粤、迟重瑞、徐少华饰演）一心向佛。神魔形象有趣，演员表演认真，观众认可度非常高。1986年播出时收视率达89.4%。各大电视台重播次数总和超过3000次。

电视剧《西游记后传》（导演李源，编剧钱雁秋，2000年首播）讲述唐僧师徒四人取经成功三百年后，天摇地动，魔头无天（黑子饰演）突然降临。佛祖圆寂，三界大乱。无天占据灵山，自称"无天佛祖"，并召集众妖宣称："三十三年后如来还会借助转世灵童的法身托生，依仗十七颗舍利子夺天地造化，法力无边，重返三界。若要永久占领天庭统治世界，必须利用孙悟空（曹荣饰演）拿到十七颗舍利子，杀死转世灵童。"

唐僧（黄海冰饰演）师徒四人开始了新一轮保卫佛界乃至三界秩序的艰难行程。最终，孙悟空舍身成为第十七颗舍利子，无天灰飞烟灭，佛祖成功转世，佛界、人间和冥界都恢复往常的秩序。

电影《西游·降魔篇》（导演周星驰、郭子健，编剧周星驰、郭子健、霍昕、王芸、冯志强、卢正雨、李尚正、江玉仪，2013年上映）就是将《西游记》的四位主要人物进行了大胆的改编，而改编的目的就是破除唐僧的心魔。

玄奘（文章饰演）——本片称陈玄奘，年轻时候的玄奘，驱魔人，搞笑幽默又带有一股萌劲，在收服鱼妖（李尚正饰演）时认识了段小姐（舒淇饰演），却始终不接受段小姐的爱意，最后在段小姐为其死去后领悟了佛法。

孙悟空（黄渤饰演）——本片称猴妖，被如来封在五指山下，等待玄奘前来解救。但是他在玄奘面前依然妖性不改，在骗得玄奘同情将他释放后，他更是妖性大发，杀掉了几个前来降服他的捉妖人。最终，又被如来收服，他跟随玄奘取经。

猪悟能（陈炳强饰演）——本片称猪刚鬣，经营着"人肉客店"，杀人后用魔法使死的人看着像食客。因客店被玄奘和段姑娘破坏，猪刚鬣愤而追杀二人。他后被孙悟空收服，并跟随玄奘去西天取经。

沙悟净——本片称鱼妖，食村民，后被玄奘收服。

新增人物段小姐——驱魔人，身手敏捷，武艺高强，单纯可爱，在收服鱼妖时爱上玄奘，屡次向他表达爱意，都被拒绝。但她仍然暗中保护着玄奘，为他降妖除魔，最后为他而死。

收服了猴妖、猪刚鬣和鱼妖这三个妖怪，玄奘完成了对自身艰难险阻的征服。过了段小姐这爱欲之关，玄奘真正能达到百毒不侵的境界，成为一名合格的取经人。

《西游·伏妖篇》（导演徐克，编剧周星驰、李思臻，2017年上映）是《西游·降魔篇》的续集，讲述师徒四人在取经路上，表面一片和谐暗中互相对抗，面和心不和。经历一连串的捉妖事件之后，师徒开始互相体谅到对方的苦处和心结，终于把内部矛盾化解，同心合力成为无坚不摧的驱魔团队。

唐三藏（吴亦凡饰演）能被蜘蛛精迷惑，也能向悟空下跪道歉，还能超度白骨精。他一步步摆脱凡人的弱点，走向佛的征程。

孙悟空（林更新饰演）知晓了人性的善恶。于是，他用倨傲的眼神瞧不起所有的人。

猪悟能（杨一威、汪铎饰演）十分自恋，手持粉饼补妆，好色。

沙悟净（蒙克·巴特尔饰演）不再是老实巴交的角色，也会发怒。

从《西游·降魔篇》到《西游·伏妖篇》，可以看出主创团队在《西游记》这个巨大的IP[①]下所做出的种种探索，从个体魔性的消除到团队隔阂的拆解，

[①] 所有成名文创（文学、影视、动漫、游戏等）作品的统称，它能够仅凭自身的吸引力，在多个平台上获得流量，进行分发。

这支队伍正走向成熟。可以预见，接下来还会有续集作品问世。

《大话西游之月光宝盒》和《大话西游之大圣娶亲》（导演、编剧刘镇伟，1995年上映，2014年重映）两部曲把重点放在了孙悟空（转世时称至尊宝，周星驰饰演）的蜕变中。

孙悟空护送唐三藏（罗家英饰演）去西天取经，半路却和牛魔王（李健仁、陆树铭饰演）合谋要杀害唐三藏，并偷走了月光宝盒。观音大士闻讯赶到，欲除掉孙悟空以免危害苍生。唐三藏慈悲为怀，愿意一命赔一命，观音遂令悟空五百年后投胎做人，赎其罪孽。投胎做人后，坠入五百年与白骨精（本片称白晶晶，莫文蔚饰演）、紫霞仙子（朱茵饰演）的爱恋困境中。尽管他多次借助月光宝盒的"穿越"力量，还能未能打破这团迷局。时间流逝，白晶晶发现至尊宝的真爱是紫霞，遂离他而去。紫霞此时正被牛魔王逼婚。至尊宝决定戴上金箍圈，恢复无穷法力，解救紫霞脱离苦海。而代价是完全脱离尘世、一心一意保护唐僧西天取经。不幸的是，紫霞最终因救至尊宝被牛魔王杀害。至尊宝打死牛魔王为紫霞报仇。自己决然地踏上了护送唐僧取经之路。

这两部影片在网络上形成了巨大的影响。罗家英饰演的唐僧因为啰唆异常，把身边看护他的两个妖怪说得一个吐沫而死，另一个拔刀自刎，给电影史贡献了一个特殊的唐僧形象。孙悟空的"爱你一万年"的深情告白更是作为经典台词风靡20余年，引来供赏。

> 曾经有一份真诚的爱摆在我的面前，但是我没有珍惜，等到失去的时候才后悔莫及。尘世间最痛苦的事莫过于此。如果上天可以给我个机会再来一次的话，我会对这个女孩说我爱她。如果非要在这份爱加上一个期限，我希望是一万年。

电影《西游记之大闹天宫》（导演郑保瑞，编剧黄子桓，2014年上映）丰富了原著中"大闹天宫"的情节。小说中，孙悟空大闹天宫是因为感觉自己被天庭羞辱，以自己的本领可以与玉皇大帝平起平坐，所以才称"齐天大圣"，最终孙悟空被佛祖压在五行山下。

电影中，孙悟空（甄子丹饰演）曾跟菩提祖师修成七十二变，决心要成为神仙，但因两小无猜的好友九尾狐（夏梓桐饰演）被杀害、误交了魔界之王牛魔王（郭富城饰演）而视天庭为敌。另一方面，牛魔王为了让他深爱的妻子铁扇公主（陈乔恩饰演）和怀了三百年的爱子红孩儿重返天界，煽动孙悟空联手大闹天庭，迫使玉帝（周润发饰演）率领二郎神（何润东饰演）等众仙迎战，展开连场神魔大战。最终，孙悟空醒悟过来，击败牛魔王，保卫天宫。他自己被压在五指山下悔过，静候唐僧的到来。

电影《西游记之三打白骨精》（导演郑保瑞，编剧冉平、冉甲男、文宁，2016年上映）与原著不同的是，唐僧（冯绍峰饰演）为了不让白骨精灰飞烟灭，宁可牺牲自己的生命，也要帮白骨精超度。

网络上有一种倒着解读的《西游记》①，挺有新意，从权力和人性的角度重新解构，引来供赏。

> 在很久很久以前，佛祖如来派唐三藏师徒四人与八部天龙小白龙去东土大唐传教。传教的路上遇到了无数妖魔鬼怪，因心怀正义，师徒四人一路上都在与妖魔打斗。可打来打去，发现他们都是有后台的，无论怎么作恶都不会受到惩罚。
>
> 猪八戒跟沙僧眼见世道太过黑暗，万般无奈之下，一个躲到了高老庄，一个钻进了流沙河。只有孙悟空一个人坚持正义，一路斩妖除魔，护送唐三藏东行至东土大唐。因为打了太多有背景的妖怪，天庭对孙悟空实在忍无可忍，欲除之以解心头之恨。就给如来放出消息：我们可以保证唐三藏安全到达长安，但你要把孙悟空这个不知好歹的刺儿头给办了。为了自己的教义能被弘扬，如来同意了天庭的诡计。
>
> 就这样，在一番阴谋之下，小白龙重伤跌至山涧，孙悟空被剥夺自

---

① 《如果西游记倒过来演，会怎么样》，百度知道，https://zhidao.baidu.com/question/ 1112041-543770142659.html。

由，压在了五行山之下。唐三藏为了自己能够保全，撇清了与孙悟空的关系，独自一人来到了长安。在传达完如来的教义之后，被封为御弟，一生享受荣华富贵，寿终正寝。

五百年之后，孙悟空终于从五行山下逃了出来，愤恨难平，上天入地，把天庭搅了个翻天覆地。天庭被逼无奈，找来猪八戒跟沙僧，许诺可以给他们封官加爵，但他们要把孙悟空给杀了。猪八戒跟沙僧在名利前动摇了当初的正义，就这样一个被封为天蓬元帅，另一个被封为卷帘大将。

往日兄弟之间的互相残杀，让孙悟空彻底心灰意冷，无心念及世事，到菩提祖师那里封印了自己的修为。

毫无法力的孙悟空回到了花果山，陪着猴子猴孙度过了自己的后半生，最终化作一块顽石……

简书①里，还有另一种说法，唐僧师徒四人其实是同一个人。

我们每个人，都像唐僧一样，有着自己的梦想和目标，都像唐僧一样取得真经而努力着，经历着各种挑战与困难。

孙悟空，是我们内心对自己的期待。追逐梦想的路上，我们内心都渴望自己是一个孙悟空那样的人，天不怕地不怕，能力超强，有七十二变，降妖伏魔，过关斩将，让我们取得成功。

但现实是很残酷的，我们只是一个普通人，我们没有孙悟空那么大的本事，我们遇到困难与失败，也会彷徨、退缩、偷懒。所以，我们都有猪八戒那一面，动不动就想回高老庄算了，也就是回到自己的舒适区里，过熟悉安逸的生活。也就是说我们每个人内心都住着一个猪八戒。猪八戒是那个在困难面前，本能的自己。

而沙僧，其实是别人眼中的自己。因为别人也不是很了解我们，看我们感觉也挺普通的，本事不大，每天挑着担子往前走。甚至别人也没那么多精力去了解你孙悟空和猪八戒那一面，甚至也不关心你要去哪，干什么。

---

① 《唐僧师徒四人，本质上是一个人！》，简书，https://www.jianshu.com/p/d2807b796033。

二、传世名作

《赵氏孤儿大报仇》（元杂剧，元纪君祥著）在历次改编中，都有着作者不同的解读在里面。

杂剧《赵氏孤儿大报仇》讲述春秋晋灵公时期，赵盾一家三百多口尽被武将屠岸贾谋害诛杀，仅留存一个刚出生的婴儿，即赵氏孤儿。为保存赵家唯一血脉，赵氏孤儿的母亲（晋国公主）托付草泽医生程婴将孤儿带走，自缢身死。程婴将赵氏孤儿藏在药箱中，欲带出宫门，可又偏遇到屠岸贾部下韩厥。韩厥深知此乃忠良之后，便放走程婴和赵氏孤儿，自刎身亡。

屠岸贾搜不到赵氏孤儿，遂下令将全城一月到半岁间的孩子都囚禁起来，并称如果窝藏赵氏孤儿者再不交出孩子，就将这些孩子全部杀死。程婴走投无路之下找到了晋国退隐老臣公孙杵臼，并与公孙杵臼商定，用程婴自己的孩子替代赵氏孤儿。一切安排妥当后，程婴假意告发公孙杵臼，引屠岸贾到公孙杵臼家中搜到了假孤儿；屠岸贾杀死假孤儿后，公孙杵臼撞阶自杀；屠岸贾收赵氏孤儿（以为是程婴之子）为义子，带到屠府抚养；程婴在屠府忍辱负重，抚养赵氏孤儿。多年后，赵氏孤儿长大成人，得知真相，杀死屠岸贾，报了血海深仇。

作品剧情跌宕起伏，塑造了一批不畏强权、见义勇为、视死如归的英雄人物。最终善恶有报，又符合群众的审美需要，所以历来很受欢迎。戏剧、电影、电视剧均做了很多改编。这其中，近年来的几部作品值得留意。它们反映了一种现代化的价值观念。因为在今天的观众看来，原作品至少有两点不能获得广泛认同，一是亲生儿子怎么能"献"出去代替别人死，生命是等价的。二是养父怎么能杀？

北京人民艺术剧院出品的话剧《赵氏孤儿》（导演林兆华，编剧金海曙）对经典进行了后现代的解构，赵氏孤儿长大后认为"你们老一代的事儿于我何干"，拒绝复仇。

作者其实是想用一个古老的故事书写了全人类的人性之荒芜，没有比这更为悲哀的了,阴谋与爱情,权欲与乱伦,复仇与杀戮,全部变得毫无意义,站在人性的荒原上,四面一片虚空……其实我们每一个人,都是一个孤儿,赵氏孤儿的命运,正是都市人流离失所的心灵悲剧。

但在贵州师范大学朱伟华教授看来,这个版本消解的是人性的忠诚正义,放弃的是个体的自主意志,重新建构的恰恰是世俗独裁权利的神圣。①

国家话剧院出品的话剧《赵氏孤儿》(导演田沁鑫,文学策划姚远)中,赵氏孤儿则在知晓真相后满心悲凉,"昨天我还有两个父亲(程婴和屠岸贾),今天起我将成为真正的孤儿。"程婴死于晋景公狩猎之时,屠岸贾死于绝症。最终,孤儿生命没有寄托,奋斗没有目标。

国家话剧院和希腊国家话剧院联合出品的中国希腊双语版《赵氏孤儿》(导演王晓鹰,编剧余青峰,2018年首演)中,程婴(侯岩松饰演)和赵氏孤儿(余凤霞饰演)是中国演员,其他演员基本是希腊演员,他们在语言完全不通的情况下完成演出,本身就是一个宝贵的实验。此外,安排了一位女演员来饰演赵氏孤儿。结尾处,程婴出于自己的善良本性放弃了复仇。赵氏孤儿却没有任何犹豫地就杀掉了养父屠岸贾,并且要将屠府上下几百口全部灭门,无论老少一个不留。这一幕看呆了所有登场的人,包括程婴妻、公主庄姬和以鬼魂身份登场的韩厥、公孙杵臼。

伏尔泰《中国孤儿》中,赵、屠两个大家族之间的恩怨变成了蒙古族与汉族之间的交手。故事写到成吉思汗追捕前朝忠良遗孤时,也遇到了藏孤换孤之事。只是,在"替死"的孤儿即将被杀时,孩子的母亲Idame说出了"换孤"的秘密。成吉思汗说可以释放Idame的丈夫和孩子,但Idame必须嫁给他。不料,Idame明确拒绝,愿意和所有人一起慷慨赴死。最终,成吉思汗被感化,放弃了屠杀。②

---

① 朱伟华:《解构时代我们如何解构戏剧——观京城两部〈赵氏孤儿〉有感》,《戏剧文学》2004年第2期。
② 吴戈:《〈赵氏孤儿〉的文化改写:古代/当代/中国/外国》,《戏剧艺术》2004年第3期。

这部作品一改中国传统作品中,为了"大义",杀身成仁、舍生取义的决绝状态。

英国皇家莎士比亚剧团(Royal Shakespeare Company)出品的《赵氏孤儿》(导演 Gregory Doran,编剧 James Fenton)在南京大学高子文教授的论文中有详细论述,摘录如下:

> 程婴相信只有保护好赵氏孤儿才有可能最终推翻屠岸贾的暴政,实现理想中的太平,所以献出亲儿有充分的理由。戏的结尾还设置了亲儿长大的鬼魂与程婴对话,最终程婴自杀以谢罪。可见,程婴对救孤和献儿都是自觉的,更重要的是对其行动的结果负责。
>
> 公孙杵臼也是五体投地逼迫程妻交出婴儿。
>
> 孤儿最终杀屠岸贾也被设置成伦理的正义。在杀之前,做了如下铺垫:一是孤儿看到民不聊生。二是孤儿与疯了的母亲(公主)见面,为寻求真相增添动力。三是屠的军队已被皇帝击溃,成为孤家寡人。四是屠岸贾不敢自尽,请孤儿代劳。
>
> 作品坚持明确的个人主义价值立场,对传统意义上的道德伦理之美有着充分自觉。它保留了传统伦理的强有力的能量,既作为悲剧诞生的土壤,也作为个体心灵抗争的对象。①

此外,还有电视剧《赵氏孤儿案》(导演阎建钢,编剧陈文贵,2013年上映)、电影《赵氏孤儿》(导演陈凯歌、编剧陈凯歌、赵宁宇,2010年上映)、京剧电影《赵氏孤儿》(导演马崇杰,编剧任秀丽)、戏曲《赵氏孤儿》(秦腔、豫剧、潮剧、曲剧、京剧等多个剧种都有涉及)等多个作品问世。

陈忠实的小说《白鹿原》也是近几年多个戏剧、影视作品改编的源泉。

《白鹿原》以白嘉轩为叙事核心,以白嘉轩所代表的宗法家族制度及儒家伦理道德在时代变迁与政治运动中的坚守与颓败为叙事线索,讲述了白嘉

---

① 高子文:《被解放了的"赵氏孤儿"》,《戏剧与影视评论》2014年第1期。

轩、鹿子霖两家长达几十年的矛盾纠葛。

电影《白鹿原》(导演王全安,编剧陈忠实、芦苇,2012年上映)截取了原著小说中1912—1938年期间的片段,以陕西关中方言为对白语言。作品着重塑造了田小娥(张雨绮饰演)这个角色。她本出身于书香门第,但被卖给了爷爷辈的郭举人成为性奴。她为了爱勇敢追求黑娃,成为黑娃之妻。后来更是命途多舛,为了保护黑娃和自身活命,她又委身鹿子霖。在鹿子霖的阴谋下,她又引诱了白孝文,并在白孝文那儿收获了短暂的温暖。最终却被黑娃的父亲一刀刺死在窑洞中。作品着重塑造田小娥敢于冲破传统话语禁锢、追求自身幸福和生存权利的性格。

从改编的角度看,作品有情爱、背叛、权力争斗,符合商业电影的迎合票房的创作选择。但显然,单薄的田小娥无法承载《白鹿原》的厚重,这也是从小说改编成电影最难的地方。

北京人民艺术剧院出品的话剧《白鹿原》(导演林兆华,编剧陈忠实、孟冰,2006年首演)剧情集中展示了巧取风水地、恶施美人计、孝子为匪、亲翁杀媳、兄弟相煎、情人反目这些取材于原著的片段,剧中特意请到西安市灞桥区秦腔艺术团的14位秦腔演员、华阴市的12位老腔演员充当群众演员,力求把秦腔和老腔的滋味"释放"得更彻底。开幕和落幕都以老腔为主,而在展开剧情的时候则用秦腔做背景。

陕西省文化厅、陕西演艺集团、陕西人民艺术剧院出品的话剧《白鹿原》(导演胡宗琪,编剧孟冰,2016年首演)在舞美上更具陕西特点,山坡、窑洞、老树等都让观众感受到了浓浓的西北风。全剧对白使用陕西方言。

编剧孟冰接受采访[①]时点出了同北京人民艺术剧院演出版本的变化。

一是从总体篇幅上进行了精简(包括减掉了一个次要人物徐秀才),

---

① 话剧《白鹿原》"给老陕人长脸" 谢幕时掌声如潮,搜狐网,http://www.sohu.com/a/63276154_119550。

二是为了便于交代时代背景和主体事件，增加了众村民的"议论"。这一点十分重要，因为它不仅解决了"叙事"（交代背景）的问题，更重要的是它发挥出古希腊悲剧中"歌队"的功能，在"叙事"中不停地转变身份（跳进跳出），在全剧节奏控制、感情渲染上起到了至关重要的作用。

三、名人典故

名人之所以能流芳千古，是因为其本人具备了能够被记忆、被传颂的力量。所以名人以及名人的事迹也可以作为创意的源泉加以艺术创作。这里的名人包括历史名人和文学作品中的主人公。无论是引领时代还是身处苦难，他们都能成为一个独立的个体存在。

孔子（公元前551年9月28日—前479年4月11日），子姓，孔氏，名丘，字仲尼，鲁国陬邑（今山东曲阜）人，祖籍宋国（今河南），中国古代思想家、教育家，儒家学派创始人。去世后，其弟子及再传弟子把孔子及其弟子的言行语录和思想记录下来，整理编成《论语》。该书被奉为儒家经典。后世统治者尊为孔圣人、至圣、至圣先师、大成至圣文宣王先师、万世师表。其思想对中国和世界都有深远的影响。

电视剧《孔子》（导演张新建、刘子云，编剧张辉力、方肇瑞、张营、陈子钊，1990年首播）还原了孔子从十五岁有志于学到七十三岁寿终的一生。

佛山传媒集团出品的电视剧《孔子》（导演韩刚，编剧钟晶晶、隋东，2011年首播）中，留学美国的女学生梅燕为完成研究孔子的博士论文，回到中国，从文献中发现了孔子坎坷丰富的一生和孔子精神在当下的关照。作品用客观、严谨、翔实的笔触描述孔子的一生，反映孔子的主要思想，探讨孔子思想在当代社会的价值，在浮躁、空虚、失落与迷茫中重新寻找中华民族的心灵家园，追求更高层次的精神超越和救赎之路。

山东曲阜的舞剧《孔子》（编导孔德辛，2011年首演）采取人物传记形式，主要讲述孔子早期"礼"思想的形成、"仁政""德治"的治国理念、无奈辞官的悲愤和周游列国传播政治理想的经历。作品表现了孔子为理想历尽艰险却矢志不移的坚定与执着，生动地再现了孔子历尽千辛万苦、人间悲凉，从凡人成为圣人的一生，表现了孔子以人为本、以和为贵、以忠孝为大、以智信为怀、以情义为天的思想精髓。[①]

电影《孔子》（导演胡玫，编剧何燕江、陈汗、胡玫，2010年上映）讲述孔子为理想率领众弟子奔走在列国之间长达十四年之久，传播其思想，想与整个时代抗争，只可惜诸国争霸，无君王采纳其主张。他曾数度被乱军围困而身陷绝境，也曾被卷入政治阴谋的旋涡，甚至曾被世人误解。他于晚年返回鲁国，致力于教育弟子众人及整理文献工作。孔子在失意中逝世，一腔报国热血空付东流。

动画片《孔子》（导演赵先德，编剧曹小卉、李冯，2009年首播）讲述的是孔子从一个贫民少年成长为万世师表的励志故事，分别刻画了孔子的少年、青年、中老年三个人生阶段。

李白(701—762年)，字太白，号青莲居士，又号"谪仙人"，唐代伟大的浪漫主义诗人，被后人誉为"诗仙"。

北京人民艺术剧院出品话剧《李白》（导演苏民，编剧郭启宏，1991年首演）讲述了李白在爱国热情和诗人浪漫主义情怀之间的矛盾。安史之乱爆发，李白满怀爱国热忱、壮志凌云，入永王幕府，却未能洞察永王的谋反阴谋。随着永王兵败身亡，李白获罪被判流放夜郎，后遇赦，奔当涂。平乱最后一战的召唤又鼓荡起李白报国的激情，他以垂暮之年请缨从军。

中国歌剧舞剧院舞剧团、马鞍山市艺术剧院演出的舞剧《李白》（导演韩宝全，编剧江东，2017年首演）选取李白人生中的几个主要节点。通过他在"入仕"与"出仕"这个人生矛盾上的权衡和抉择，来揭示李白的内心世界。安

---

① 大型舞台剧《孔子》，新浪网，http://blog.sina.com.cn/s/blog_826223bd0100y37x.html。

史之乱后，晚年李白毅然从军，却遭遇兵败被发配夜郎。这让他回忆起自己"入仕"的前前后后。皇宫内，李白扶摇直上，意气风发，但终因大臣的猜忌，群臣的谗言，难获皇上的信任，种种严酷的现实使他从"愿为辅弼"的幻梦中清醒过来，辞官翰林院。走入山水，李白的浪漫情怀得到了极大的释放。他凭借着大鹏的展翅，将自己的理想寄托于远方。

亚洲电视出品的电视剧《剑仙李白》（导演丁亮、庄伟建，编剧潘怡竹、许淑娴、金岱，1983年首播）认为"人生得意须尽欢"的诗仙李白，亦是位剑术名家。童年时，因父亲李客被杀，遂被寄养于叔父李祥家中。李白自少时起好剑术，且习得一身好功夫，本欲助明君治天下，但由于一身傲骨，不肯屈膝于人，屡次得罪高官，惹祸上身，后被流放于不毛之地。

商鞅（约公元前395—前338年），姬姓，公孙氏，名鞅，卫国人。战国时期政治家、改革家、思想家，法家代表人物，卫国国君后代。商鞅辅佐秦孝公，积极实行变法，使秦国成为富裕强大的国家，史称"商鞅变法"。政治上，他改革了秦国户籍、军功爵位、土地制度、行政区划、税收、度量衡以及民风民俗，并制定了严酷的法律；经济上，他主张重农抑商、奖励耕战；军事上，他统率秦军收复了河西之地。公元前338年，秦孝公逝世后，商鞅被公子虔指为谋反，死于彤地，尸身车裂，全家被杀。

上海话剧艺术中心出品的话剧《商鞅》（导演陈薪伊，编剧姚远，1996年首演）描写了战国时期大改革家商鞅从呱呱坠地一直到被万箭穿心的生命历程。作品着力展示他在短短十九年时间里创下的使秦国日新月异的奇迹，刻画了一位不是君王，但有着外在像君王一样威严果敢而内心丰富复杂的改革家形象。

司马迁，字子长，夏阳（今陕西韩城南）人，西汉史学家、散文家。司马谈之子。司马迁任太史令，因替李陵败降之事辩解而受宫刑，后任中书令。他发奋继续完成所著史籍，被后世尊称为太史公。

电视剧《司马迁》（导演杨洁，编剧柯文辉、朱抗美、陈金沙，1997年首播）以凝重的笔触，生动地描绘了西汉时期司马迁与汉武帝相知、相敬、相恨，惨遭"宫刑"后发愤著书，完成千古巨著《史记》（或称《太史公书》）的悲壮故事。作品以严峻的历史感，深刻地揭露了汉武帝和封建权贵们好大喜功、草菅人命的本性，讴歌了司马迁忍辱负重、百折不挠的科学求实精神和刚直不阿的高尚气质。

北京人民艺术剧院出品的话剧《司马迁》（导演任鸣，编剧熊召政，2015年首演），讲述司马迁忍辱负重编写《史记》的前因后果和艰苦历程。值得一提的是，舞台虚构出司马迁与屈原惺惺相惜、"精神交汇"的场景，颇具美感。

陕西歌舞剧院出品的歌剧《司马迁》（导演查丽芳、陈蔚，编剧张平，2000年首演）以司马迁不平凡的生命历程为主线，通过对司马迁、汉武帝、李陵、李广利等历史人物密切相关的一段段史实的连缀，用歌剧艺术的表现形式，摄人心魄地演绎出司马迁伟大、屈辱、悲伦、壮丽的人生，热情赞颂了他探求真理、不虚美，不隐恶，秉笔直书的史圣风范和敢于抨击腐朽，不畏权势、忧国忧民，忍辱发愤的君子气节。①

焦裕禄（1922年8月16日～1964年5月14日），山东淄博博山县北崮山村人。在兰考担任县委书记时所表现出来的"亲民爱民、艰苦奋斗、科学求实、迎难而上、无私奉献"的精神，被后人称之为"焦裕禄精神"。

峨眉电影制片厂出品的电影《焦裕禄》（导演王冀邢，编剧方义华，1990年上映）中，1962年冬，焦裕禄被任命为兰考县委第二书记。他看到火车站上挤满外出逃荒的饥民，大街上成群结队的乞丐，心情十分沉重。为改变兰考贫穷落后的面貌，焦裕禄立即深入基层，访贫问苦，调查研究，制定出治理肆虐兰考百年之久的风沙、水涝、盐碱三害的方案。这时，上级调来的救

---

① 大型歌剧《司马迁》全面直击，东方新闻网，http://news.eastday.com/epublish/gb/paper134/13/class013400010/hwz215336.htm。

灾物资运到兰考，负责发放工作的县委副书记、县长吴荣先却坐视不管。焦裕禄主动率领县委干部去火车站卸货、发货，招致吴荣先的不满。不久，地委赵专员亲赴兰考，宣布调整县委领导班子，任命焦裕禄为县委书记。焦裕禄不顾肝脏经常胀痛，在治理"三害"第一线坚持工作，领导兰考人民战天斗地，深得群众拥戴。不久，兰考又遇特大水灾。焦裕禄强忍肝痛，坚持在抗灾第一线。最终，焦裕禄"倒"在岗位上。近十万群众自愿赶来，组成一支浩荡的送葬队伍，将焦裕禄的骨灰送回兰考。

上海电影（集团）有限公司、浙江永乐影视制作有限公司出品的电视剧《焦裕禄》（导演李文岐，编剧何香久、陈新，2012年首播）中，记述了焦裕禄一生成长与奋斗的人生轨迹。焦裕禄少年丧父、入监坐牢、下煤坑做苦力，背井离乡，受尽了日本侵略者的欺凌和富人的压迫。苦难的洗礼使他成为一个不向人生抵押自己命运的硬汉。投身革命，他又是一个为人敬佩的能文能武的孤胆英雄。当民兵、参加南下武装工作队、领导土改和清匪反霸，他以大智大勇、大爱大恨谱写了一曲羽声慷慨的英雄壮歌。在特殊的历史时期，他同自然灾害和自己的疾病展开了艰苦卓绝的斗争。直到生命最后一刻，他心里装着人民群众，却唯独没有他自己。

河南豫剧院三团演出的豫剧《焦裕禄》（导演张平，姚金成、何中兴，2011年首演）整剧一开场便把观众拉回20世纪60年代。兰考火车站北风怒号、大雪纷飞。兰考的灾民肩扛铺盖卷，手拿讨饭篮，蜷曲在冰天雪地之中。民兵们按上级指示，分布在四周随时阻拦灾民扒车逃荒。焦裕禄对劝阻办公室的工作人员说："饿死人，才是最大的错误！"而后他满含热泪转向灾民深情地说："乡亲们，我是兰考县县委书记焦裕禄啊！站在这里，我不知道对你们怎么说才好，我代表兰考县委向乡亲们道歉！"为解救饥饿的群众，焦裕禄担着犯"政治错误"之名，对前来调查的地委专案组组长顾海顺说："饿死人绝不是共产党的政策，让老百姓吃饱错不到哪里去，天大的事我一人承当！"他作为父亲，对家庭、对子女的感情也充满了愧疚。豫剧《焦裕禄》的结尾没有采用英雄式的剧终模式，也没有用豪言壮语来煽情，而是通过郁郁葱葱的万亩山林，来寓意大自然生命的力量和人类改造自然的不竭动力，用紫色的泡桐花开来颂扬焦裕禄为后人留下的万亩"焦"桐，蕴含了功在当代、利在千秋的深刻内涵。

中国歌剧舞剧院制作的音乐剧《焦裕禄》（导演吴楠，编剧妮南，2014年首演）以焦裕禄的事迹为蓝本。从在当年焦裕禄亲手种下的泡桐树下的回忆展开，围绕焦裕禄在兰考担任县委书记期间带领群众与内涝、风沙、盐碱三害作斗争，在困难面前不退缩、不畏惧，身患癌症仍坚持在工作一线的感人事迹，展现了一位党的好干部不为名、不为利、亲民爱民、艰苦奋斗、无私奉献的崇高精神。

河南省话剧艺术中心创排的话剧《焦裕禄》（导演李利宏、李享达，编剧陈鹏、黄河，2017年首演）讲述了焦裕禄临危受命、隐瞒病情，为治理三害，改变兰考贫困面貌，积劳成疾不幸逝世的感人事迹。通过一系列不同年龄、不同身份、不同性别的人物以及发生在他们和焦裕禄身边的故事，从侧面反映、折射出焦裕禄作为一个县委书记、一个男人、一个儿子、一个丈夫、一个父亲的情感、情怀，从而诠释出焦裕禄"亲民爱民、艰苦奋斗、科学求实、迎难而上、无私奉献"的焦裕禄精神。[1]

花木兰是《木兰辞》中的文学人物，替父从军，屡立战功。凯旋之后，她不要封赏，只要回乡，被誉为是中华传统伦理"孝悌忠信"的楷模，兼具英勇战士与温柔女儿的双重美感。

花木兰的故事也经历了多次改编，电影有南洋影片公司出品的《花木兰》（导演陈皮、顾文宗，编剧陈皮、顾文宗，1951年上映）；长春电影制片厂出品的豫剧电影《花木兰》（导演刘国权，张新实，编剧河南豫剧院编剧小组，1956年上映）；美国迪士尼公司出品的动画电影《花木兰》（导演托尼·班克

---

[1] 河南省话剧艺术中心《焦裕禄》，国家大剧院官网，http://www.chncpaticket.org/pic_detail.asp?id=5576。

罗夫特，巴里·库克，编剧 Robert D. San Souci，1998年上映）和电影《花木兰》（导演妮基·卡罗，编剧劳伦·海尼克、伊丽莎白·马丁、里克·杰法、阿曼达·斯尔沃，预计2020年上映）；星光国际、上影、湖南电广传媒出品的电影《花木兰》（导演马楚成，编剧张挺，2009年上映）等。

电视剧有大陆出品的电视剧《花木兰》（导演杨顺安，编剧毋桐，1996年首播）；台湾和香港联合出品的电视剧《花木兰》（导演李惠民、赖水清，编剧博华、陈惠妍、张炭，1998年首播）；中央电视台、北京金尊影视文化传播中心、河南百姓嘉业文化传播公司等单位联合制作的戏曲电视剧《花木兰》（导演李琦，编剧韩尔德，2008年首播）等。

戏剧有北京李六乙戏剧工作室出品的实验戏剧《花木兰》（导演李六乙，编剧李六乙，2004年首演）；辽宁芭蕾舞团创作的芭蕾舞剧《花木兰》（编导王勇、陈慧芬，2018年首演）；中央歌剧院、武汉市黄陂区人民政府、宁波市演艺集团歌舞剧院共同携手打造的大型原创民族舞剧《花木兰》（导演周莉亚、韩真，编剧朱海，2019年荷花奖获奖剧目）等。

祥林嫂是鲁迅短篇小说《祝福》中的角色，是旧中国农村劳动妇女的典型。辛亥革命前，早寡的祥林嫂听说婆婆要把她卖掉，连夜跑到鲁镇，来到鲁四老爷家帮佣，因不惜力气得到太太欢心。不料她又被婆婆抢走与贺老六成了亲。贺老六忠厚善良，为凑钱还债累病而死。儿子也被狼吃掉。于是，祥林嫂又回到鲁四老爷家。为了赎改嫁的罪，把一年工钱拿去捐了土地庙门槛。本以为赎罪后别人会像从前一样对待她，然而当她在祝福晚上兴冲冲端出供品时，鲁家的不平待遇又给予她重创，从此精神萎靡，做事心不在焉，被赶出去当了乞丐。在一个祝福之夜，她死在了漫天风雪中。

评剧《祥林嫂》（编导胡沙）、越剧《祥林嫂》（编导南薇，1946年首演）、越剧电影《祥林嫂》（导演岑范、罗君雄，编剧吴琛、庄志、袁雪芬、张桂凤，1978年上映）均是根据鲁迅创作的祥林嫂的故事改编而来。

四、社会热点

中央电视台的两档栏目《面对面》(2015年1月18日,标题《药不能停》)和《今日说法》(2015年2月16日播放,标题《救命的"假药"》)先后报道了同一起社会热点——陆勇"卖假药"被抓案。

2002年,江苏无锡人陆勇被检查出患有慢粒白血病,医生推荐他服用瑞士诺华公司生产格列宁,2万多元一盒,每月一盒,几乎掏空了他的家底。他自己开办的无锡市振生针织品有限公司濒临倒闭。

2004年6月,陆勇偶然了解到印度生产的仿制"格列卫"抗癌药,药效几乎相同,但一盒仅售4000元。陆勇开始服用仿制"格列卫",并在病友群里分享了这一消息。随后,很多病友让其帮忙购买此药,人数达数千人。后"团购价"已经降到了每盒200元左右。为方便给印度汇款,陆勇从网上买了信用卡,交给印度公司作为收款账户。

2013年8月,湖南省沅江市公安局在查办一网络银行卡贩卖团伙时,将陆勇抓获。2014年7月,沅江市检察院以妨害信用卡管理罪和销售假药罪对陆勇提起公诉。按照我国法律,这些抗癌药无论是否有效,只要未取得中国进口药品的销售许可,就会被认定为"假药"。陆勇的300多名白血病病友联名写信,请求司法机关对他免予刑事处罚。2015年1月,沅江市检察院向法院请求撤回起诉,法院当天就对"撤回起诉"做出准许裁定。

陆勇案在当时形成了强烈的社会热点,警方之所以最终做出不予起诉的决定,是因为舆论普遍认为陆勇在本案中购买印度仿制药没有从中牟利,并且是在帮助白血病患者维持生命。

这起案件被《我不是药神》的主创团队获悉,决心做成电影。电影《我不是药神》(导演文牧野,编剧韩家女、钟伟、文牧野,2018年上映)以陆勇为原型,做了一些改编,如下表:

项目	原型	电影《我不是药神》
姓名	陆勇	程勇
职业	针织品工厂老板	男性保健品店老板
病情	白血病患者	未患病
状态	经济上难以为继	父亲病重做不起手术 夫妻离异、争夺孩子抚养权 交不起店面房租，被封店
卖药原因	自救、救病友	挣钱
盈利情况	不盈利	经历进 500 卖 5000、 进 500 卖 500、 进 2000 卖 500 三个阶段 总的来说是赔本。
销售对象	病友	知道法律风险，从认识的病友中谨慎销售。在好友和伙伴的相继去世后，才扩散到所有白血病患者。
结局	检方不予起诉 无罪释放	判刑五年，减刑到三年出狱 被患者封为"药神"

影片的热映再次激发了民众对"癌症"和"看病难、看病贵"的无力感，"一人得癌，全家拖垮"。社会各界更是热议影片和原型的相关做法。国家相关部委更是出台了抗癌药关税降为零、减按 3% 征收进口环节增值税、罕见病用药简化上市要求等利好政策。同时，督促药企降价、将医保目录外的独家抗癌药纳入医保谈判等都在大力推进。一部影片对现实政策的间接影响有如此之大，在中国电影史上也是罕见。

韩国电影《熔炉》（导演黄东赫，编剧孔枝泳，2011 年上映）也是根据真实事件改编的一部社会意义很强的影片。真实事件发生在 2000 年，一位韩国律师从他的朋友（一所聋哑学校的老师）那里得知，学校的校长和老师经常性侵聋哑儿童，其中最小的儿童只有7岁。他俩决定帮助这些孩子。此后7年间，教师在搜集证据过程中被暗杀。律师没有动摇，然而帮助他的另外几名法律工作者也相继遭到暗杀。在重重压力下，律师事务所被迫辞退了这名律师。韩国作家孔枝泳将该事件改编成小说《熔炉》。

在韩国影星孔刘（공유）的努力下，小说被改编成同名电影。他饰演男主角美术老师姜仁浩，和郑裕美（정유미）饰演的女主角——人权保护机构的徐友真一起收集证据。无奈校长的势力庞大，二人在调查时，教育局、福利机构、警察局都不愿接手干预此事。最终，性侵儿童的校长和老师只被判处了半年的有期徒刑，缓期一年。电影的最后片段是校长和老师在KTV狂欢的镜头，恶人并没有得到严惩。影片的结尾的话点出了作品的主题："我们一路奋战，不是为了改变世界，而是为了不让世界改变我们。"

影片在韩国上映后引发社会震动。2005年案发时未被起诉的学校行政室长金某（66岁）于2012年重新接受审判，被判8年有期徒刑、信息公开10年以及位置追踪追加10年的刑罚。作品还促成了"性侵害防治修正案"（又名"熔炉法"）的诞生。①

此外，根据社会热点改编的韩国电影有《韩公主》（导演李秀镇，编剧李秀镇，2014年上映）《玩物》（导演崔承浩，编剧崔承浩，2013年上映）《素媛》（导演李俊益，编剧金智慧、曹重勋，2013年上映）《辩护人》（导演杨宇锡，编剧杨宇锡，2013年上映）《共谋者》（导演金洪宣，编剧金洪宣，2012年上映）《孩子们》（导演李圭满，编剧李圭满、李贤真，2011年上映）《金福南杀人事件的始末》（导演张哲洙，编剧张哲洙、崔观英，2010年上映）《梨泰院杀人事件》（导演洪基善，编剧李孟佑，2009年上映）《追击者》（导演罗宏镇，

---

① 《熔炉》原型索赔国家败诉，申请超有效期。见环球网，https://world.huanqiu.com/article/9CaKrnJRlqE。

编剧罗宏镇，2008年上映）《杀人回忆》（导演奉俊昊，编剧奉俊昊、沈成宝，2003年上映）等多部影片。

2018年，成都滴滴司机王明清成功找到被拐23年女儿的事件也是引起了巨大的网络热潮。事件简要经过如下：

> 1994年1月8日，在成都九眼桥摆摊卖水果的王明清夫妇，发现一直在身边玩耍的4岁女儿王启凤不见了。随即，王明清通过发动亲友寻找车站、儿童福利院、招领所，报警，到处贴广告，全国各地找线索等多种方式寻找无果。2014年底，王明清在成都注册滴滴司机，一边载客，一边给客人发放寻亲小卡片，希望乘客能扩散。王明清说："相信她能回来，是我唯一的支撑。""只有在找女儿的路上，我才感觉自己是个父亲。"2016年底，成都网约车新政出台，王明清的车面临淘汰。滴滴公司联系了一汽大众，免费为他换了台新车，还免了购置税、保险费和终身保养费。2017年，王明清的感人经历被媒体广泛报道。在奥地利定居的林嘉看到报道，请她的父亲——中国模拟画像顶级专家、山东省公安厅刑事侦查局物证鉴定中心高级工程师林宇辉帮助王明清，为其女儿画像。王明清通过微信、微博和媒体转发画像。2018年，王启凤（现名康英）看到网络上的照片，觉得和自己很像，遂联系上了王明清。二人DNA比对成功。至此，苦寻女儿24年的王明清终于迎来了寻亲的圆满结局。全国100多家媒体又对这一感人事迹再度报道。

安徽艺术学院戏剧影视系的5位中青年教师关注到了这一事件，决定进行改编，把温暖和爱传递下去，创作了话剧《归》。[①] 考虑到舞台剧的呈现特点，话剧《归》做了如下的改编：

---

① 《归》剧本在本书第四章第四节。

项目	原型	话剧《归》
姓名	王明清	张有福
职业	滴滴司机	贴膜师傅兼防拐打拐志愿者
政治面貌	群众	中共党员
活动半径	全城	走失的天桥底下
家庭成员情况	一儿一女	无儿无女,有个养女
女儿幼时姓名	王启凤	张翠凤
女儿当下姓名	康英	王凤
女儿走失城市	成都市	合肥市
女儿落户城市	吉林省	河东省
卡片内容	女儿走失的情况	6个孩子走失情况和宝贝回家网站二维码
与顾客对话内容	女儿走失的情况 奉劝类似人们到公安机关采集血样	把6个孩子一起推送 未强调自己的孩子
成功经历	自己女儿,其他未知	找到数位儿童,包括上述的养女
找到关键	画像	二维码
确认方式	DNA鉴定	DNA鉴定

从表中,我们可以看出,话剧《归》强调张有福是一位党员,也是一位父亲,更是防拐打拐志愿者。他深知失去亲人家庭的切肤之痛,23年默默坚持在防拐、打拐宣传的第一线,发放了几十万张寻亲小卡片。他在失子家庭和被拐儿童之间架起了一座彩虹桥。在寻子过程中,他也得到了众多好心人的帮助,最终圆了很多家庭的梦。这么改编的主要目的是既保留了主人公对自己女儿23年如一日的寻找与关爱,也把他同社会各界相互帮助、相互扶持的良好风

尚体现出来。自身强大的精神力量和社会各界给予的帮助才是维系他不断寻找的精神支柱。该作品完成后，获2019年度国家艺术基金资助。

电影《亲爱的》（导演陈可辛，编剧张冀，2014年上映）讲述以田文军（黄渤饰演）为代表的一群失去孩子的父母寻找孩子的艰辛历程，以及养育被拐孩子的农村妇女李红琴（赵薇饰演）夺回孩子、努力抗争的故事。

据导演陈可辛介绍，影片根据真人真事改编。田文军的原型是彭高峰，李红琴的原型是高永侠。高永侠是江苏人，在生育大女儿后，输卵管被意外割除，从此丧失生育能力。而她所在的农村，生儿子续香火才是最重要的使命。丈夫韩中青多次要与其离婚，最终还是没离成。丈夫从深圳先后带回来一个女儿粤粤，一个儿子乐乐。说女儿是工友不要的，儿子是他和另一个打工妹生的。高永侠尽管生气丈夫的背叛，但还是接受了这个丈夫的骨肉。谁知丈夫病逝之前又坦白了乐乐是他拐来的真相。乐乐被警方解救。粤粤也被带走，在深圳福利院寄养过，后被好心人士收养。高永侠曾多次尝试领养粤粤，均不符合条件。

电影前半段，着重讲述田文军丢孩子、找孩子的艰辛。后半段着重讲述李红琴为要回吉芳不懈努力。影片中，丈夫责备李红琴不能生育，所以一个孩子都没有。丈夫死后，她抚养着两个孩子，一儿（田鹏，田文军儿子）一女（杨吉芳，无法考证谁的孩子），却被同时间带走。为了要回杨吉芳的抚养权，她不惜找丈夫工友唐青山（刘颋饰演）作证。在唐青山表示嫌麻烦不愿意作证时，李红琴不惜以身体相陪。李红琴最终没能拿到杨吉芳的抚养权，却怀孕了。

作品描绘了李红琴的人生悲剧，被丈夫欺骗认为自己没有生育能力抬不起头，含辛茹苦养育的两个孩子都来历不明。在她觉得生活无望的时候，突然间发现自己怀孕了。她的生活充满了戏谑的悲剧性，令人无法生恨，反而生出一些同情。如果说现实生活中高永侠的悲剧起源于一起医疗事故，那么李红琴的悲剧则是她对丈夫盲目信任的结果。影片探讨了生和养的二重命题，在以亲情为纽带的现代法治社会，如何解决极端条件下的个体选择？杨吉芳的未来究竟是在领养家庭好还是在李红琴的家庭好，很难论证。

另一件能引起社会广泛共鸣的就是房子了。在绝大多数城市，房子不仅仅是生存场所，它兼具的"户口"属性还是结婚、子女上学的重要甚至是必要条件，同时也是长期投资的最佳渠道。勒紧裤腰带、穷尽几代人财富也要做"房奴"。而由房子引发的一系列的"假离婚"、争房风波等闹剧更是在多地上演。

电视剧《蜗居》（导演滕华涛，编剧六六、滕华涛、曹盾，2009年首播）讲述上海房价飙升时期，姐姐海萍（海清饰演）一心希望可以拥有自己的房子，四处筹款付首付。她和妹妹海藻的工作和生活便从她买房开始发生了改变。海萍顶着各种压力倔强又坚强地支撑着。妹妹海藻（李念饰演）却背叛男友小贝（文章饰演），成为市长秘书宋思明（张嘉译饰演）的情人。高官、小三、背叛、腐败等敏感话题和高房价的社会痛点给作品带来了超高的话题热度和收视率。

电视剧《安家》（导演安建，编剧六六、九枚玉，2020年首播）则是通过房产中介的视角，来看当下人在房子面前的众生态。身为房产中介的他们不仅要帮助客户买房、卖房、租房，还时常被裹挟着卷入他们的人生，见证他们生活中的歌声与欢笑，痛苦与无奈。与《蜗居》相比，11年已经过去，但房子仍然不仅仅是一处住所，而是人性的试金石。这一难题始终未解开。

四、形式互鉴

艺术的形式很多，音乐、舞蹈、戏剧、影视、美术、设计、书法、篆刻等。艺术具备的审美功能，使得在不同的种类之间，可以发现适合故事创作的题材并加以转换。

黄梅戏《徽州女人》（导演陈薪伊、曹其敬，编剧刘云程，1999年首演），是受画家应天齐所作《西递村系列》版画的启发。作品讲述了一百年前发生在徽州一个闭塞村落中的凄美故事。十五岁的少女怀着对爱情的美好憧憬坐上花轿。丈夫却在新婚前夜悄悄出走寻求功名。背少女进门的其实是年幼的小叔子。少女在婆家开始了对未曾谋面的丈夫的漫长等待。十年过去，公婆欲劝女人另嫁，但村里的老秀才建议还是等。又十年过去，丈夫已任县长，随电报一起寄来的还有一张一家三口的照片。丈夫已在外另娶，并不知家里女人还在苦苦等他。公婆藏起照片，不久撒手人寰。女人不知再等下去还有何意义。小叔子成家生娃，送来一个孩子给她领养。又十五年过去，丈夫携带夫人回乡"落叶归根"，根本不认识眼前的"女人"，问她是谁？女人说，"我是伢子姑姑"。

作品借一个女人"嫁、盼、吟、归"的四个过程，以鲜活灵动的舞台表现和扣人心弦的唱腔动作刻画了封建社会中最底层女人的生活。揭示出女人在等待过程中所经历的喜悦与痛苦、渴望与焦虑、坚守与动摇、生存与死亡的心路历程和生命体验。《徽州女人》获文华新剧目奖和曹禺文学奖·剧本奖。

黄梅戏《妹娃要过河》（导演张曼君，编剧宋西庭、周慧，2011年首演），是根据湖北民歌《妹娃要过河》改编。歌词摘引如下：

> 正月是新年（哪咿哟喂），
> 妹娃子去拜年（哪喂）。
> 金哪银儿梭银哪银儿梭，
> 阳雀叫（哇咿呀喂子哟，那个咿呀喂子哟）。
> （女白）妹娃要过河哇，哪个来推我嘛？
> （男白）我就来推你嘛。
> 艄公你把舵扳哪，
> 妹娃（儿）请上（啊）船（哪个喂呀咗，哪个喂呀咗），
> 把妹娃推过河哟喂。
>
> 二月里是春分（哪咿哟喂），

妹娃（儿）去探亲（哪喂）。
金哪银儿梭银哪银儿梭，
阳雀叫（哇咿呀喂子哟，哪个咿呀喂子哟）。
（女白）妹娃要过河哇，哪个来推我嘛？
（男白）还是我来推你嘛。
艄公你把舵扳哪，
妹娃（儿）请上（啊）船（哪个喂呀咗，哪个喂呀咗），
把妹娃推过河哟喂。

三月里是清明哪咿呦喂，
妹娃我去探亲哪呵喂。
金哪银儿梭银哪银儿梭，
阳雀叫咿呀喂子哟。
（女白）妹娃要过河，哪个来推我嘛？
（男白）还是我来推你嘛。
艄公你把舵扳哪，
妹娃子我上了船（啊喂呀咗啊喂呀咗）
将阿妹推过河呦呵喂。

　　黄梅戏《妹娃要过河》讲述的是鄂西土家龙船寨主的女儿阿朵，人见人爱。为维护本寨利益，阿朵被迫许婚权贵世家尚未成年的田阿宝。婚期将近之日，阿朵偶遇客家水手阿龙，二人一见倾心。因母亲有言"死也不嫁客家男"，高傲骄蛮的阿朵便以百般的戏弄与羞辱来规避和拒绝阿龙发起的爱情攻势。激情似火的阿龙以其真诚的情怀一点点消融了阿朵冰封的心防。最后，在母亲的逼迫下，阿朵断然斩断情愫，走上了已定的婚嫁之路。就在迎亲路上，阿龙却如飞蛾扑火般冒死抢亲。阿朵终于为阿龙的真情感动，二人不惜以生命代价唱响真爱无敌的千古歌谣。

　　作品于2012年拍摄成戏曲电影故事片《妹娃要过河》（导演苗炜基，编剧孔叙冬），延伸了民歌和戏曲的魅力。

舞剧《永不消失的电波》（导演韩真、周莉亚，编剧罗怀臻，2019年首演），是根据电影《永不消失的电波》（导演王苹，编剧林金，1958年上映）改编。舞剧讲述抗日战争和解放时期的共产党上海地下电台的发报员李侠（原型李白）潜伏在沦陷区冒着生命危险向延安根据地发电报的传奇故事。

  李侠与兰芳假扮夫妻，开启12年的潜伏生涯。每一天，行走在刀锋，每一晚，秘密情报传送千里。一重重伪装，藏起疲惫，眺望曙光。解放前夕，黎明将至，夜色更加阴冷。李侠的身边，无数的敌人步步逼近，无数战友消失在疾风骤雨。报社秘书、摄影记者、裁缝掌柜、小学徒、黄包车夫、社长、卖花女，他们的身份究竟是真是假？无声的枪口，紧张的追逐，闪电撕裂的伤口，吞声饮泪……一路患难走来的李侠夫妇，面临生死抉择。李侠坦然发送最后一份情报，笑对牺牲。李侠，以李白等地下工作者烈士为原型，他们隐姓埋名，以生命丈量光明的历程。他们相信"苟利国家生死以，岂因祸福避趋之？"长河无声，滔滔东去。电波不绝，信念永存。①

云南花灯剧《小河淌水》（导演卢昂、卢珊、王亦工，编剧黄自廉、盛和煜、卢昂，2000年首演），是根据云南民歌《小河淌水》改编。歌词摘引如下：

  哎——月亮出来亮汪汪，亮汪汪，
  想起我的阿哥在深山。
  哥像月亮天上走，天上走，
  哥啊哥啊哥啊，山下小河淌水清悠悠。

  哎——月亮出来照半坡，照半坡。
  望见月亮想起我阿哥。
  一阵清风吹上坡，吹上坡，
  哥啊哥啊哥啊，你可听见阿妹叫阿哥。

---

① 舞剧《〈永不消逝的电波〉首轮演出一票难求：情节悬念重重，情怀直抵人心》，东方网，http://mini.eastday.com/a/181221202943134.html。

花灯剧《小河淌水》讲述一个汉族马帮的头目天风与彝族寨主女儿叶露的爱情故事。马帮游历四方，而山寨里的生活是封闭的，山里山外同龄人的理念发生了碰撞。马帮带来山外的小镜子，不仅照亮了山里少女的容颜，也照亮了她的心扉，使叶露更爱天风，也更向往山外的天地。马帮走了，带走了叶露的心，她天天盼望天风回来。"路口的草被阿妹踩遍了，河边的竹子被阿妹数完了。"叶露痴情地等待，尚不知天风已被瘴气夺去了年轻的生命。

云南民族大学从 2015 年开始酝酿民族歌剧《小河淌水》。作品以《小河淌水》作为创作主体，以白桦的《一首情歌的来历》作为文学脚本，融入了云南多民族音乐元素，旨在打造具有云南特色的精品剧目。项目先后获 2016 年云南省委宣传部重点扶持文艺精品项目、云南省民委 2018 年度民族文化"百项精品"工程立项、2018 年度国家艺术基金大型舞台创作资助项目立项（云南首个获得国家艺术基金资助的歌剧项目、2018 年度国家艺术基金项目云南省立项金额最高的项目）。①

俄罗斯国家芭蕾舞剧团团长维亚切斯拉夫·戈尔杰耶夫将此故事改编成芭蕾舞剧《小河淌水》。

电视剧《天仙配》（导演吴家骀，编剧熊诚、曾有情，2007 年首播）是根据黄梅戏《天仙配》改编。故事家喻户晓，不同于黄梅戏的悲剧结尾，电视剧最终让七仙女（黄圣依饰演）和董永（杨子饰演）有情人终成眷属。

电视剧《大宅门》②（导演郭宝昌，编剧郭宝昌，2003 年首播），讲述百年老字号百草厅白家在清朝、抗日战争时期为保护制药秘方与各方利益争斗的故事，夹杂着成长与救赎，国仇与家恨，情爱与婚姻，忠诚与背叛等一系列故事。

---

① 《国家艺术基金资助项目歌剧〈小河淌水〉在云南民族大学启动》，中新网，http://www.yn.chinanews.com/news/2018/0719/33836.html。

② 由郭宝昌所著同名小说改编而来。

北京京剧院演出的京剧《大宅门》（导演郭宝昌、李卓群，编剧郭宝昌，2017年首演）截取了电视剧《大宅门》1906年前后时间段进行演绎，讲述大宅门白家七少爷白景琦（杜喆、马博通饰演）远走济南，凭借驴胶生意名声大噪，人生得意时邂逅花魁杨九红（窦晓璇、王梦婷饰演）一见钟情。杨九红自赎跟随，却终难进大宅门的人生际遇。

中国国家大剧院制作的话剧《大宅门》（导演郭宝昌，编剧刘深，2013年首演）中，暮年白景琦（刘威饰演）与幼年白景琦同时出现，以老幼之间的对话，讲述白家兴衰的故事。

曹禺原著的话剧《雷雨》在问世后多次被改编沪剧、黄梅戏、评剧、歌剧等剧种。话剧《雷雨》讲述周家丫鬟四凤与大少爷周萍相爱，并怀了周萍的骨肉。周萍曾与继母繁漪有一段不伦之恋。繁漪无法忍受周萍的薄情，让四凤母亲鲁侍萍把四凤带走，却意外揭穿了四凤与周萍是同母异父的事实。四凤羞愤难当，触电而死。繁漪亲生儿子周冲救四凤时也被电死。周萍开枪自杀。一个大的家族转眼间家破人亡。而悲剧的起源就是因为周萍父亲周朴园当年把丫鬟鲁侍萍撵出周家，仅留下了他与鲁侍萍生下的长子周萍。

电影有1938年（导演方沛霖，编剧方沛霖）、1957年（导演吴回，编剧程刚）、1961年（导演朱石麟，编剧朱石麟）、1984年（导演孙道临，编剧孙道临）等多个版本。1996年电视剧《雷雨》（导演李少红、曾念平，编剧曹禺）首播。

电影《满城尽带黄金甲》（导演张艺谋，编剧张艺谋、曹禺，2006年上映）是将《雷雨》的故事置于古代王宫中进行。"大王"对应的是"周朴园""王后"——"繁漪""太子元祥"——"周平""蒋婵"——"四凤"。大王（周润发饰演）发现太子（刘烨饰演）竟然与他的继母（王后，巩俐饰演）乱伦。于是在王后的汤药中下慢性毒药。王后察觉了药物有毒，但为了不引起大王的怀疑而照吃不误。她还说服二王子元杰（周杰伦饰演）领后宫禁军谋反，逼迫大王退位。太子欲望冲心，与王后欢好并不满足，还和蒋太医（倪大红饰演）之女蒋婵（李曼饰演）偷情。蒋太医的妻子（陈瑾饰演）就是大王失踪多年的"原配夫人"。故太子偷情的其实是太子同母异父的妹妹，虽然太子不知情。最终，王后、太子、二王子、蒋太医、蒋婵、蒋妻等一干人等全部惨死，大王落个孤家寡人的境地。

电影《夜宴》（导演冯小刚，编剧盛和煜、邱刚建，2006年上映）综合了《雷雨》和莎士比亚悲剧《哈姆雷特》两部作品的情节并加以改编。该片讲述了五代十国时期，先帝驾崩，皇叔（葛优饰演）篡位并自封厉帝执掌朝政。身为当朝太子后母却又是与太子无鸾（吴彦祖饰演）自小青梅竹马的婉后（章子怡饰演）迫于无奈，委身厉帝，并希望以此保太子周全。厉帝却在诛杀太子的同时也开始了排除异己确立皇权的屠杀。婉后为求自保，在这场政治争夺中逐渐成为厉帝的帮凶。青女（周迅饰演）早已许婚太子，但被其父殷太守阻止。太子回宫，杀机四伏。最终，青女、厉帝、太子等相继倒下，皇室唯一的幸存者婉后抚摸着她钟爱的茜素红绸缎，充满无限幻想地说："知道朕为什么喜欢'茜素红'吗？因为它红得像人们熊熊燃烧的欲望。对，欲望！多少人的生命被它毁灭，只有朕，因它的燃烧而更加辉煌。"此时，一支匕首从身后飞来刺穿了她的心脏，她悠悠转过身来看着凶手，脸上露出不可置信的神情……电影戛然而止，留下一个悬念。一场新的权力争斗再次上演。

电影《红高粱》（导演张艺谋，编剧莫言、陈剑雨、朱伟，1988年上映）改编自莫言小说《红高粱家族》，以抗战时期的山东高密为背景，讲述主人公余占鳌（姜文饰演）、九儿（巩俐饰演）历经曲折后一起经营一家高粱酒坊，九儿和酒坊伙计均因参与抵抗运动而被侵华日军虐杀的故事。电影获第38届柏林国际电影节金熊奖，第8届中国电影金鸡奖最佳故事片奖，第11届大众电影百花奖最佳故事片奖。

电视剧《红高粱》（导演郑晓龙，编剧赵冬苓、管笑笑、潘耕、巩向东，2014年首播）扩充了余占鳌（朱亚文饰演）、九儿（周迅饰演）共同抗日的情节。内忧外患之际，九儿带领队伍，将日本侵略者引到了高粱地，点燃红高粱，与敌人同归于尽。他们用自己的生命在这片充满生命力的山东高密大地上谱写了爱与征服、野心和意志的传奇故事。

文华奖作品舞剧《红高粱》（导演王舸、许锐，编剧咏之，2013 年首演）基本保有了小说原著以及电影《红高粱》故事的主线情节，塑造了"我爷爷""我奶奶"、罗汉大叔等个体人物以及众乡亲的群像。颠轿、野合、祭酒、丰收、屠杀、出殡六大章节，每个章节都主题鲜明，完整地讲述了一段关于"生命力"的故事。生活在高粱地里的人们，对爱情的追求，对自由生活的追求，使人热血沸腾。墨水河畔"我爷爷"和众乡亲一起祭奠亡灵，他们前仆后继、誓死抗争。

电视剧《马向阳下乡记》（导演张永新，编剧谷凯，2014 年首播）中，马向阳（吴秀波饰演），一个毫无农村生活和工作经历的商务局市场科科长，一个领导同事眼中的业务能手"马大能耐"，一个儿子眼中"才疏命薄"的单身爸爸，一纸调令，转眼就成了省重点扶贫对象大槐树村的"第一书记"。从公务员到村官，从城市到农村，马向阳时时处处感受到自己的格格不入。马向阳触底反弹，绝境逢生，以坚韧的耐力给大槐树村创造着一个又一个惊喜。最终，"第一书记"任期将满的马向阳续签了自己的聘任合同，立下誓言，要跟这大槐树下的"农哥们""农姐们"齐心协力，共同迎接将来的生活。

民族歌剧《马向阳下乡记》（导演黄定山，编剧代路、廉海平，2017 年首演）根据同名电视剧改编。作品讲述了农科院助理研究员马向阳为让家乡脱贫致富，主动请缨到偏僻乡村大槐树村担任第一书记。然而事与愿违，他的满腔热忱受到以刘世荣为代表的宗族势力的冷嘲热讽。童年的伙伴，现在的村主任李云芳不但不帮他还想撂挑子辞职，搞得他焦头烂额，一筹莫展。就在马向阳束手无策之时，老党员太奶奶给了他鼓励，他也找到了解决困难的钥匙，重新鼓起勇气。最终，马向阳用一颗赤诚的心巧妙地化解了重重矛盾，凝聚了村民的心，大槐树下的乡亲们脱贫致富过上了美好生活。2019 年，该作品获第十二届文华大奖。

电影《同桌的你》（导演郭帆，编剧傲立、高晓松、宋晋川，2014年上映）是根据高晓松校园民谣《同桌的你》改编。歌词摘引如下：

> 明天你是否会想起，昨天你写的日记？
> 明天你是否还惦记，曾经最爱哭的你？
> 老师们都已想不起，猜不出问题的你，
> 我也是偶然翻相片，才想起同桌的你。
> 谁娶了多愁善感的你？谁看了你的日记？
> 谁把你的长发盘起？谁给你做的嫁衣？
> 你从前总是很小心，问我借半块橡皮。
> 你也曾无意中说起，喜欢和我在一起。
> 那时候天总是很蓝，日子总过得太慢。
> 你总说毕业遥遥无期，转眼就各奔东西。
> 谁遇到多愁善感的你？谁安慰爱哭的你？
> 谁看了我给你写的信？谁把它丢在风里？
> 从前的日子都远去，我也将有我的妻。
> 我也会给她看相片，给她讲同桌的你。
> 谁娶了多愁善感的你？谁安慰爱哭的你？
> 谁把你的长发盘起？谁给你做的嫁衣？

影片主要讲述了周小栀（周冬雨饰演）和林一（林更新饰演）这一对同桌从初中、高中、大学直至毕业十年后的青葱记忆和甜蜜恋情。林一读初中时就帮助周小栀免受同学的欺负；高中时，特意转到同一个班级；在周小栀受伤后，还每天接送她上下学；两人约定，上大学之后就成为情侣；周小栀为了林一放弃了去美国读书的机会，和林一就读同一所大学；根据林一的表现优或者差，把他们每天约会的时间改为5、21、13、14分钟（连在一起5211314，寓意我爱你一生一世）；周小栀还为林一做了一次"人流"；两人决心克服困难，携手去美国读书；林一拿到了去美国的签证，而周小栀没有成功；两人希望在美国相会，但周一直未能成功，最后只好放弃，不再考虑出国，她不想把林一叫回来，也不确定他还会不会为自己回来；最终，林一收到了周小栀婚礼的请柬，她要嫁给别人了。一段校园恋情败给了时间和距离。

掌握了创意的来源，接下来，就是把创意引入故事中了。

第二节 创意的方法

本书从创作改编的角度，谈几个方法，需要注意的是，举例中的作品并不仅仅使用了其中的某一种方法，而是多种方法的混合。方法与方法之间，并非完全对立与隔离，具有些许的共通性。如果用数学中的集合概念来讲的话，存在交集的可能。

一、三十六计

"三十六计"按计名排列，共分六套，即胜战计（瞒天过海、围魏救赵、借刀杀人、以逸待劳、趁火打劫、声东击西）、敌战计（无中生有、暗度陈仓、隔岸观火、笑里藏刀、李代桃僵、顺手牵羊）、攻战计（打草惊蛇、借尸还魂、调虎离山、欲擒故纵、抛砖引玉、擒贼先擒王）、混战计（釜底抽薪、浑水摸鱼、金蝉脱壳、关门捉贼、远交近攻、假道伐虢）、并战计（偷梁换柱、指桑骂槐、假痴不癫、上屋抽梯、树上开花、反客为主）、败战计（美人计、空城计、反间计、苦肉计、连环计、走为上计）。前三套是处于优势所用之计，后三套是处于劣势所用之计。

本书主要以偷梁换柱等计为例，解读"三十六计"的使用方法。

偷梁换柱原意是暗中玩弄手法，以假代真，以劣代优。笔者引用的意思是把故事中的关键人物或道具替换掉，从而生发了整个故事。

台湾中华电视公司出品的电视剧《包青天》（导演梁凯程、孙树培、侯伯威、陈俊良、陈烈、邓育庆、郑少峰、刘立立、王重光、金鳌勋、苏沅峰、李英、刘为义，编剧蔡文杰、陈曼玲、邓育昆、陈文贵，1993年首播）演绎了"狸猫换太子"故事。宋真宗后宫刘妃为争夺皇后之位，把李妃诞下的龙子换成狸猫，还把李妃打入冷宫。李妃双目失明，被驱逐出宫。龙子为宋仁宗。包拯在得悉此事后，经过胆大心细的查证，与仁宗、八贤王、刘妃、宦官郭槐等人斗智斗勇，揭穿了惊世阴谋。李妃重回宫中，刘妃削发为尼，郭槐被斩。

小说《红楼梦》第九十七回，贾宝玉要娶林黛玉。新婚之夜，宝玉揭开新娘红盖头时，看见的却是薛宝钗，但木已成舟。最终林黛玉又气又病中香消玉殒；贾宝玉出家为僧；薛宝钗独守空房。

电视剧《西游记》第12集"夺宝莲花洞"，孙悟空变作小妖，偷走真的紫金葫芦，变个假的放在原处，然后在交战中用真葫芦制服了银角大王。

秦始皇嬴政临终前，下密诏要恭顺仁厚、为人正派的长子扶苏继位。不料，负责起草诏书的赵高扣下密诏，同丞相李斯一起更改诏书，赐死扶苏，杀了扶苏的主要助手蒙恬将军。幼子胡亥继位后骄奢淫逸，只知吃喝玩乐。秦始皇打下的统一大业，就这样丧失于权力的游戏之中。

与此类似，三十六计中的每一计都可以找到多个影视剧作品作为佐证。也就是说，仅三十六计，就提供了三十六种方法。

围魏救赵，指的是袭击敌人后方的"根据地"以迫使进攻之敌撤退的战术。

小说《三国演义》中，曹操欲进攻孙权。孙权派人向刘备求救。刘备属下诸葛亮修书一封给马超，让马超直奔长安，威逼许都。曹操只好放弃攻打孙权的计划。

小说《水浒传》中，宋江率梁山好汉围困北京，久攻不下。城内按兵不出，朝廷救兵迟迟未到。宋江猜测，如救兵转而攻打梁山水泊，梁山必然形势危急，果断撤退。同时留下伏兵断后。

反间计，指的是识破并巧妙地利用对方的阴谋诡计攻击对方。

小说《三国演义》中《蒋干盗书》的故事说的正是此计。赤壁大战前夕，曹操亲率百万大军，驻扎在长江北岸，意欲横渡长江，直下东吴。东吴都督周瑜也带兵与曹军隔江对峙，双方剑拔弩张。曹操手下的谋士蒋干，向曹操毛遂自荐，说他自幼和周瑜同窗读书，要过江到东吴去做说客，劝降周瑜。周瑜一眼就看出蒋干的来意，故意设下计策，令蒋干在无意中盗得假冒曹操水军都督蔡瑁、张允写给周瑜的降书。蒋干得书后，以为大功一件，火速献给曹操。曹操看了降书，气急败坏，下令斩了蔡瑁、张允。斩完之后，清醒过来，他知道自己中了反间计。

电影《无间道》（导演刘伟强、麦兆辉，编剧庄文强、麦兆辉2002年上映）中，香港警方和黑帮三合会均在对方阵营安插了一枚间谍。在一次毒品交易中，双方间谍同时暴露，最终二人持枪对垒，这是对反间计提升。

苦肉计，是指故意伤害自己（或同伴），以取信于敌方，从而获得某种利益。

电影《风声》（导演高群书、陈国富，编剧陈国富、麦家、张家鲁，2009年上映）中，顾晓梦（周迅饰演）为了让吴志国（张涵予饰演）脱险，让李宁玉（李冰冰饰演）举报自己是卧底。顾晓梦被抓，遭受严刑拷打。吴志国获救，成功传递出信息。

小说《三国演义》（罗贯中原著）中，东吴大将黄盖临危受命，诈降到曹操军营。为取信于曹操，周瑜故意借故痛打黄盖一顿，让黄盖假装气愤而投敌。黄盖行船接近曹操军营时，燃起船上火药，烧毁了曹操军营，为赤壁之战的胜利贡献了力量。这就是"周瑜打黄盖，一个愿打一个愿挨"的由来。

浑水摸鱼，是指在混乱的局面中，拿到自己的利益。

电影《风声》（导演高群书、陈国富，编剧陈国富、麦家、张家鲁，2009

年上映）中，吴志国（张涵予饰演）模仿白小年（苏有朋饰演）的字迹，陷害他是卧底，成功迷惑了武田（黄晓明饰演）的视线，为自己争取了时间。

小说《三国演义》中，曹仁离开驻守的南郡，与周瑜激战。诸葛亮趁机攻下南郡，"白捡"一座城。

美人计，是指利用女色俘获敌方，从而达到自己的目的。

电影《色戒》（导演李安，编剧王蕙玲、詹姆士·沙姆斯，2007年上映）中，女大学生王佳芝利用美色接近汉奸易先生意图行刺。佳芝成功勾引易先生并准备下手时，却发现自己已动真情，于是通风报信让易先生逃过一劫。易先生却决定将他们赶尽杀绝。这是美人计失败的案例。

《三国演义》中，王允巧施"美人计"，同时献貂蝉于吕布和董卓，挑拨这一对养父子的关系。最终吕布杀了董卓。

二、张"冠"李"戴"

原意是把姓张的帽子戴到姓李的头上。而在故事中，这个"帽子"就可以有很多种解读了，比如身份、地位、职业、性格、行为、爱好等，采用这一做法就会引发矛盾冲突，形成新的故事。

引申至把这一方涉及的过程安插给那一方，比喻认错了对象，弄错了事实。既可以是有意为之，也可以是无意为之。

我们都有这样的经验，看到宠物狗根据人的指令作揖、转圈、起立、坐下等，就觉得有意思，而这些行为在人的身上就显得很平常。故事也是一样。有些故事把主人公从人换成动物、精灵、机器人之类就显得有新意了。

电影《忠犬八公》（导演莱塞·霍尔斯道姆，编剧斯蒂芬·林赛、新藤兼人，2009年上映）讲述一位大学教授收养了一只小秋田犬，取名"八公"。每天早上，八公将教授送到车站坐车去工作。每天傍晚，八公在车站口等教授下班回家。不幸的是，有一天教授因病辞世，再也没有回到车站。但八公不知道这一切，它在之后的九年时间里，依然每天按时在车站等待，风雨无阻，直到最后死去。

影片中，送、接、等都是人类常见的动作，放在这只秋田犬的身上就显得很有新意，九年的坚持又很让人十分感动。

动画片更是充分发挥了这个方法。故事的主人公是某种动物或者机器人，但它们遇到的事情基本以人类生活中常见的事情为主。动物们或机器人们具备甚至超越了人类的基本能力，行使人类的基本职能，从而完成作品中设计的某种情节或任务。

以动物为主角有《猫和老鼠》《黑猫警长》《米老鼠和唐老鸭》《熊出没》《小鸡快跑》《萌鸡小队》《小猪佩奇》《猪猪侠》《三只小猪》《汪汪队立大功》《海底小纵队》《小马宝莉：友谊的魔力》《那年那兔那些事》《彼得兔》《喜羊羊与灰太狼》《恐龙世界》《倒霉熊》《辛巴狮子王》《蜘蛛侠》等。

以机器人为主角的有《超级飞侠》《哆啦A梦》《奥特曼》《天线宝宝》《铠甲勇士》《海绵宝宝》《变形金刚》等。

小说《三国演义》中的"草船借箭"，写明策划者是诸葛亮，是与周瑜"斗法"的第一步。这个情节设置既展示了诸葛亮的"神机妙算"，又为后来诸葛亮辅佐刘备三分天下做好铺垫，也坦露出周瑜的心胸较为狭隘，为后面被气死埋下伏笔。而史实中，使用该计谋的是孙权。

另外，在涉及双胞胎的影视剧中，这类方法更是用得毫不费力。

电影《双龙会》（导演徐克、林岭东，编剧徐克、黄炳耀、张同祖、黄易，1992年上映）中，双胞胎兄弟玩命、马友（皆为成龙饰演）阴差阳错成长于天差地别的环境，并成长为两个世界的人。影片中段还发生了角色互换，把张冠李戴玩得炉火纯青。

电视剧《名捕震关东》（导演崔凤娟、韩东、王响伟，原著温瑞安，2003年首播），武林名宿诸葛侯二弟子无情和东瀛倭寇首领伊藤（皆为吴奇隆饰演）

竟然是孪生兄弟。正邪对抗、兄弟反目，再加双胞胎兄弟所引发的系列误会和错觉，场面自然好看。

网剧《白夜追凶》（导演王伟，编剧韩冰，2017年优酷网首播）中，性格活泼、逍遥浪荡的双胞胎弟弟关宏宇卷入一场灭门惨案，成了在逃的通缉嫌犯。性格沉稳、身为刑侦支队队长的双胞胎哥哥关宏峰（皆为潘粤明饰演）誓要查出真相，但出于亲属回避的原则，被警队禁止参与灭门案的调查工作，关宏峰愤而辞职。调任代支队长的周巡（王泷正饰演）出于破案压力，也为了追寻关宏宇的下落，他让离职的关宏峰以"编外顾问"的身份继续参与各大重案要案的调查，而这隐瞒了警队其他人。由于哥哥罹患"黑暗恐惧症"，晚上只能是弟弟出现在周巡身边。兄弟俩一边搪塞因弟弟替换哥哥的身份露出的破绽，一边侦破了多件大案要案。最终灭门案的真相浮出水面，弟弟获得清白。

喜剧小品中，主人公为了某种目的，刻意把自己或者其他角色装扮成某种职业、某种身份，从而引发一系列的尴尬事件，也能引发喜剧效果。

小品《梦幻家园》（蔡明、郭达、王平主演，2008年央视春晚播出），小品讽刺了房屋质量、小区绿化和优惠赠送等多个问题。郭达饰演的买房人在投诉以上问题时，被售楼小姐"蔡明"百般推诿。"郭达"吐槽之际，又来了几拨客户要求买房子。"蔡明"便谎称"郭达"为其爸爸，并说"郭达"患有老年痴呆症。尽管"郭达"善意提醒、曝光质量问题，房子还是被顾客买走了多套。这个"认爸爸"的做法更是把楼盘销售人员不顾礼义廉耻、一心只要业绩的形象非常生动地刻画了出来，自然会不时引发观众会心一笑。

小品《要面子》（于洋、朱天福、杜旭东、韩兰成主演，辽宁卫视《欢乐饭米粒》第五季出品）中，城市某小区物业保安要和经理临时互换身份，为的是在父亲和村主任面前做足架势。否则，父亲在村主任面前失了面子，自己也要挨父亲骂一顿。

可在村主任咨询小区物业相关管理制度和经验做法时，"假经理"始终答不出来，都由已穿上保安服的"真经理"解答出来。而村主任咨询保安队训练手法时，"假经理"又自信满满地回答了。尴尬和自如之间来回切换，笑料也就百出了。

三、天赋异禀

天赋异禀指的是给故事的主人公增加某种超能力，让他看起来与众不同，从而能解决常人所不能解决的事情。神话故事片、动画片中的超能力，笔者就直接略过了，读者可以自行分析得出。

包拯为宋朝官员，实乃常人，但由于在民间有着极高的威望，被写入戏剧作品中。他的能力竟然演变成"日断阳、夜断阴"——白天审理尘世间的案件，晚上审理阴间的案件了。元代钟嗣成所著《录鬼簿》中收录武汉臣所著的公案戏《包待制智赚生金阁》。戏中包拯看见马头前的冤魂，招魂灵夜间来府申冤。无奈门神户尉阻挡，冤魂进不了府。包拯便命人烧银钱金纸使其过门。一段冤情最终得以昭雪。

韩国电视剧《来自星星的你》[导演张太维（장태유/Chang Tae Wei），编剧朴智恩（박지은/Ji-eun Park），2013年韩国首播]中，金秀贤（김수현/Kim Soo Hyun）饰演的大学讲师都敏俊不仅年轻英俊，还拥有着超能力。他可以冻结时间（大概可以维持1分钟）、瞬间移动、对物体的隔空抓取和预知未来等。原来他是400年前坠落在朝鲜的外星人，还有3个月就要回到自己的星球了。但这时，他遇到了真爱，全智贤（전지현/Gianna Jun）饰演的韩国明星千颂伊。一场浪漫的爱情就此铺展开来。

电视剧《天龙八部》（原著金庸，香港、台湾、内地均有影视作品问世）中的乔峰（契丹名萧峰）有一绝顶功夫降龙十八掌。该功夫一出，18条巨龙腾空而起，冲向四面八方的敌人，威力巨大。同理，武侠作品中的九阴白骨爪、吸星大法、化骨绵掌、蛤蟆功等功夫也是经常出现，厉害非常。这些功夫帮助主人公在以少敌多或遇到强敌时护身,既使得打斗场面精彩绝伦,也是把武侠片隔离现实的重要手段,能给观众带来独特的审美愉悦。

美国电影《What Women Want》(导演南希·迈耶斯,编剧乔什·史密斯、凯茜·尤斯帕,中文名《男人百分百》《偷听女人心》等,2000年美国上映)中,主人公尼克·马歇尔(梅尔·吉布森饰演)一次在浴室中意外触电,却获得了可以透视女人想法即读心术的特异功能。之后他利用这种功能帮助他人,并赢得女上司芳心。这部作品从被称为"海底针"的最不可捉摸的女人想法入手,颇为巧妙。

美国电影《Hollow Man》(导演保罗·范霍文,中文名《透明人魔》,2000年上映)中,隐形药剂的研发负责人塞巴斯蒂安·凯恩(凯文·贝肯饰演)将药水放在动物身上实验成功后,又放在自己身上试验。怎料可以隐身,但无法复原。在这种状态下,他的心理发生了巨大的变化,受隐身的保护,他做了很多罪恶的事情。

电影《百变星君》(导演叶伟民,编剧王晶、叶伟民,1995年上映)中,香港富豪之子李泽星(周星驰饰演)因搭上黑帮老大情妇,被炸得粉身碎骨。在被教授全身人造复原后,能变成许多日用品的模样,成为百变星君。黑帮老大也将手下打造成战斗力极强的铁甲威龙前来追杀星仔。在教授的再次帮助下,李泽星变身超级微波炉,将铁甲威龙溶化。

四、演绎"历史"

中国几千年的封建王朝内廷具有极强的神秘感,深宫大院、嫡庶争斗、后宫争宠、派系倾轧,这些都被影视剧进行了充分地发挥和想象。很多想象是基于一定的历史演绎出来的。

电视剧《康熙王朝》(导演陈家林、刘大印,编剧朱苏进、胡建新,2001年首播)讲述康熙皇帝(爱新觉罗·玄烨,陈道明饰演)从继位、灭鳌拜、平吴三桂到收复台湾、平叛噶尔丹的丰功伟绩。这部作品向观众展示了一位有生杀予夺大权的君王在面临政治风波和儿女情长等方面的艰难抉择。他的痛苦、无奈、彷徨与他处事果敢、勇猛、富于担当形成强烈对照，从而激发观剧热潮。

同类题材的作品还有《大秦帝国》《雍正王朝》《汉武大帝》《贞观长歌》《大明王朝1566》等。

电视剧《康熙微服私访记》（导演张子恩、张国立，编剧邹静之，1997年首播）中，康熙年间黄河连年泛滥，沿岸百姓民不聊生。康熙皇帝（张国立饰演）体恤民情，决心治河。于是他着便服，不带随从出宫巡视黄河灾情，发现了一批大发国难财、搜刮民脂民膏的贪赃枉法之徒。康熙顺藤摸瓜，铲除毒瘤，自己也多次遇险。

同是写康熙皇帝，这部作品把皇帝拉下神坛，变身普通人，在遭遇官商勾结、土匪恶霸时尽管言语激昂，但时常落魄。权力的落差和人物处境的变化造成了强烈的戏剧效果，触发了观众的同情与理解。

同类题材的作品还有《嘉庆微服私访记》《龙游天下》等。

电视剧《后宫甄嬛传》（导演郑晓龙，编剧流潋紫，2011年首播）讲述甄嬛（孙俪饰演）从一个单纯善良、不谙世事的少女成长为面善心狠、操谋纵略的一代太后的故事。在后宫中，甄嬛多次遭遇皇后和其他嫔妃对她的陷害，甚至被迫出宫修行。个人情感上，她出宫后与允礼（李东学饰演）相亲相爱。怎料还是逃不过二度进宫的命运。好姐妹的死和爱人的死让甄嬛发现，一切人前的富贵繁华都只是内廷残酷权力争斗的装饰罢了。

剧中多个人物性格鲜明，舞美制作精良，编剧巧妙地把握住了文艺创作和历史真实之间的平衡，使该剧在后宫争斗题材作品中脱颖而出。"贱人就是矫情""臣妾做不到啊""容不容得下嫔妾，是娘娘的气度；能不能让娘娘容下，是嫔妾的本事""再冷也不能拿别人的血来暖自己"等台词也是风靡一时。

同类题材电视剧还有《金枝欲孽》《美人心计》《万凰之王》《延禧攻略》《如懿传》等。

五、穿越时空

穿越时空指的是主人公在因缘巧合之下，穿越到与他所在的时空不同的空间里去，由此引发一系列的错位、误会和巧合。通常，主人公还会邂逅一段刻骨铭心的爱情。

香港电视广播有限公司出品的电视剧《寻秦记》（原著黄易，导演文伟鸿、林子欣、刘顺安、吴锦源，编剧黄国辉，2001年首播）讲述21世纪的香港特种部队精英项少龙（古天乐饰演），原本计划穿越时空回到2000多年前的战国时代，到秦始皇登基时的咸阳城去。无奈时空穿梭机发生故障，送他到秦始皇登基的一年前。项少龙为回到现实社会，必须尽最大努力帮助嬴政登基，使得历史按它既定的脉络行进。在战国的这段岁月里，他经历了找嬴政、辨别真假嬴政（真嬴政已死）、助假嬴政登基、被假嬴政追杀等多个事件。同时还邂逅了两段爱情。

电影《神话》（导演唐季礼，编剧唐季礼、王惠玲、李海蜀，2005年上映）讲述秦朝大将军蒙毅（成龙饰演），受秦始皇所命，护送朝鲜公主玉漱[김희선/Kim Hee Seon)饰演]入秦为妃。路上遭到丞相赵高暗中指使的叛军伏击，蒙毅为保护玉漱公主，二人携手随战车堕入万丈瀑布。

而当下，一位严守职业道德的考古学家杰克（成龙饰演），其梦境中总有一位古代公主出现。为了解开梦境之谜，他来到西安秦始皇兵马俑、骊山瀑布等地，终于见到了已等待千年的公主（金喜善饰演）。公主在时空隧道内的悬浮天宫与世隔绝。随后，杰克与充满私欲的盗墓贼斗智斗勇。最终悬浮天宫落地坠毁，杰克被弹出隧道。

电视剧《魔幻手机》[导演余明生、吴国栋，编剧王标（笔名九年），

2008年首播]讲述一部2060年的手机,具有变为人形、光能充电、时空穿梭、遥控、自卫、重组基因等多种超强能力。在帮助孙悟空后,回到2060年失败,意外掉入2006年的世界。

随着魔幻手机的意外出现,主人公克服自身的懦弱。他维护社会秩序、打击违法犯罪的力量得以加强。这是一部社会意义较强的电视剧,再加上台词幽默、故事情节生动风趣,成为中央电视台电视剧频道2008年的收视冠军。

穿越时空的电视剧还有《不负如来不负卿》《寻找前世之旅》《相爱穿梭前年》《薛定谔的猫》《步步惊心》《唐砖》等。

天津宝艺文化制作出品的儿童剧《重返侏罗纪》讲述当代某科学家的儿子在无意之中接触了一枚恐龙蛋。在靠近的过程中,却发生了穿越,他成为那枚恐龙蛋。

它生下来就没见到妈妈,从此踏上了寻找妈妈的旅程。途中,它被慈母龙妈妈捡到抚养,取名"蛋蛋"。未雨绸缪的老族长却担心如果"蛋蛋"破壳出来是霸王龙或者剑龙,将会危及整个种族。所以,族长给慈母龙妈妈一个期限,到"蛋蛋"破壳的那一天,如果"蛋蛋"是凶猛的恐龙,就立刻把他丢掉。慈母龙不忍心送走"蛋蛋",决定和"蛋蛋"一起离开种族。却遭遇地球被小行星撞击,万物毁于一旦。最后关头,慈母龙用自己的身体护住"蛋蛋",时间定格在"蛋蛋"刚要破壳而出的那一刻。在灾难面前,母爱是伟大无私的。

儿子穿越回来了,哭成了泪人。他跟他的科学家妈妈说,不要试图孵化这枚恐龙蛋了。如果孵化出来,"蛋蛋"没有妈妈多可怜啊。他的妈妈答应了。

作品以儿童最容易接受的母子亲情让观众感动,既有种族的坚守与责任,又有母子的爱与承诺。同时,作品非常小心地保护了科学与伦理之间的界限,是一部很好的儿童剧作品。

六、阴差阳错

阴差阳错原指由于偶然的因素而造成了差错。在故事中指由于某种过错或巧合造成了一些看似无法解决的困境，从而引发戏剧矛盾。

话剧《暗恋桃花源》（导演赖声川，台湾表演工作坊首演于1986年）讲述了一个令人啼笑皆非的巧合。

其实是《暗恋》和《桃花源》两个剧组，他们与剧场都签了排练的合约。但这一天，闹了一个大乌龙，剧场被两个剧组同时签约了。两剧组演出在即，都不愿意改期，只好借一个台子同时彩排。

"暗恋"是一出现代悲剧。青年时期的江滨柳和云之凡在上海因战乱相遇，互生情愫，亦因战乱离散。江滨柳逃往台湾，娶妻生子，在生命垂危之际，登报急寻云之凡。没想到云之凡竟然来到眼前，她也于40年前来到台湾，苦等江滨柳无果，只好听哥哥劝告，嫁作人妇。有情人未成眷属，咫尺距离，如同天涯，造成终身遗憾。

"桃花源"是一出古装喜剧，根据东晋文学家陶渊明《桃花源记》改编。说的是武陵人渔夫老陶，老实得有点窝囊，无法阻止其妻春花与房东袁老板私通，愤而离家出走。老陶踏船沿溪流而行，偶然进入桃花源。在桃花源里，老陶又遇见了长相一样的春花和袁老板，这二人却是夫妻。幻境与现实之间的异同让老陶坠入云里雾里。世外桃源的生活让老陶身心愉悦。等老陶重回武陵后，发现春花已与袁老板成家生子，但二人早已没有当初的恩爱，转而相互埋怨，家境破败不堪。

剧情中古代和现代、喜剧与悲剧、深情与薄情、真挚与浮夸相互映照，排练时导演、演员、道具之间相互干扰，在舞台上呈现时出现看似混乱却发人深省的效果。观众笑中有泪，拍案称奇。

电影《囧妈》（导演徐峥，编剧何可可、布鲁鲁夫、何一禾、徐峥，2020年上映）中，小老板伊万（徐峥饰演）缠身于商业纠纷，本要飞往美国处理，却忘带护照。护照在母亲卢小花（黄梅莹饰演）手里，而母亲在去往俄罗斯火车上。当他拿到护照的时候，列车已经开出。距目的地俄罗斯还要六天六夜。

这时，他猛然地意识到自己已经很久没有和母亲共处一室了。为了弥补对母亲的亏欠，他决定和母亲一起去俄罗斯。留下来的风险是极大的，因为在母亲面前，伊万永远是个孩子，需要"关心"。而在儿子面前，母亲是个话痨、是个控制欲很强的人，自已需要"逃离"。

封闭的车厢，事业和婚姻双危机的中年人伊万，退休、老公去世、儿子长大，事业、家庭身份几乎都失去的老年人卢小花，就母子相处的界限感产生了较强的冲突。这对母子也从对立到和解，最终相互理解。

影片原定2020年1月24日（农历大年三十）在影院上映，因新型冠状病毒肺炎疫情防控需要而宣布撤档。后在1月25日（农历大年初一）上线抖音、今日头条、西瓜视频等手机平台，邀请全国人民免费看。此时正值全国人民合家团圆，也算是北京字节跳动科技有限公司（出资6.3亿元）和徐峥团队送给全国人民的新年礼物，应时应景，名利双收。①

小品《面试》（导演王剑男，编剧王承友、董太锋，央视2012年春晚播出）中，郝德寿（郭冬临饰演）来超市应聘搬运工，不料和被抓的小偷撞衫，被店长（魏积安饰演）当成是小偷在办公室里审问。审问和面试应聘的问题恰好比较相似，让郝德寿以为超市老板在面试他。两人一问一答，产生一系列的笑点。

店　　长　　你小子长得挺壮啊！

郝德寿　　那可不！只有身体好才能工作好！大哥！我不仅身体好，我干活还麻利！就你屋这点东西，我五分钟之内我给你搬光了！这桌子抬起来就走。

店　　长　　别动！放下！往后站！站好咯！我说你这么大个个子干点啥不好啊！非干这个！

---

① 冯传胜：《创新or失信？——〈囧妈〉网络首播带来的思考》，《中国电影市场》2020年第3期。

郝德寿　　家里穷！没上过几天学，只能干这个。

店　长　　三百六十行，你干哪行不行，非干这行！

郝德寿　　三百六十行，行行出状元啊！我不觉得干这行丢人！大哥！咱们凭本事吃饭！

店　长　　就这本事？

郝德寿　　前两天我和我几个同乡还有伙伴……

店　长　　你等会儿，同乡伙伴？你直接说同伙不就完了吗？

郝德寿　　那也行，前两天我和我几个同伙，同伙？

店　长　　都干什么了？

郝德寿　　我们去了五家超市都没有成功！我一想是不是人太多把人吓着了，于是我今天让他们在家等着，我一个人独自上您这来试试。

店　长　　你踩点来了！

郝德寿　　我怕人多你受不了。

　　……　　……

北京人民艺术剧院出品的话剧《我爱桃花》（导演任鸣，编剧邹静之，2003年首演）为戏中戏的结构。演员们正在排练《我爱桃花》，唐代冯燕与张婴妻偷奸。不料张婴醉酒归来，醉卧之时，张婴压住了冯燕的巾帻。冯燕欲逃，示意张妻拿来巾帻。怎奈张妻会错意，抽出张婴身上、巾帻旁边的刀，递给冯燕。冯燕觉得此女狠毒，便一刀杀死张妻。

张妻被刺之后，演员之间爆发了激烈的冲突。这把刀究竟该刺谁？三人展开了一轮又一轮的演练，刺挡在两人之间碍事的张婴？或是刺水性杨花的张妻？还是刺破坏别人家庭的冯燕？每种刺法都能说通，又似乎不能让被刺的人满意。

作品借会错意来表达婚姻与爱情、忠诚与背叛、暂时与长久的永恒困境。

七、以"小"见"大"

一叶落而知天下秋,在创作诸如战争、灾难、历史延续时期较长等题材的故事时,可以选取其中的某一个家庭、一个人物或一个时间节点来反映。把时代风貌、社会现状浓缩到这个"小"的事件里面去,从中透出宏达的主题。

意大利电影《美丽人生》(导演罗伯托·贝尼尼,编剧文森佐·克拉米、罗伯托·贝尼尼,1997年上映,2020年重映)讲述了一对犹太父子被送进了纳粹集中营。父亲为避免儿子幼小的心灵受到伤害,就跟儿子说他们正身处一个特别的游戏当中。最后儿子顺利被救,自己惨死集中营。

该影片虽以第二次世界大战犹太人遭受种族屠杀为背景,但在影片的前半段父亲俘获母亲芳心和后半段父亲保护孩子的童心时充满了欢乐的气氛,以喜写悲。父亲在遭受逆境时的勇敢、多谋、乐观感染着每一位观众。也让观众觉察到战争对幸福的抹杀和对人民的摧残,从而爱好和平。

电影《唐山大地震》(导演冯小刚,编剧苏小卫,2010年上映)中,影片着重强调的部分并不是地震带来的天崩地裂和大规模的人员伤亡。而是把关注点放在了人物的心灵重建上。1976年唐山大地震发生时,女儿方登(张静初饰演)和儿子方达(李晨饰演)被压在同一块楼板的两头。情况紧急,搜救力量有限,无论选择救哪一个,就必须要放弃另外一个。母亲李元妮(徐帆饰演)因丈夫刚刚去世,为给家族留下命脉,最终决定救方达。这一切被头脑尚还清醒的方登听见了,她绝望地闭上眼睛。

一场大雨浇醒了昏迷的方登,她知道自己被误认为死亡了,但也不愿意回到家中。幸而被军人夫妇收养,她同原生家庭断了联系。

2008年,汶川地震发生,方登和方达意外重逢,才知道这32年里,母亲每一天都在为当年的抉择而内疚。母亲见到方登时,下跪请求原谅。至此,32年阻挡在方登心中的块垒被彻底打散。

电影巧妙地结合了两次大地震,以心灵重建这一精准的命题达到关注人、关注人性的创作目的。

余华小说《活着》以主人公徐福贵的人生和他的家庭成员为切入点，将解放战争、"三反""五反"运动（在党政机关工作人员中开展的反贪污、反浪费、反官僚主义和在私营工商业者中开展的反行贿、反偷税漏税、反盗骗国家财产、反偷工减料、反盗窃国家经济情报运动），"大跃进"等社会变革作为背景画卷。

随着时间的流逝，尚未成年的儿子死于"被献血"；哑巴女儿死于产后大出血；媳妇死于"软骨病"；女婿死于工地意外；唯一的外孙极度饥饿之下吃了豆子撑死。至此，所有亲人都离他而去，仅剩下年老的他和一头老牛相依为命。

小说以非常冷静的口吻诉说着一个个生命个体离去，但从中又能看到徐福贵的精神力量。在苦难面前，他没有被击垮，反而坚挺地活了下去。为了"活着"而"活着"，没有其他期待。

八、移花接木

移花接木指的是把几部作品中的主人公或者核心情节做一个嫁接，从而产生一种看似荒谬实则有趣的故事。还可以是把这个物种的事情嫁接到其他物种中去，借它们的口来表达。

话剧《两只狗的生活意见》（导演孟京辉，编剧孟京辉，2007年首演）中，两只狗来福和旺财从农村进城寻找理想和幸福，却遇到各种糟心的事。它们便一直在发表它们对贫富、情感、饮食、交通、学习、就业、购物等多方面的意见。作品借"狗"的声音，表达出人类在现实生活中遭遇的种种事件。作品开放性较强，可随时添加新近发生的事情，进行新一轮的改编和创作，所以长演不衰，常演常新。

相声《关公战秦琼》（原作张杰尧，侯宝林推广）中，三国时期的蜀国大将关羽（关公）和隋末唐初的大将秦琼竟然在一起打起仗来了。原来韩复榘（民国时期的山东省主席）父亲看了戏班子表演的《千里走单骑》，觉得关公会有这么厉害？能比山东人秦琼还厉害？于是点名要求二人斗武。尽管班主反馈说二人不在一个朝代，差了400多年，打不起来。但仍然阻止不了韩复榘老爹的强烈要求。戏班子只好奉命行事。该作品讽刺指挥者不顾实际，利用权力盲目指挥。

九、突破常理

突破常理指的是在正常情况下，这种事情不可能发生。

神话、传说、动画片之类的不再往这一条靠。

网络微小说《给自己上坟》[①]讲述一名老人在生前购买墓地，并经常地给自己上坟。公墓管理者很不解。老人说儿孙不孝，担心死后无人上坟，不如生前多来送点纸钱、献点鲜花呢。管理员一想，确实有一些墓地好几年没人上过坟了。而管理员自己呢，儿女都在远方、面也见不着，钱也没收到过，无奈之下，来看守墓地。他估计自己死后也是一样的落寞，看来也是要给自己买一个墓地，提前上上坟了。

一个简短的故事，就把某些青年对长辈不孝顺的情景生动地展现出来了。

电视剧《上错花轿嫁对郎》（导演张子恩，编剧童边、阡陌、朴勤、国芳，2001年上映）根据小说《上错花轿嫁对郎》和《请你将就一下》改编。讲述古代扬州，有两个美丽的姑娘。一个是城北富商的小姐杜冰雁，一个是城东武师的闺女李玉湖。二人同年同月生，又在同一天出嫁，连嫁衣都是一样的，仅仅是盖头不一样。送亲队伍同时出城，两路人马涌到同一座仙女庙内避雨。二女相识并结拜为姐妹。雨停了，二人在众人的忙乱中拿错了盖头、上错了花轿。从此，各自踏上了意外的人生之路，却找到了各自的真爱。

作品设置了很多巧合，从而导致这"错误"的情况发生。这种"上错花轿"的情况在正常情况下是不会发生的。但为了"嫁对郎"当然也就可以忽略了。

[①]《给自己上坟》，搜狐网，http://www.sohu.com/a/326315391_120064922。

第二章　经营情感

很多作品因为成功刻画了真实细腻的情感,让人感触颇深,从而取得成功。就是说创作者不必为了讨好观众而故意设计些令人讨厌的模式。本章结合情感的分类(亲情、爱情、友情等)来论述。

第一节 亲 情

亲情是与生俱来的,父子(女)、母子(女)、祖孙、兄弟姐妹等之间血浓于水。正是因为这样,亲人之间的任何付出在影视剧里都能被接受。

一、父子(女)

电影《钢的琴》(导演张猛,编剧张猛,2001年上映)中,东北某钢厂下岗工人陈桂林(王千源饰演),为与移情别恋的前妻争夺女儿的抚养权,更为了让女儿能成为一个钢琴家,先是打算借钱买钢琴无果,继而去学校偷钢琴被抓。学校考虑他的初衷,没有追究责任。最后,他和工友们用工厂废弃的钢铁为女儿铸造了一架饱含父爱的"钢"的琴。

电影《全民目击》(导演非行,编剧非行,2013年上映)中,林萌萌(邓家佳饰演)因涉嫌故意杀害即将成为继母的歌星杨丹(周韦彤饰演)被提起公诉。林泰(孙红雷饰演)为保护林萌萌不受罪罚,先是打算收买公诉人、检察官童涛(郭富城饰演)无果,后重金聘任国内顶级律师周莉(余男饰演)。周莉成功地将犯罪嫌疑指向司机孙伟(赵立新饰演),被童涛戳破。情急之下,林泰不惜伪造杀人现场,拍下视频,一步步把嫌疑引导自己身上。童涛果然上当,林萌萌被无罪释放。林泰被捕后,童涛苦苦思索林泰口中的"龙背墙"这个名词,最终在林泰老家寻找到踪迹,原来是关于父爱和救赎的神话。林泰也找到了伪造的犯罪现场,最终让林萌萌承认罪行。这个故事中,作伪证的行为固不可取,但父亲对女儿深深的爱令人唏嘘不已。

电影《海洋天堂》(导演薛晓路,编剧薛晓路,2010年上映)中,47岁的父亲王心诚（李连杰饰演）被确诊为肝癌晚期，生命只剩不到4个月的时间。而他21岁的儿子大福（文章饰演）从小患有孤独症，完全活在自己封闭的世界里，无法独立生活。大福的妈妈（高圆圆饰演）在大福年幼时就已去世。大福该怎么留在这个世界上呢？

王心诚先是想到要带着大福一起离开这个世界，未能舍得。他找到了一所能够接收大福的福利机构，却发觉大福在这局促单调的环境中，如同离开了水的鱼，顿时失去生气。王心诚发现，大福在海洋馆里畅游是他最快乐的时光。

为了大福能够快乐地生活下去，留在他最心爱的海洋馆，王心诚为自己制订了最不可能完成的计划，教会大福在海洋馆"上班"。他费尽心力地教大福自己坐公交车去海洋馆，在海洋馆擦地。为了不让大福感到孤独，他不惜拖着病重的身体，背着自制的龟壳扮成海龟，陪着大福游泳。他告诉大福自己将会变成海龟，一直陪伴在他身边。王心诚离开人世，心中已然无憾。大福学会了在海洋馆"上班"。结尾处，大福像从前趴在父亲背上一样，伏在海龟的身上，和它一起游泳，安心而幸福。电影观众早已泪目。

电影《当幸福来敲门》（导演加布里尔·穆奇诺，编剧 Steve Conrad，2006年上映）改编自美国黑人投资专家克里斯·加德纳2007年出版的同名自传。作品讲述医疗器械推销员克里斯·加德纳（威尔·史密斯饰演）事业溃败。妻子离他而去。为了改善生活和照顾年幼的儿子，他勇敢地应聘证券经纪人这一高薪职业。没有任何从业经验的他需要与其他19个人竞争，还要面临半年的实习期没有工资的窘境。房租都交不起的他只能带着孩子睡在公园、火车站厕所、办公室桌底等地方。尽管如此，他仍然乐观地影响着孩子，给孩子传递着信心和希望。加德纳对儿子说，"别让别人告诉你，你成不了才，即便是我也不行。如果你有梦，你就要去捍卫它！不管别人怎么说！"这句话也是给自己打气的。儿子呢，是加德纳坚持下去的勇气和希望。他们彼此温暖，共渡难关。

二、母子（女）

电影《唐山大地震》中，元妮（徐帆饰演）的丈夫方大强（张国强饰演）为救儿女死在了唐山大地震中。女儿方登（张静初饰演）和儿子方达（李晨饰演）被同一块楼板压在两边，无论人们想救哪一个，都要被迫放弃另一个。元妮多么希望以自己的命换回被放弃的那个。时间紧迫，她艰难地选择了从小体弱多病的弟弟方达，也是想给丈夫留个后人。头脑清醒的方登听到了母亲作出的抉择，心如死灰。震后，元妮独自抚养着儿子。元妮当年因选择了救儿子，而对女儿一直深怀愧疚。她在女儿灵位前始终摆放一个西红柿，不愿意搬家去大城市，说是怕女儿回来找不到回家的路。劫后余生的方登不愿意说自己还有母亲和弟弟，被军人王德清夫妇（陈道明、陈瑾饰演）领养，进入了一个全新的世界。直到2008年的汶川大地震让三个人重新唤起生命的记忆。方登对母亲32年的恨也因母亲一直以来的"救赎"行为而减弱，更因母亲对她下跪道歉而彻底解脱。

电影《妈妈再爱我一次》（导演陈朱煌，编剧陈朱煌、柳松柏，1989年上映）剧情以倒叙方式进行，描写精神病医生林志强留学归国，偶然发现医院中的一名病人，竟是他失踪18年的母亲秋霞。原来当年其母秋霞与其父林国荣相恋，遭林母以身家不清白为由拆散。国荣另娶。已经怀孕的秋霞到乡下投靠姨母，并在生下志强后独力抚养，母子二人感情极佳。数年后，国荣之妻娟娟经证实不能生育，林家父母为了延续香火，用尽办法要志强离开母亲回到林家认祖归宗。秋霞几经内心挣扎，终于答应。年幼的志强思念母亲，经常偷偷回到乡下找母亲。一次风雨之夜，志强躲在庙外避雨。秋霞等人遍寻不着。第二天，志强已奄奄一息昏迷不醒。秋霞大为激动，失足跌下楼梯成为疯妇。18年后，志强终于找到他心爱的母亲，并以一曲儿歌"世上只有妈妈好"重新唤醒母亲尘封多年的记忆，母子相认。

电影《杀戒》（导演竹卿，编剧刘恒、俞胜利、竹卿，2013年上映，改编自俞胜利的小说《亮眼》和《老六》）中，女主江月娥（倪妮饰演）怀着前男友的骨肉，没有选择堕胎，而是找到肖立昆（刘烨饰演）做"接盘侠"。孩子出生后，不知情的肖立昆对儿子非常宠爱，但江月娥早已移情别恋。在与肖立昆争夺儿子抚养权面临失败之时，江月娥不惜和盘托出儿子身世，给自己又增添了骂名。从女性的角度来看，江月娥对待婚姻是极不负责任的、该被谴责的。但从母亲的角度来看，她为了儿子做的一切又让人觉得着实可叹。

韩国电视剧《你好再见，妈妈！》（柳济元，编剧权慧珠，2020年首播）中，主人公车宥利（金泰希饰演）身怀六甲，却在车祸中重伤。医院紧急给她实施剖宫产，孩子顺利降生，宥利辞别人世。因为死得太突然，她没来得及跟父母、老公告别，更没来得及多看一眼刚刚出生的女儿。变成"鬼"的她，不愿意轮回，天天"腻"在女儿身边，看她吃饭、陪她玩耍、久久不肯离去。她要见证孩子的每一步成长。

车父每次看宥利的照片都会被车母骂，"哭什么哭，走在父母前面的孩子，有啥可怜的？"但一转身，车母躲进卫生间，打开手龙头，失声痛哭。宥利的丈夫当时也想殉情，准备把婴儿委托给车母抚养。车母严词拒绝。她知道，只要孩子在，女婿就必须得勇敢坚强地活下去。这些都是母爱。

三、祖孙

韩国电影《诗》（导演李沧东，编剧李沧东，2010年上映）中，65岁的老妇人美子（尹静姬饰）生活在小镇里，生活清贫，既要照看读中学的外孙，又要做钟点工照顾身有残疾的老年男子。她仍然对生活充满了信心，每天都会把自己打扮得洁净靓丽，经常去社区的诗歌班学习写诗。苦难还是来临，美子患上了阿尔茨海默症。更糟的是，溺爱的外孙与其他同学一起犯下了性侵罪，被侵犯的少女不堪屈辱，投河自尽。美子不得不与其他施害者的家长结盟，企图用金钱赎罪。可倍感金钱压力的她只能用身体与雇主交易。最终，外孙仍被警察带走。

电影《孙子从美国来》（导演曲江涛，编剧曲江涛，2012年上映）中，老杨头（罗京民饰演）在美国工作的儿子突然回来了，还带来一个洋女友和一个洋小孩布鲁克斯。老杨头传统观念颇重，对布鲁克斯的到来有一些抵触，直接喊他布斯。谁知第二天，儿子和他女友去可可西里考察一段时间，把布斯直接丢在了老杨头的身边。

老杨头不愿意让别人知晓他家有这么个"洋拖油瓶[①]"的存在，夜里也不愿意带着他睡，甚至不愿意将布斯带出自家大门。

布斯饿了要吃汉堡，农村没有。问了一圈之后，老杨头拿个饼卷个馍，布斯吃得也津津有味。老杨头不禁感叹，啥汉堡，不就是肉夹馍嘛。布斯要喝牛奶，仅乡文化站王站长家有。老杨头不想去，因为他拒绝了站长去重新组织皮影戏演出的提议，虽然这是他的强项，并有一堆家伙什。可奈不过布斯吵得凶，还是去了。从站长那贴着"老脸"挤来的一大盆牛奶，放在条凳上，被疯跑的布斯撞泼了。泼了不算，布斯竟然还要喝。老杨头只好再去讨，站长真诚地说把奶牛牵去得了。

这天老杨头正在午睡，布斯看中了他手里把玩的两个核桃。布斯拿来一个生鸡蛋，悄悄地从老杨头的手中替换出了一个核桃。他放在门缝里一夹，"咔嚓"核桃碎了，吃得很快活。他又拿来一个鸡蛋，替换了剩下的一个核桃，放门缝里夹，只听得"咔嚓""哼"两声，门板倒了。睡梦中的老杨头被门倒的声音吓醒，本能地握紧了手。这一下，鸡蛋被捏的粉碎，蛋黄、蛋白流了满手和一地。

吃的、喝的都有了，布斯要玩蜘蛛侠。老杨头托人去买，没买着。他问清了门路之后，老杨头感叹，什么蜘蛛侠，在我们这叫蜘蛛精，果断用皮影

[①] 拖油瓶是指再嫁妇女与前夫所生的子女，在旧观念里，带有一定的贬义。

做了一个。布斯在爷爷的床上拿着皮影做的蜘蛛侠和爷爷拿着的皮影做的孙悟空对打了起来。"孙悟空大战蜘蛛侠",打着打着,布斯困得睡在了爷爷的床上。这是他与爷爷最亲近的时刻了。

如此这番的"小意外""小趣味"让爷孙二人逐渐拉近了距离,增进了情感。

正当爷爷以为这样的天伦之乐会持续之时,儿子从可可西里回来了,带来了一个他意想不到的消息——儿子和洋媳妇分手了。他们三人即将返程回美国。这就意味着,此后与布斯见面的可能性几乎为零。

老杨头颇为不舍,又无可奈何。他以一出皮影戏作为给布斯的送别礼物。

除夕夜,万家灯火。老杨头家冷冷清清,一片暗沉。恍惚之中,儿子、洋媳妇、布斯三人身着唐装出现在门口,给自己拜年。

影片也在这美好的希冀中悄然结束。

微电影《幸福的片儿川》(导演王瑛,编剧王瑛,2013年播出)中,以片儿川(一种杭州特色的面条)为题材讲述了不同年代的人对幸福的不同理解。影片中老孙头(杨和平饰演)生活中贪小便宜觉得不吃亏只要给孙子(楼子豪饰演)吃得好穿得好就是幸福。孙子认为幸福是希望自己以及身边的人都能和自己一样快乐的生活就是幸福,每天抱着一个募捐箱给贫困地区的孩子捐款。

孙子捡到一黑塑料袋包装的钱,没有及时数,就和爷爷一起要把钱还给失主。失主说少了一万块,被爷爷拿了。孙子也认为贪便宜的爷爷拿了那一万块钱,不愿意和爷爷再相处。爷爷为了挽回孙子的信任,拿两万块钱给失主,只要失主证明爷爷的清白。失主和爷爷一起找到孙子,说爷爷是清白的,并把两万块钱都放进了孙子的捐款箱。当把箱子打开数一数时,发现里面躺着整整齐齐的一万块钱。原来,这个钱是失主的儿子趁失主不在意时捐的。孙子知道自己错怪了爷爷,向爷爷道歉。爷爷也改变了贪小便宜的习惯。

四、兄弟姐妹

电影《我的兄弟姐妹》（导演俞钟，编剧陈桐，2001年上映）中，年轻的女指挥家齐思甜首度回国举行演奏会。其实她是想借机寻失散多年的兄弟姐妹。20年前，他们本是东北某小镇里的一户幸福家庭，父亲在小学里教音乐课，生活虽然清贫，在母亲的操持下也过得有滋有味。一个风雪的夜晚，由于长期的积劳成疾，母亲突然病重，在父亲执意之下，决定连夜到医院。没想到，途中两人因车祸不幸丧生。一夜之间，孩子们成为孤儿。

在表叔的坚持下，这四位可怜的孩子由他收养，却遭到表婶的强烈反对。表叔家孩子也多，经济非常窘迫。大哥齐忆苦只好带着弟妹们偷偷离开表叔家。为了让弟妹们能过上好日子，齐忆苦决定忍痛把弟妹送给他人收养。为了日后的相认，他交给每人一张全家福。他将将二妹思甜则托付给准备出国的李东夫妇；将小妹齐妙送给一对孤寡老人；将弟弟齐天交托给一对中年夫妇。从此兄弟姐妹四人各散东西。

二十年后，齐忆苦已是一名出租车司机。在齐思甜到达的那天，齐忆苦从报纸上看到有关齐思甜的消息，于是决定亲自到旅馆与齐思甜相认。齐忆苦意外地卷入了一宗交通事故，成了犯罪嫌疑人，不得不东躲西藏。齐思甜在男友戴维的帮助下，先找到了在哈尔滨工大读书的齐天，一起到父母坟前拜祭。从齐天的口中，齐思甜才知道别后大家的情况。随后，齐思甜在舞厅找到了高中毕业后无所事事的齐妙。对于意外出现的姐姐，齐妙不但不感到高兴，还冷言相向。齐妙的态度令齐思甜十分沮丧。两人也不欢而散。无家可归的齐忆苦在小店独自喝酒，却因为那张有齐思甜消息的报纸与一伙年轻人发生冲突，幸亏齐妙及时解围并将他带回家。酒醒的齐忆苦凭着全家福与齐妙相认，两人不禁喜极而泣。当齐妙带着齐思甜回家时，却发现齐忆苦不见了。两人根据齐忆苦遗下的驾驶证，到出租车公司找齐忆苦，才知道齐忆苦出事了。演奏会的日期临近，继续藏匿的齐忆苦偷偷地买了两张票。心急的齐思甜和齐妙还在不停地寻找齐忆苦，企盼能兄妹重逢。

演奏会当天，齐天和齐妙都到场，唯独缺齐忆苦。齐忆苦在到音乐厅的路上由于过于惊慌被警察发现。在齐忆苦的恳求之下，他终于出现在音乐厅。在父亲的音乐中，齐家四兄妹拥抱在了一起。

伊朗电影《天堂的孩子》（又译《小鞋子》，导演马基德·马基迪，编剧马基德·马基迪，1999年上映）讲述小阿里取回为妹妹修理的小鞋子时，不慎把这双妹妹仅有的鞋子丢失了。为了免除父母的惩罚，他央求妹妹每天妹妹上学时穿他的鞋子，放学后再换给他去上学。于是兄妹仅有的这双鞋子每天就在两个人的脚上交换着。能够找回丢失的鞋子或者再拥有一双鞋子的渴望在两个稚嫩的心中与日俱增地堆积着。他们既要逃避父母以及迟到可能带来的惩罚，又要承受换鞋带来的种种不便，还要躲避对于他人鞋子的羡慕所带来的折磨。阿里试图和父亲去城里打工挣钱。父亲却意外受伤，治病花去了本来答应给妹妹买鞋的钱。后来，阿里看到全市长跑比赛的通知时，苦苦哀求老师批准他参加比赛，因为比赛季军的奖品中有一双鞋子。在比赛中，阿里奔跑着，他的眼前晃动着妹妹放学后奔回来与他换鞋以及他换好鞋后奔向学校的脚步。他要取胜，要获得那双鞋子。他在奔跑，在极度疲劳中奔跑。他跌倒了，为了胜利，又不顾一切地爬起，跑向终点并在混乱中率先撞线。当人们向小冠军表示祝贺时，阿里抬起的却是一双充满失望的泪眼。父亲正在回家的途中，在他的自行车上，放着买给阿里和妹妹的新鞋子。

日本动画电影《萤火虫之墓》（导演高畑勋，原著野坂昭如，1988年上映）讲述在二战后期的神户，哥哥清太和4岁的妹妹节子相依为命。为了让妹妹不再饿肚子，哥哥只好趁飞机轰炸之时冒着生命危险去偷。每当在人去楼空的屋子里找到一些食物，他都会无比的兴奋。他们无家可归，只好远离人们，藏在一个废弃的洞穴里生活。在漆黑的山洞中，哥哥将萤火虫捉进蚊帐，漫天飞舞的萤火虫在夏季闷热的深夜里明明灭灭。哥哥将熟睡中的妹妹紧紧抱住，生怕一松手就又会失去。不幸的是，兄妹二人因为得不到大人的援助而渐渐走向死亡。

古希腊剧作家索福克勒斯的《安提戈涅》中,克瑞翁在俄狄浦斯垮台之后取得了王位。俄狄浦斯儿子波吕涅克斯背叛城邦,勾结外邦进攻底比斯而战死。克瑞翁下令,谁埋葬波吕涅克斯就会被处死。波吕涅克斯的妹妹安提戈涅毅然以遵循"天条"为由埋葬了她哥哥,被克瑞翁下令处死。克瑞翁的儿子(安提戈涅的未婚夫)海蒙指责克瑞翁后自杀。克瑞翁的妻子听说儿子已死,责备克瑞翁后自杀。克瑞翁这才认识到是自己一手酿成了悲剧。安提戈涅作为一种符号,代表着公民依据自然法原则,依据天理和良心,对待恶法。

第二节 爱情

爱情是个体与个体（多数指人）之间的强烈的依恋、亲近、向往，以及无私并且无所不尽其心的情感。

影视剧中的爱情通常都伴随着某些阻力。本书将阻挡爱情的力量进行分类，看看主人公都是怎么克服这些阻碍从而展现爱情的。

一、门户之隔

传统观念中，门当户对是最重要的择偶条件。门户之隔指的是爱情双方家庭的经济地位或社会地位严重不均衡，或者门户相似但两家有着某种难以逾越的鸿沟（比如仇恨等）。

传说《梁山伯与祝英台》[①]讲述祝英台乔装成男子在越州读书的三年间，与梁山伯白天一同读书、晚上同床共枕。祝英台内心暗暗地爱慕梁山伯。梁山伯个性憨直，始终不知道祝英台是个女的，更不知道她的心意。祝家来信催英台回家，二人惜别。在十八里相送途中，祝英台借成对的鸟儿、报喜的喜鹊、水里的鸳鸯屡次向梁山伯暗示自己是女儿身。可是梁山伯完全无法明白，甚至取笑祝英台把自己比喻成女子。无奈祝英台借口说自己家里有九妹，和自己长得一模一样，可以给山伯做媒，要他一个月后上门提亲。怎料，梁山伯家境贫寒，行路艰难。等到祝府时，才知道太守之子马文才已经抢先一步提亲，并且下了聘礼。祝父因女儿已嫁未让梁山伯进门。

梁山伯回家后，一病不起，匆匆而逝。临死前，他请求母亲把他葬在南山，

---

① 该传说有多个版本，多个影视剧作品也有改编。

那是祝英台去太守家的必经之路。祝英台得知山伯深情,假意应允马家婚事,但是要求必须让她下轿祭拜梁山伯。当祝英台下轿时,风雨大作、阴风惨惨,梁山伯的坟墓竟然裂开。祝英台见状,奋不顾身地跳进去,坟墓马上又合起来,不久,从坟墓里飞出一对形影相随的蝴蝶。

英国剧作家威廉·莎士比亚创作的戏剧《罗密欧与朱丽叶》中,罗密欧与朱丽叶两人不能有情人成眷属的主要原因就是两大家族有世仇。

一次蒙面舞会上,罗密欧与朱丽叶一见钟情。知道双方家族的关系后,罗密欧请神父帮忙。神父觉得这是化解两家的矛盾的一个途径,遂主持了二人的婚姻。一天,罗密欧遇到了朱丽叶的堂兄提伯尔特。提伯尔特要和罗密欧决斗。罗密欧本不愿决斗,但一道而来的朋友被提伯尔特杀死。罗密欧大怒,杀死了提伯尔特。城市的统治者决定驱逐罗密欧,下令如果他敢回来就处死他。罗密欧在流放的前一天,爬进了朱丽叶的卧室,度过了新婚之夜。罗密欧刚一离开,出身高贵的帕里斯伯爵再次前来求婚。凯普莱特非常满意,命令朱丽叶下星期四就结婚。

朱丽叶去找神父想办法。神父给了她一种药,服下去后就像死了一样,四十二小时后才会苏醒过来。神父答应她派人告诉罗密欧,会很快挖开墓穴,让她和罗密欧远走高飞。朱丽叶依计行事,在婚礼的头天晚上服了药。第二天婚礼变成了葬礼。神父马上派人去通知罗密欧。可是,罗密欧在神父的送信人到来之前已经知道了错误的消息。他来到朱丽叶的墓穴旁,杀死了阻拦他的帕里斯伯爵,掘开了墓穴。他吻了一下朱丽叶,掏出随身带来的毒药一饮而尽,倒在朱丽叶身旁死去。等神父赶来时,罗密欧和帕里斯已经死了。这时,朱丽叶也醒过来了。朱丽叶见到死去的罗密欧,不想独活人间。她没有找到毒药,就拔出罗密欧的剑刺向自己,倒在罗密欧身上死去。两家的父母从神父那知晓了事情的经过,可为时已晚。从此,两家消除积怨,并在城中为罗密欧和朱丽叶各铸了一座金像。

金庸小说《天龙八部》中，萧峰一直要找"带头大哥"报仇。在马夫人的恶计之下，萧峰错误地把矛头指向了大理国镇南王段正淳。这天晚上，他用"降龙十八掌"打伤了段正淳。萧峰正好奇段正淳为何不还手的时候，才发现原来是挚爱阿朱扮演的。原来阿朱刚刚获悉自己是段正淳的亲生女儿，内心极度痛苦纠结。阿朱既想保全爱人萧峰的性命，也不愿看亲生父亲死在爱人掌下。阿朱乔装易容成段正淳的模样，替父受过，被萧峰误杀。萧峰因仇恨冲昏了头脑，所以被小人利用，亲手杀害了自己的挚爱，终生未娶。

美国电影《罗马假日》（导演威廉·惠勒，编剧达尔顿·特朗勃，1953年上映）中，王位继承人安妮公主（奥黛丽·赫本饰演）欧洲之行的最后一站是罗马。她想欣赏美景，却被侍从们以身份高贵、不宜抛头露面为由拒绝，并被注射镇静剂。公主偷偷溜了出来，没逛多久就在镇静剂的作用下，沉沉地睡着在广场上。美国新闻社的穷记者乔（格里高利·派克饰演）想把她送回家，却怎么叫不醒，只好把她带回了自己的住所。

第二天，乔通过报纸认出了安妮公主。他欣喜若狂，打算写一篇关于公主内幕的独家报道。公主醒后告别了陌生的乔，又到罗马大街上闲逛了。乔跟踪公主，佯装和她偶遇，自告奋勇地要为公主做导游，骑着摩托车带着她游览罗马城。同时，乔的朋友欧文（埃迪·艾伯特饰演）在乔的授意下，驾驶着小汽车跟在他们后面，拍下了许多珍贵的镜头。

公主的失踪引起了官员和侍从们的惊慌。国王秘密派出的便衣找到公主，"先礼后兵"，要带公主回去。公主坚决不肯，还和乔、欧文一起与便衣厮打起来，十分开心。趁着混乱，乔带着公主逃之夭夭。那些便衣却被当地警察抓走了。美好的时光非常短暂，一天匆匆过去。公主意识到自己的身份和职责，要回宫了。可此时她和乔发现彼此间擦出了爱的火花，坠入了情网。怎奈公主毕竟是公主，平民终究是平民，两人只能依依惜别。欧文没有把所拍的照片公布于众，而是赠予了公主。在深情的四目对望中，公主轻轻地对乔说了声再见，一段美好的恋情仅仅停留了一天。

二、伦理

伦理是指人与人的关系和处理这些关系的规则。违背伦理就是暂时与通行的关系、规则相违背。《雷雨》（编剧曹禺）中有两对违反伦理的爱恋。

少年时期的周萍与继母繁漪有一段不伦的恋情。周萍长大后，一心想要逃离，同时被家里丫鬟四凤的单纯所吸引。四凤甚至怀上了周萍的孩子。繁漪决心要挽回这段情感，便一直阻挠周萍同四凤的进一步发展，谁知竟无意中揭穿了最令人惊异的真相——周萍和四凤是同母异父的兄妹，根本就不能成为恋人。羞愤之余，四凤触电而死。周萍开枪自杀。

金庸小说《神雕侠侣》中，杨过与小龙女情投意合，却不被黄蓉为代表的世人所接受。因为杨过是小龙女的徒弟，是"师徒恋"。

日本电影《近距离恋爱》（导演熊泽尚人，编剧まなべゆきこ、みきもと凛）讲述高中女生枢木润希（小松菜奈饰演）是标准的"别人家的孩子"，成绩优秀但英语总是很差。自信帅气的英语老师樱井遥（山下智久饰）强制要求给润希单独补课，以免影响自己的教学口碑。距离的拉近使得两颗年轻的心碰撞出爱情的火花。数学老师明智数马（新井浩文饰演）发现了润希的异样情绪，强制中止了英语补习课。本该感到松一口气的润希，此时反倒被莫大的寂寞所笼罩。在一次英语课上，润希躲到讲台底下，手举求爱信向遥表白。遥大胆地吻了润希。这段师生恋遭到学校和润希家长严厉的反对。遥为润希的将来考虑，用谎话拒绝了润希。润希深受伤害，启程前往其他国家留学。五年后，润希留学归来，与遥相见，发现彼此仍然深爱着对方，终于走到了一起。

同性恋在目前的中国不被法律所允许，也没有被社会广泛接受。电影《霸王别姬》（导演陈凯歌，编剧李碧华、芦苇，1993年上映）中，戏班里的程蝶衣（张国荣饰演）在与师兄段小楼（张丰毅饰演）合作多年《霸王别姬》后，程蝶衣迷离了艺术和现实，渐渐地"爱上"了段小楼。段小楼始终清醒，娶了菊仙（巩俐饰演）为妻，断绝程蝶衣的虚妄。无奈，程蝶衣始终未曾放下。"文革"期间，这份爱恋更是给他们带来更大的灾祸，菊仙含愤自杀。程蝶衣也在最后一次《霸王别姬》的演出时拔剑自刎。段小楼孤苦一身。

韩国电视剧《蓝色生死恋》（导演尹锡湖，编剧吴秀妍，2000年首播）讲述一对恩爱的情侣俊熙[宋承宪（송승헌/Song Seung Heon）饰演]与恩熙[宋慧乔（송혜교）饰演]从小至终悲欢离合的故事。

俊熙和恩熙小时候是兄妹，在一户人家共同生活了14年。后恩熙发生车祸需要输血，但与父母血型都不匹配。深究之下，众人才知道是当年在医院里抱错了。俊熙一家为了是否需要纠正错误闹得四分五裂。恩熙顾全大局，决心回到亲生母亲家庭。俊熙一家去美国远离这场乌龙。8年后，俊熙和恩熙再度重逢，激起了二人内心的相互牵绊。这么多年过去了，二人的亲情早已转化成爱恋，彼此都不愿放弃。曾经是兄妹的事实让俊熙家人始终无法接受这二人新的关系。俊熙的未婚妻幼美[韩娜娜（한나나）饰演]和钟情于恩熙的泰锡[元斌（원빈）饰演]又都对他们极为执着。

爱情与亲情、恋爱与感动、情感与责任，诸多因素交织在一起始终困扰着恩熙和俊熙的每一步抉择。二人分分合合，合合分分，始终未有明朗的结局。造化弄人，恩熙被检查出患有白血病，生命进入倒计时。恩熙和俊熙最终决定突破一切阻挠，在一起度过最后短暂但幸福的时光。恩熙病发而亡，俊熙也因车祸离世。但离世前，俊熙看到了恩熙的微笑。

日本电影《三月的狮子》（导演矢崎仁司，编剧小野幸生，1992年上映）讲述妹妹一直深爱着哥哥。她从医院领回了在一起意外事故中失忆的哥哥，谎称是他的恋人，与哥哥生活在了一起。两人时刻承受着道德与情感的冲突。她笨拙着学着别人的样子努力去爱他。这份爱显得怪异、极端、压抑、窒息。正如哥哥的记忆总有一日会恢复一样，妹妹找的新居是在将拆除的房子里。所有的人都是忙着将物品迁出，只他们却往里搬东西。导演对待这段情感的态度在片尾得以最集中的体现，这是一个分娩的场面，妹妹在痛苦地呻吟着。哥哥拿着妹妹最爱吃的冰棍站在床前，紧张得汗如雨下，全然不知冰棍已经融化成了小小的冰块。影片在这段不伦之恋的结晶发出第一声嘹亮的啼哭中戛然而止。余音缭绕中使人品味出这样一种观念——这段不伦之恋与常人的爱情一样是有生命力的。①

美国剧作家山姆·谢泼德编剧的《被埋葬的孩子》中，母亲海丽和长子铁尔顿发生性关系，生下的孩子被父亲道奇亲手溺死。这个家庭从此陷入无尽的宿命之中。巨大的家业被毁坏一空。父亲整日沉溺于电视节目和酒精之中，不愿离开沙发一步，等待死神的降临。母亲为了给死去的、很可能成为全家之骄傲的小儿子塑座雕像，她甚至可以弃家庭于不顾去和一个牧师调情。铁尔顿曾是全美明星橄榄球队的中卫——一个真正的男子汉，现在却是个胆小的、弱不禁风的"闷葫芦"；二儿子布莱德雷在一次事故中受伤，失去了一条腿，变得性情暴躁，常常使用一些暴力手段来疏散心中的压抑。当全家唯一健全的孙子文斯带着他的女朋友谢丽回到老家时，却没人愿意承认他的存在。②

话剧《上海屋檐下》（编剧夏衍）中，革命党人匡复被捕入狱，传言已被杀。妻子杨彩玉走投无路，带着孩子找到匡复好友林志成。在此后的8年里，杨彩玉和林志成相互扶持，产生情愫，已然同居。突然间，匡复被释放。当他找到林家，发现这个现状时，三人都处在非常尴尬的境地。匡复深爱着杨彩玉。杨彩玉对匡复仍然有感情，对林志成又难以舍弃。林志成怀着愧疚决心要离开，但又很不舍。于是，三个人都陷入难以解脱的内心矛盾和痛苦之中。最终，匡复理解、原谅了他们，在孩子们向上精神的鼓舞下，留言出走。

---

① 《爱情的诠释——九十年代日本爱情电影之印象》，人民网，http://www.people.com.cn/GB/wenhua/27296/2425260.html。

② 董莉：《出走与回归，梦想与幻灭——评山姆·谢泼德及其剧作〈被埋葬的孩子〉》，天津外国语学院学报2000年第3期。

三、神鬼

在大量的神话传说中，人与神仙、鬼怪之间也有爱情的发生，这也会遭遇到困扰。

黄梅戏电影《天仙配》（导演石挥，编剧桑弧，1956年上映）改变自黄梅戏《天仙配》。作品讲述七仙女（王母娘娘的七女，严凤英饰演）和董永（农夫，王少舫饰演）相爱，二人携手度过难挨的务工时光。满工后，二人对幸福生活充满了向往。七仙女却被玉帝派人勒令回到天庭，否则会严惩董永。怀有身孕的七仙女无奈之下，与董永挥泪告别。自此天上人间，二人永难相见。

美国电影《人鬼情未了》（导演杰瑞·扎克，编剧布鲁斯·乔伊·罗宾，1990年上映）中，萨姆（帕特里克·斯威兹饰演）正在筹备着与未婚妻美莉（黛咪·摩尔饰演）的婚礼，却被朋友卡尔（托尼·戈德温饰演）暗中所害。卡尔还觊觎萨姆财产，疯狂追求着美莉。萨姆深爱着美莉。他化身幽灵，并在奇异人士的帮助下，保护着美莉。卡尔的阴谋被粉碎，萨姆也要前往天堂。萨姆和美莉尽管再相爱，也不得不阴阳两隔。

电影《美人鱼》（导演周星驰，编剧周星驰，2016年上映）中，富豪刘轩（邓超饰演）计划填海造地产，严重威胁着海洋的生态和渔民的生活。美人鱼种族被赶到了一艘破船里艰难生存着。美人鱼珊珊（林允饰演）受家族指令，通过暗杀刘轩来阻止填海计划。刘轩表面放荡不羁实则情感空虚。在交手中，二人互生情愫。这遭到了追求刘轩的富家女李若兰（张雨绮饰演）和追求珊珊的八爪鱼（罗志祥饰演）双重阻挠。最终，刘轩因为爱上珊珊而停止填海。珊珊却因意外受伤消失于大海。

安徒生童话《海的女儿》讲述大海里的人鱼公主在一次偶然的契机中冒着生命危险救了英俊的人类王子，但昏迷的王子并不知情。等到王子醒来时，眼前站着邻国的公主，他便以为是邻国公主救了她。

人鱼公主深深地爱上了王子，为了变成人，她放弃海底自由自在的生活、300年生命和美妙的歌喉。她记住了巫婆的话，一旦变为人，就再也不能变成鱼儿回到大海了。如若能与王子结为夫妇，那她将会得到不灭的灵魂；如若王子与其他女子结婚，那人鱼公主将会在王子婚礼的前一天早上死去，变为海里的泡沫。人鱼公主找到了王子，为王子翩翩起舞。王子也很喜欢她，不愿分开。王子对她说，他只喜欢人鱼公主和救了他的那个女孩。如果找不到那个女孩，就会娶人鱼公主。人鱼公主既高兴又伤心，因为她没有办法讲出心里的话。

国王给王子安排的新娘到了，恰巧就是邻国公主。他俩很快就要成婚。人鱼公主很伤心。她的姐妹们带来一把刀，让她刺死王子。这样就能回到海里，这也是唯一的机会。人鱼公主走到熟睡的王子身边，听到王子梦中还在呼喊着新娘的名字。她放弃刺杀王子，跳入大海，成为一串美丽的泡沫，在阳光的照射下闪闪发亮。

四、性格

莎士比亚戏剧《奥赛罗》中，奥赛罗是威尼斯公国一员勇将。他与元老的女儿苔丝狄蒙娜相爱。因为两人年纪相差太多，婚事未被准许。两人只好私下成婚。奥赛罗手下有一个阴险的旗官伊阿古，一心想除掉奥赛罗。他先是向元老告密，不料却促成了两人的婚事。他又挑拨奥赛罗与苔丝狄蒙娜的感情，说另一名副将凯西奥与苔丝狄蒙娜关系不同寻常，并伪造了所谓定情信物等。奥赛罗信以为真，在愤怒中掐死了自己的妻子。当他得知真相后，极度悔恨，拔剑自刎，倒在了苔丝狄蒙娜身边。

乐府诗《孔雀东南飞》，讲述焦仲卿、刘兰芝深爱着对方。兰芝知书达理、织布裁衣、日夜操劳，还是得不到焦母的喜欢。焦母命焦仲卿休妻再娶。焦仲卿不敢违背母亲意志，让兰芝先回娘家，再想办法。怎料，县令和太守家的公子先后来刘家求婚。刘母万般无奈。刘兄非常势利，催促兰芝再嫁。

兰芝没有任何话语权，只好同意。闻讯赶来的仲卿与兰芝匆匆相会，互诉衷肠，二人约定共赴黄泉为伴。仲卿回家拜别焦母，对着空房哭泣。兰芝举身赴池的消息传来，仲卿自挂东南枝。焦、刘两家求合葬，二人化身孔雀飞去。作品中，矛盾聚焦在焦仲卿身上。他性格软弱，没有很好地处理危机，"愚孝"过重，直接导致了悲剧的发生。

五、灾难

美国电影《泰坦尼克号》（导演詹姆斯·卡梅隆，编剧詹姆斯·卡梅隆，1997年上映）以1912年"泰坦尼克号"邮轮在其首航时触礁冰山而沉没的事件为背景。作品讲述穷画家杰克（莱昂纳多·迪卡普里奥饰演）和贵族女露丝（凯特·温斯莱特饰演）抛弃世俗的偏见坠入爱河。怎料，邮轮撞上冰山，即将沉没。露丝为救杰克放弃和其他女性、小孩一同逃生的机会。邮轮沉没后，杰克让露丝漂浮在一块甲板上，自己在一旁紧紧守护。最终杰克冻死在海里。露丝获救。

电影《惊涛飓浪》（导演巴塔萨·科马库，编剧亚伦－肯德尔，2018年上映）根据1983年太平洋飓风海难事件改编。作品讲述热衷航海的年轻人塔米（谢琳·伍德蕾饰演）与男友理查德（山姆·克拉弗林饰演）在横渡太平洋途中遭遇最强飓风。风暴过后，塔米要面对帆艇被毁、理查德重伤、没有救援的局面。在理查德的精神鼓励下，塔米坚定地燃起了求生的希望，爆发了绝境之下的意志力和勇气。理查德终因伤口感染，不治身亡。塔米在海上航行了41天，成功获救。

六、疾病

韩国电影《比悲伤更悲伤的故事》（导演元泰延，编剧元泰延，2009年上映）中，姜哲奎（权相宇饰演）和同事恩媛（李宝英饰演），一个从小失去父亲、被母亲遗弃，另一个因交通意外而痛失双亲。两人都把对方看成自己的家人、朋友和亲人，合租房子，彼此内心深深相爱，共同生活，但没有夫妻之实。哲奎的家族遗传病还是来了，他只剩下200多天生命了。他实在是舍不得留下恩媛一个人无依无靠。于是，他隐瞒了自己的病情，决定用他剩下的时间为恩媛寻找一个可以替他照顾恩媛一生一世的男人。牙医朱焕（李凡秀饰演）符合他的预期。他调查了牙医的背景，还把牙医劈腿的未婚妻劝退，成功地将恩媛和朱焕送进婚礼殿堂。恩媛早已了解了哲奎的病情和心思，为了满足哲奎的愿望，也积极地配合哲奎实施所有的计划。婚礼的礼服她却要哲奎给她挑选，并且让哲奎穿上新郎的礼服和她合影。恩媛婚后没几天，哲奎病逝。恩媛殉情自杀。在恩媛留下的录音机里，朱焕详细了解了二人相爱不能相守的感人故事。他把二人安葬在了一起。

日本电影《只是爱着你》（导演新城毅彦，编剧市川拓司、坂东贤治，2006年上映）讲述热爱摄影的濑川诚人（玉木宏饰演）因为有皮肤瘙痒症而不愿意与人接近。诚人总是逃课外出摄影。同学静流（宫崎葵饰演）总是陪伴着他并且"爱屋及乌"喜欢上了摄影。迟钝的诚人丝毫没有察觉静流的心思。他一直暗恋着班里出名的美女富山美雪（黑木明纱饰演）。对他来说，静流只是一个好朋友。一天，静流突然向诚人提出要拍一张两人接吻的照片，拿去参加某个摄影比赛。在嘴唇接触的一刹那，静流感受到了一生中最大的幸福。诚人的心中也泛起了涟漪。可就在第二天，静流突然失踪了。几年后，诚人突然收到了一封来自纽约的信，寄信人正是静流。诚人来到了纽约，前来迎接他的却是美雪。原来，静流已经病逝，她在纽约办了摄影展。摄影展里全是诚人日常生活的照片和两人接吻的照片，照片旁边有一行字，"一生一吻爱一人"。

日本电影《恋空》（导演今井夏木，编剧渡边睦月、美嘉，2007年上映）讲述高中女生美嘉（新垣结衣饰演）与染着白头发的"坏孩子"弘（三浦春马饰演）相恋，却被弘的前女友找了三个男人轮奸。世俗的压力让美嘉极度崩溃。

弘严厉地"教训"了几个混混，在美嘉班级替她伸张正义。美嘉逐步回归正常生活，同时和弘恢复了恋情，此时意外怀上了弘的孩子。弘央求双方的父母让自己辍学娶美嘉。美嘉又被弘的前女友推倒导致流产。两人约好，每年的平安夜都来祭奠未出生的孩子。弘突然间性情大变，开始和其他女生调情，并向美嘉提出了分手。

在美嘉最低谷的时候，温柔可亲的福原优（小出惠介饰演）对其开展了爱情攻势。美嘉与优开始新的恋情，并选择与优就读同一所大学。这一年的平安夜，美嘉看到弘的朋友祭奠孩子，追问之下得知，弘已病重，正在治疗。美嘉赶到医院，了解了当年的"抛弃"缘由是弘的重病，陪伴弘度过了生命的最后时光。弘说自己是天空，会一直守候在美嘉的周围。

值得注意的是，"疾病""车祸"这之类的"套路"在今天的审美下，需要谨慎使用或者不用，以免没有把握住细节，强行煽情引起观众的不适。

第三节　友情

在影视剧中，战友、同事、同学和朋友之间的情谊——友情是主人公行进的辅助力量。在朋友的帮助下，尽可能地达成某个目标。友情与亲情、爱情相比，更加纯粹，没有过多的功利色彩。

一、战友

电影《集结号》（导演冯小刚，编剧刘恒，2007年上映）改编自杨金远的短篇小说《官司》。淮海战役中，139团3营9连连长谷子地（张涵予饰演）地带领47个战友接受了一项阻击战的任务，他与团长约定以集结号作为撤退的号令，如果集结号不吹响，全连必须坚持到最后一刻。47名战士奋勇厮杀，全部牺牲，连长谷子地背着炸药包前往敌军战壕。等他醒来时，发现已被解放军当成敌军士兵俘虏。更糟糕的是番号已被撤销，47名战友登记的信息是失踪。为了证明自己的身份和47名战友的英雄壮举，为了尊严，谷子地加入解放军炮兵部队，随部队南征北战，寻找证明的契机。中华人民共和国成立后，谷子地在当年的战场（如今已是堆积如山的煤渣堆）疯狂地挖了起来，最终找到了战友们的遗骸。他们被授予战斗英雄，忠魂归土。

电影《离开雷锋的日子》（导演康宁、雷献禾，编剧王兴东，1996年上映）中，雷锋生前的战友乔安山（刘佩琦饰演）因一次意外导致了雷锋的死亡。怀着无比的愧疚和怀念，他一度精神失常、要自杀以"谢罪"。在别人的帮助下，乔安山意识到只有学雷锋、做雷锋，才能对得起雷锋。于是，他不断地做好事，虽然有时甚至会受到家人的误解和别人的误会，但他更开心的是也有很多人帮助他。这个社会上的雷锋越来越多了。

电视剧《士兵突击》（导演康洪雷，编剧兰晓龙，2006年首播）中，许三多（王宝强饰演）从木讷的农家小孩到啥都不会净惹事端的"孬兵"，再到业务本领强的优秀士兵，最终成为一个心智成熟的男人。这一路走来，都是战友在帮助下，都是在"不抛弃不放弃"的承诺和要求下，艰难行进的。有几个情节可以见证。

许三多在维修战车的时候不慎用锤子把史今（张译饰演）的手砸伤了，不敢再继续抡锤砸钎。史今反而安慰说："是我太着急了，我不对啊！你再来试一次好不好？"许三多还是想放弃。史今大吼："我从来没有像现在这么难过，你知道吗？我自作自受！"

许三多参加"腹部绕杠"比赛，为了优秀班集体的荣誉和班长史今的期待，最高纪录27个的他绕了333个。赛后，他睡了两天，吐了14回。

老A选拔时，相互搀扶的许三多、成才（陈思诚饰演）、伍六一（邢佳栋饰演）三人都在冲向终点。最后只剩下了2个名额，成才抛下两人往前冲去。许三多却艰难地背着腿受伤的伍六一向前走。一贯信奉钢七连"不抛弃、不放弃"精神的伍六一为了许三多，笑着拉响了信号弹，流泪喊道："放弃了！"

连长高城（张国强饰演）为了瘸腿的伍六一，花了很大工夫弄了个司务长的职务。伍六一却不愿意过这种通过走后门找来的舒服的生活。高城抽了伍六一一巴掌，两人相拥而泣。

二、同事

电视剧《你是我的幸福》（导演姜凯阳，编剧申捷，2011年首播）男主人公老严（李建义饰演）在设计院当了多年的副院长，眼看着有个转正的机会，却遇到局里空降的汪炎（刘佳饰演）。巧合的是，本不相识的汪炎曾和老严在酒店有一场较量。"新仇""旧恨"，加上"新官上任三把火"，再加上"事业单位改企"的重要任务。这两人你来我往，冲突不断升级。随着剧情的发展，丧偶的老严和一直未婚的中年女人汪炎之间竟然生出了情愫，并最终走到了一起。友情跨越到爱情之中。

电视剧《棋逢对手》（导演刘心刚，编剧王倦、朱历、秦雯，2013年首播）讲述夏朵朵（王子文饰演）在实习店长郑墨（黄轩饰演）的"好心帮倒忙"和闺密丝丝（殷叶子饰演）的"反衬"下，从大型连锁超市实习生到转正再到职务一步步升迁的故事。作品把职场里的残酷竞争和互相帮助的温暖巧妙地融入夸张的喜剧情节之中。

话剧《老大》（导演查明哲，编剧喻荣军，2013年首演）中，船员冯国良跟随老船员出海捕鱼，因自己的操作失误导致了船老大和船员老鬼的死亡。为了朋友，为了赎罪，他央求老鬼的遗孀嫁给他，好让他来代替老鬼照顾她和肚子里的孩子。他狠心离开了相恋多年的女友——越剧演员戚瑞云。戚瑞云伤心欲绝，远嫁他方。然而，老鬼的遗孀并未接受冯国良。她生下孩子托付给他抚养，跳海随老鬼而去。冯国良独自抚养着遗孤直到孩子长大成人。

三、同学

电影《中国合伙人》（导演陈可辛，编剧周智勇、张冀、林爱华，2013年上映）讲述了"土鳖"成东青（黄晓明饰演）、"海龟"孟晓骏（邓超饰演）和"愤青"王阳（佟大为饰演）从20世纪80年代到21世纪，大时代下三个年轻人从学生年代相遇、相识，共同创办英语培训学校，最终实现"中国式梦想"的故事。

成东青，农村出身，三次参加高考，终于考上北大。孟晓骏，精英知识分子，强烈自信，内心认定自己永远是最优秀的那个。王阳，浪漫主义者，样子俊朗，热爱文学，梦想是当个诗人。三个人戏剧性地成为同学。孟晓骏和王阳帮助成东青向喜欢的女孩表白。三人还在老教授的课堂上被群殴。转眼已是毕业季。

成东青多次申请美国签证被拒，留校任教又因在外私自授课被除名。无奈之下，他办了英语培训班，正好赶上了市场空前火热的需求。王阳签证成功，为了爱情放弃出国。

孟晓峻以"天之骄子"的身份去往美国，却只能在实验室做喂小白鼠的助手。可连这份工作都被人顶替。他只好到餐馆做小费都没有的勤杂工，还被老员工羞辱。现实把孟晓骏的梦想击得粉碎。

成东青邀王、孟二人共同开办"新梦想"学校。三人凭借个人魅力，包括成东青的自嘲式幽默教学法，孟晓骏的美国经验和签证技巧，以及王阳的创新电影教学，让新梦想空前成功。新梦想规模迅速扩张，成东青被媒体和青年塑造成为留学教父。但在公司是否上市的问题上，成东青和孟晓骏发生严重的分歧。孟晓骏愤而出走。

EES控告新梦想侵犯版权，又把三人再次凝聚起来。成东青决定替孟晓骏赢回尊严，也为成长的国度发声。他用坐飞机的时间背下了与版权案有关的法律，买下了孟晓骏实习的实验室并以孟命名，正式宣布"新梦想"启动上市计划。

印度电影《三傻大闹宝莱坞》（导演拉库马·希拉尼，编剧乔普拉、拉库马·希拉尼、查腾·白加特、Abhijit Joshi，2011年中国内地上映）讲述了三位主人公法罕（马德哈万饰演）、拉加（沙尔曼·乔什饰演）与兰彻（阿米尔·汗饰演）三位大学同学的故事。

法罕其实并不想学工业设计，每天惦记着摄影。拉加的家庭十分贫困，希望毕业后能找个好工作以改善家庭的经济状况，求神告佛以期自己考试通过。法罕和拉加学习很努力，成绩总是倒数。兰彻成绩名列前茅，对机械有一种异乎寻常的热爱和天赋。兰彻还是一个喜欢开导别人的人。每每同学们在无助、错误或者是生活即将步入歧途的时候，他总是会恰当地出现，恰当地给予指点。在他的帮助下，法罕得到了一个匈牙利摄影师的工作邀请，拉加得到了公司的聘用。

影片还借三人的表现反思了教育制度，考试其实是辅助学习的一种手段，而不是学习的目的。获得知识，这本身是一件令人快乐的事。考试成绩不应该公开，每个人的成绩单就相当于自己的"药方"，其他人根本没有必要知道。考试其实一点也不痛苦，痛苦的是人与人之间的比较。①

电影《七月与安生》（导演曾国祥，编剧林咏琛、李媛、许伊萌吴楠，2016年上映）根据安妮宝贝同名小说改编。七月（马思纯饰演）与安生（周冬雨饰演）从踏入中学校门的一刻起，便成了朋友。七月是文静、乖巧又安分的，永远的优等生。她心里有十分反叛的一面，只是为了满足别人的期待，不断压抑自己。安生大大咧咧、自我意识强，不按规矩办事，喜欢挑战权威。但她心理脆弱又没自信，害怕被别人拒绝和讨厌，百分之百用心待人，所以总是受伤。18岁那年，她们同时爱上了苏家明（李程彬饰演）。至此，成长的大幕轰然打开。

苏家明学习成绩好，相貌英俊，性格阳光，擅长体育，个性又很温和。面对七月和安生两个女孩，他显得唯唯诺诺、随波逐流，从未采取主动权，也没有做出果断的选择。这一段情感纠缠一直到成年。七月不愿意接受内心不独爱自己的家明，在婚礼上，她要求家明逃婚。之后，七月发现自己怀孕。她没有告诉家明，而是去找了安生。七月生下孩子后，因大出血而死。家明和安生也因为愧疚没有走到一起。最终，安生独自抚养着七月的孩子。

四、朋友

电影《人在囧途》（导演叶伟民，编剧圣堂创作工作室、田羽生、史晨赟、徐元丰，2010年上映）中，衣冠楚楚、以成功人士自居的李成功（徐峥饰演）与一个毫无烦恼、大大咧咧、喜欢裸睡的农民工牛耿（王宝强饰演）一起经历

---

① 《〈三傻大闹宝莱坞〉十周年，为何男主角非阿米尔·汗不可》，八分电影百家号，https://baijiahao.baidu.com/s?id=16477360796487145418wfr=spider&for=pc。

了飞机返航、列车停运、大巴堵车、轮渡遇"骗"、面包车开翻车，坐运家禽的农用拖拉机等一系列"囧"的事件，最终抵达目的地。李成功对牛耿的态度是从躲都躲不及、敬而远之到接受同行现实、被迫睡在同一张床，再到羡慕牛耿毫无烦恼的状态，率真的个性。最终，李成功把牛耿当作好友，还替牛耿解决了债务问题。

浙江大学黑白剧社话剧《同行》（导演桂迎，编剧桂迎，2004年首演）改编自网络小说《穿越生命》，讲述通过网络认识的四个大学生——沉稳理性的"浪迹天涯"、内心脆弱的"花乌鸦"善良内敛的"行人"、眼高手低的"野山雀"一起野外探险。他们遭遇缺水、断粮、受伤、中毒……死亡。自救还是救他？四人的关系从友好变成对立，直至彻底决裂。故事所要展现的，是在危及生命的关头，不同价值观导向的矛盾、冲突和对抗。

第四节　师生情

师生情，包括教师和学生，古代的师傅和徒弟等。

电影《全城高考》(导演钟少雄,编剧赵葆华、李志朴、范从政,2013年上映)以全中国人记忆深刻的高考为背景，以百年名校红江中学为依托，主要讲述高三(9)班班主任范义本(方中信饰演)在高考前帮助四名学生清除考试障碍的故事。

林业(乔乔饰演)突然得知父母已经离异很长时间却瞒着她，她备受打击决定放弃高考。她指着一棵树说，这是她小时候种下的树，现在要枯萎了。范老师和同学们一起重新栽好树，让小树又发了新苗。林业受到鼓舞，考上北京师范大学。

贺帆(吴俊余饰演)健壮朴实，坚信苦读能改变自己和家庭的命运，却被现实赤裸裸的打击。家里给他准备上大学的学费被奸商诈骗。在追讨中，父亲为保护儿子打伤人被拘留。范老师在奸商的手上成功救下了贺帆，并报警解决了其他难题。贺帆考上北京国际关系学院。

任雪(陆翊饰演)是天之骄女，理想是弘扬中国文化的她却被父亲逼迫到海外学习建筑。她一气之下离家出走，与父亲的关系也濒临冰点。范义本始终尊重任雪的意见，把她劝回来重新参加高考。她考上北京大学中文系。

秦鹏(谭杰希饰演)有文学天赋，阳光自信却不拘小节，不求甚解，个性很强。范老师和他比赛打篮球、聊文学、唱歌，让他回到正常的备考秩序中。他因为作文追求新颖而跑题，高考失利，却签约一家北京出版社，成为签约作家。

电视剧《十八岁的天空》（导演李济昌，编剧王博，2002年首播）讲述嘉英中学新聘班主任古越涛（保剑锋饰演）在高三（8）班试验素质教育的故事。古越涛一改高三班级班主任的形象，年轻、帅气、活泼、有热情，甚至有些不成熟、不稳重。

高三（8）班的学生都很特殊，有公开对其发难的班级意见领袖、有相互攀比的女生、有巨大隔阂的母女、有挑战校草美貌的张扬女生、有想谈恋爱遇到竞争对手的男生，就像一个刺猬的背，到处都是刺。班级成员之间也经常发生一些口角，可以说极不平静。

古越涛永远把学生们当成朋友，而不是纯粹的师生关系。他希望所有学生要有自己的空间，要在轻松环境下读书，希望每一位学生都是阳光般的少男少女。他成功地避开了所有的刺，把一个是非多的班级逐渐调整成了一个充满阳光、活力四射的团队。

电视剧《西游记》是以唐僧师徒的取经之路为故事线索。在"三打白骨精"之后，唐僧（徐少华饰演）误以为孙悟空（六小龄童饰演）好杀成性，要把他驱逐出取经队伍。任凭孙悟空百般辩解、八戒（马德华饰演）和沙僧（闫怀礼饰演）帮助求情，唐僧毅然决然，无动于衷。孙悟空要磕头拜别。唐僧也转身躲开。于是，孙悟空拔下毫毛，变出多个悟空，围着唐僧磕头，令人泪目。等唐僧被黄袍怪变成猛虎面临危难之时，孙悟空火速前往救援。唐僧才知误解了悟空。师徒四人继续携手向前。

电影《精武英雄》（导演陈嘉上，编剧陈嘉上、叶广俭、林纪陶，1994年上映）中，精武门弟子陈真（李连杰饰演）追查师父霍元甲的死因，证实师父是日本军官藤田刚下毒致死后，打败藤田刚为师父报仇。

香港电视广播有限公司出品的电视剧《射雕英雄传》（导演杜琪峰、刘仕裕、吴一帆、萧显辉、余凯荣，编剧陈翘英、陈丽华、张毅成、何耀宏、张华标、林零，1983年首播）中，郭靖（黄日华饰演）从一个不谙世事的"傻小子"成长为一代大侠，离不开诸多师父的教导。"江南七怪"不远万里到大漠寻找郭靖母子，单单是这份侠义也让人佩服；全真教马钰道长教了郭靖两年吐纳的功夫，使郭靖打下了武学的内功基础；洪七公赏识郭靖为人，教了他降龙十八掌；周伯通教郭靖九阴真经。正是转益多师助郭靖顺利跻身武林高手的行列。

第五节 爱国（集体）情怀

人与国家、集体之间，有爱国、保护集体利益等情感。

爱国体现了人们对自己祖国的深厚感情，反映了个人对祖国的依存关系，是人们对自己故土家园、民族和文化的归属感、认同感、尊严感与荣誉感的统一。这种情感包含了对祖国、人民深沉的爱。

电影《战狼Ⅱ》（导演吴京，编剧吴京、刘毅、董群、高岩，2017 年首映）中，故事发生在非洲附近的大海上，被军队开除的冷锋（吴京饰演）突然卷入了一场非洲国家叛乱。他本可以安全撤离，却因无法忘记曾经为军人的使命，孤身犯险冲回沦陷区，带领身陷屠杀中的同胞和难民，展开生死逃亡。随着斗争的持续，体内的狼性逐渐复苏，最终孤身闯入战乱区域，为同胞而战斗。

传记电影《邓稼先》（导演王冀邢，编剧钱道远、钱滨，2009 年上映）中，"两弹元勋"邓稼先（巫刚饰演）隐姓埋名的秘密从事核武器研究的近三十年。他牺牲了个人名利和个人生活。妻子许鹿希和儿女们也承受了无法诉说的精神折磨和艰难困苦。她们始终都默默地承受下来，直到邓稼先被迫离开工作岗位，还原为一个普通的丈夫和父亲。一切似乎都为之晚矣，邓稼先因受到核辐射影响，身体已经极度衰弱，恶性肿瘤和癌细胞全身转移，生命垂危。

电影《林则徐》（导演郑君里、岑范，编剧吕宕、叶元，1959 年上映）中，林则徐（赵丹主演）奉旨到广州禁烟，在人民群众的支持下，与英国鸦片贩子和中国贪腐官员进行坚决斗争。

电影《狼牙山五壮士》（导演史文炽，编剧邢野、孙福田、和谷岩，1958 年上映）是根据抗日战争时期的一个真实事件写作的。抗日战争时期，五位八路军战士为掩护党政机关、部队和群众转移，和日军作战到直到弹尽粮绝。面对步步逼近的日伪军，他们宁死不屈，毁掉枪支，义无反顾，纵身跳下数十丈深悬崖。

电影《红海行动》（导演林超贤，编剧冯骥、陈珠珠、林明杰，2018年上映）中，中国海军蛟龙突击队先后成功救出被索马里海盗劫持的中国商船船员、陷入非洲伊维亚共和国政局动荡的华侨和被恐怖分子劫持的中国人。

电影《勇敢的心》（导演梅尔·吉布森，编剧兰道尔·华莱士，1995年上映）中，苏格兰人华莱士（梅尔·吉布森饰演）的父亲、哥哥、妻子均死于英国军队的手中。整个苏格兰人在英国人的统治下也是备受屈辱，连少女的"初夜权"要给英国贵族。国仇家恨，华莱士率兵反抗，一度占据主动。但鉴于苏格兰贵族的懦弱与自私，华莱士选择与英国和谈。华莱士被苏格兰贵族出卖，遭到英国国王爱德华一世（帕特里克·麦高汉饰演）的杀害。英国王妃伊莎贝拉（苏菲·玛索饰演）替华莱士求情不成，在英王临死前，她告诉英王她怀的不是王子的血脉，而是华莱士的孩子，这个孩子不久将成为新的英王。华莱士被杀后，苏格兰贵族罗伯特·布鲁斯（安格斯·麦克菲恩饰演）高呼前为华莱士报仇的口号，英勇地继承华莱士的遗志对抗英军，带领苏格兰人民赢得了自由。

第六节　人与动物之间的情感

电影《忠犬八公》（导演莱塞·霍尔斯道姆，编剧斯蒂芬·林赛、新藤兼人，2009年上映）里，秋田犬"八公"每天接送教授（理查·基尔饰演）上下班。这一天，"八公"在车站拼命地扯着教授的衣角，也不愿意让教授上班。教授只好把它送回来，然后悄悄地溜走了。"八公"反应过来，追到车站里，车子已经开走。这是它和教授最后一次见面。教授就在这一次上课的过程中，突发心肌梗塞死亡。"八公"不知道教授已经去世，仍然每天坚持去车站接。这一接，就是九年，风雨无阻，直到"八公"自己离世。

美国电影《波普先生的企鹅》（导演马克·S·沃特斯，编剧西恩·安德斯、约翰·莫里斯、Jared Stern、理查德·艾特沃特、弗洛伦斯·艾特沃特，2011年上映）根据美国作家阿特沃特同名小说改编。波普先生（金·凯瑞饰演）遭遇婚姻、家庭、事业三重危机，焦头烂额。这一天，6只企鹅的到来打乱了他的生活节奏，也给他带来了巨大的变化。6只企鹅把波普的豪华公寓弄得一团糟，还毁了他给儿子准备的生日蛋糕。正当他发愁怎么给儿子解释时，儿子却误以为企鹅是父亲为他精心准备的生日礼物。前妻也很诧异波普的变化和用心。波普只好劝退了来上门收企鹅的动物园工作人员。

为了让孩子们开心，波普把公寓改造成冰雪世界。企鹅也在这时开始孵宝宝，有两只小企鹅成功孵出，另一只却未成功。在生命面前，波普一家决定还是把企鹅送到动物园。儿子去动物园探望，却得知企鹅已被卖到其他国家的动物园里。波普一家低落之际，听见其中一只企鹅的叫声。一家人果断救出了要被卖走的6只企鹅，送到南极。当看到企鹅们回到大家庭之中，这一家人也幸福地相拥在一起。

电视剧《神雕侠侣》中，杨过在个人情感、身体等处在最低谷的时候，是神雕在一旁守护。在神雕的帮助下，杨过练就黯然销魂掌。神雕还与杨过帮助郭靖守卫边防、行善积德。杨过也被时人誉为"神雕大侠"。

《牛郎织女》的传说中，牛郎本是天上牵牛星，与织女星私会被玉帝贬下凡间，重新投胎做人。金牛星帮牵牛星说了几句好话，也惹了玉帝动怒，被贬为牛。牛郎与老牛相依为命。这天，老牛得知织女到凡间洗澡，便不顾自己身份暴露，开口讲话，提议牛郎偷织女的衣服，促成了牛郎与织女再续前缘。当织女被玉帝抓回时，老牛又告诉牛郎，等它死的时候，把牛皮剥下来，披在身上，便能上天与织女相会。

电影《斗牛》（导演管虎，编剧管虎，2009年上映）中，抗日战争时期，日军船尻部队逼近，八路军紧急撤退，临行前将国际友人赠送的奶牛托付给村民喂养。贫穷胆小的村民担心奶牛会带来灾难，他们准备通过抓红豆的方式选出养牛人。小寡妇九儿（闫妮饰演）帮破落户牛二（黄渤饰演）抓阄，最终使牛二成了这倒霉的"幸运儿"。残酷血腥的扫荡过后，村民们全被杀害，只有牛二和奶牛成为幸存者。尚未得到喘息之时，另一队日军部队路过此地，并将伤员留在这里。从这天起，肩负着保护奶牛重任的牛二想尽办法和日军、土匪、江湖郎中等人展开周旋。

电影《少年派的奇幻漂流》（导演李安，编剧大卫·马戈、扬·马特尔，2012年上映）中，派（苏拉·沙玛饰演）和一群动物遭遇海难，在海上漂流227天。故事的含义却有两层。第一层是派、一匹斑马、一只猩猩、一只鬣狗、一只老虎漂泊在茫茫大海。斑马被鬣狗吃掉；猩猩被鬣狗吃掉；鬣狗被老虎吃掉；最后只剩派和老虎。派面对着船上的猛虎和食物匮乏的绝境，没有放弃求生的欲望。他凭着《海上求生手册》学会了收集淡水、捕鱼，驯服了猛虎、战胜了海上风暴，登上了神奇的食人岛获得补给，最终到墨西哥海岸获救。第二层是派、母亲、水手、厨师都登上了救生艇。水手受伤死去被厨师吃掉。

派放跑了海龟被厨师殴打。母亲由此与厨师争执，结果母亲被杀。派因为愤怒杀掉厨师并且吃了他。两个故事其实是一一对应的，斑马是水手，鬣狗是厨师，猩猩是母亲，而老虎是派自己。电影借动物界的弱肉强食说了人类在绝境面前求生的本能故事，残酷、冷峻，令人不寒而栗而又无可奈何。

电影《我和狗狗的十个约定》（导演本木克英，编剧川口晴、泽本嘉光，2009年上映）中，少女齐藤明莉（福田麻由子、田中丽奈饰演）的爸爸忙于工作。妈妈知道自己不久于人世，就建议明莉收养了一只流浪狗做伴。明莉给小狗起名索克斯，并在妈妈的叮嘱下，与它达成十个约定。

> 十个约定分别是：我们在一起的时候，希望你能耐心一点，给我时间去理解你；希望你有一天你可以完全地信任我，能成为你忠诚的朋友，是我最大的幸福；你知道吗？我和你一样，是有感情的；我不听话的时候，在你责备我之前，能不能想一下自己对我做了什么；把你所有的心事都告诉我，我虽然不会说，但我听得懂；别打我，其实我可以轻而易举地伤害你，只是我没有这么做；有一天我变老了，不知道你会不会像现在这么照顾我；我的生命只有十年，希望你能多抽出一点时间和我在一起；你有你的同学、你的朋友、你的工作。而我，只有你；我永远都不会忘记你和我在一起的时光。所以请你答应我，在我即将离开这个世界的时候，你会陪在我身边。①

她和青梅竹马的星进（加濑亮饰演）先后遭遇心理危机，都是得益于索克斯的帮助。毕业后忙碌的生活让她无暇顾及索克斯。在索克斯要离世的时候，她也没来得及赶回看一眼，留下了很多遗憾。

在故事的撰写中，通常是把几种情感放在一起，相互制约，让主人公左右为难，这也是造成矛盾的重要因素。

---

① 《我和狗狗的10个约定，是哪十个约定》，百度知道，https://zhidao.baidu.com/question/2203974108946854228.html 。

第三章　矛盾营造

矛盾这一词，出自《韩非子·难一》。

> 楚人有鬻盾与矛者，誉之曰："吾盾之坚，物莫能陷之。"又誉其矛曰："吾矛之利，于物无不陷也。"或曰："以子之矛攻子之盾，何如？"其人弗能应也。夫不可陷之盾与无不陷之矛不可同世而立。

这个故事，我们每次使用时，都是在嘲讽楚人的大言不惭和自相矛盾。

而从诸如"下棋找高手""弄斧到班门""针尖对麦芒"等一些俗语中能看到盾的一方必须要非常强才能好看。如矛的一方很弱，那是励志的故事。如果矛的一方也强，那就是激烈的故事。

在体育竞赛中，更是需要旗鼓相当的对手，竞技场面才会好看。例如世界杯足球赛的决赛，冠军有且只有一个，两支来自不同国家的队伍，一路过关斩将，会师决赛。他们双方求胜欲望都非常迫切，一是为国家争得荣誉，例如2018年的世界杯决赛，法国总统马克龙与克罗地亚女总统科琳达·格拉巴尔-基塔罗维奇都亲自到球场给两国的球队加油助威。二是给俱乐部、赞助商赢得巨大的商业利益，2018年的世界杯冠军得主法国队的赞助商华帝在3月份就打出"法国队夺冠，华帝退全款"的营销口号。从最终的结果来看，品牌知名度迅速提升。三是为球员自身的职业前景打下坚实基础,法国队表现最为出色的三位球员,防守铁闸坎特,身价涨了2000万欧元变为8000万欧元。天王格列兹曼,身价从1亿欧元变成1.2亿欧元。19岁新星姆巴佩,身价从1.2亿欧元涨到了1.5亿欧元。这些因素必然使得决赛现场十分精彩,从而引起观众的兴趣。据统计,决赛CCTV-1、CCTV-5并机直播收视率为8.48%,市场份额占55.05%。①

体育比赛如此,故事同样的道理,矛盾突出,也就是激烈的话,必然会引起观众的兴趣,从而使得由故事改编的电视剧收视率、电影票房、戏剧票房的全面提升。

矛盾在本书中指的是主人公在达成行动目标之前所处的状态。矛是指支持主人公达到最终目的的力量(含主人公本身的积极力量)。盾是反对或阻挡主人公达成最终目的的力量(含主人公的消极力量)。

在《西游记》中,主人公是唐僧师徒四人,他们的最终目的是取经。矛主要有拜唐僧为"御弟"的唐太宗、观世音菩萨、如来佛祖等。盾主要有一路要吃唐僧的妖魔鬼怪、要以国家为陪嫁品的女儿国国王、红孩儿、铁扇公主等"八十一难"。

在《三国演义》中,魏蜀吴的国主(掌权人)均可作为主人公。他们的目的都是要统一天下,就互相为盾了。

在话剧《狗儿爷涅槃》(编剧刘锦云)中,狗儿爷为主人公,作为农民,目的是拥有土地。矛主要是狗儿爷父亲"生吞活狗"赢土地的悲壮,狗儿爷不躲枪炮、强行收粮的胆量等,盾主要是祁永年为代表的地主阶级和农村土地政策的变化(土地收归集体所有)等。

---

① 《CCTV-5和CCTV-1并机直播 世界杯决赛收视率达顶峰》,搜狐网,https://www.sohu.com/a/241742036_518336。

第一节 矛盾的种类

首先需要明确的是，矛盾有很多种分类方法。从矛盾的性质上，可以分为国仇家恨、经济纠纷、情爱冲突等。本书是从矛盾双方的属性上来分类。故事的主人公可能是人类、可能是神仙鬼怪、可能是动植物，也可能是其他无生命的主体，甚至是外星生物等。为方便讲述，我们以人类为例来探讨矛盾的种类。

一、人与自然

自然界看似风平浪静地围绕在人类周围，但自古至今多次自然灾害，让人类胆战心惊。由于人类盲目而疯狂的索取，自然界似乎也在报复。地震、雪灾、冰灾、洪水、泥石流、台风等给人类造成了巨大的人员伤亡和财产损失。再加上神秘预言的存在，地球爆炸、世界末日等情形也经常出现在影视剧作品中。

现代豫剧《焦裕禄》（导演张平，编剧姚金成）中重点再现了河南兰考县委书记焦裕禄（贾文龙饰演）在20世纪60年代，同恶劣的自然环境作斗争，带领村民垦荒种粮的故事。

兰考县遭遇严重的内涝、风沙、盐碱等"三害"。庄稼颗粒无收。人民食不饱腹。村民们举家外出乞讨过日。为了解"三害"，起风沙时，焦裕禄带头去查风口，探流沙；下大雨时，他趟着齐腰深的洪水察看洪水流势。焦裕禄总结出治理风沙的办法："贴膏药""扎针"。"贴膏药"是把淤泥翻上来压住沙丘。焦裕禄看到农民这种做法效果很好，就在全县推广。"扎针"是大规模栽种泡桐。这种树能在沙窝生长，长得又快，五六年就能长成大树，即能挡风又能压沙。泡桐年年生根发新苗，可以陆续移栽，不用多投资。成林之后，旱天能散发水分，涝天又能吸收水分，可以林粮间作，以林保粮。他所开创的水利工程，经后来引黄淤灌，最终让二十多万亩盐碱地变为良田。

电影《流浪地球》（导演郭帆，编剧龚格尔、严东旭、郭帆、叶俊策、杨治学、吴荑、叶濡畅，2019年上映）根据刘慈欣同名小说改编。故事设定在2075年，讲述了太阳即将毁灭，已经不适合人类生存。而面对绝境，人类将开启"流浪地球"计划，试图带着地球一起逃离太阳系，寻找人类新家园的故事。最终，中国航天员刘培强（吴京饰演）驾驶着宇宙飞船，冲向火海，点燃飞船上的所有燃料，也点燃了自己，成功轰炸了"木星"，最终点燃了人类生存下去的希望。

电影《2012》（导演罗兰·艾默里奇，编剧罗兰·艾默里奇、哈拉德·克卢瑟，2009年上映）根据玛雅预言，2012年的12月21日，正是世界末日。电影中，强烈的地震、巨大的火山爆发让眼前熟悉的家园变成了人间地狱。在地球的其他地方，各种各样的自然灾害也以前所未有的规模爆发。多国政要和富豪在西藏做了数艘大船——诺亚方舟，船票10亿欧元一张。主人公杰克逊（约翰·库萨克饰演）一家找到方舟基地，然而方舟数量远远不能满足从世界各地闻讯涌来的受灾人群。谁去谁留已然成为挑战整个人类的道德抉择。面对灾难，来自不同国家的人类作出了最重要的抉择："所有人都是平等的，都有平等的生存机会！"最后人们终于在方舟中度过了这一全球性的灾害，获得了继续繁衍和发展的希望。

二、人与社会

这里面包括人与法律、制度、伦理、风俗、战争等矛盾。

电影《我不是药神》（导演文牧野，编剧韩家女、钟伟、文牧野，2018年上映）中的主人公程勇无论是想为家庭谋求财富还是为白血病患者谋求低价药，他只能够售卖印度仿制药。这已经严重违反了中国内地的法律。在卖药的过程中，始终有瑞士制药方和警方的多重阻力。最终程勇被判入狱五年，高价药进入医保。

话剧《雷雨》（编剧曹禺）中周萍与四凤的爱情之所以不被祝福，走向悲剧结局，是因为二人是同母异父的亲兄妹，违背伦理。

电影《卡萨布兰卡》（导演迈克尔·柯蒂斯，编剧凯西·罗宾逊，1942年上映）中，"二战"时期，商人里克手持宝贵的通行证。反纳粹人士维克多和妻子伊尔莎的到来使得里克与伊尔莎的旧情复燃，两人面对感情和政治的矛盾难以抉择。这里纠缠的是爱情、婚姻和战争。

三、人与他人

人与他人的矛盾是故事中最常表现的。矛盾双方不论是否相识，只要立场不同，就有一定的矛盾，比如警匪、武侠不同帮派。矛盾的激烈程度取决于双方争议的焦点力量。这种焦点可以是民族大义、法律制度、家长里短等。

电影《无间道》（导演刘伟强、麦兆辉，编剧庄文强、麦兆辉，2002年上映）讲述的是两个身份混乱的男人分别为警方和黑社会的卧底，经过一场激烈的角斗，他们决心要寻回自己的故事。

电影《窃听风云》（导演麦兆辉、庄文强，编剧麦兆辉、庄文强，2009年上映）讲述了三名警察在利益诱惑下进行窃听交易并销毁证据，但最终难逃杀戮的悲情故事。

电影《精武门》（导演罗维，编剧李小龙、罗维、倪匡，1972年上映）该影片讲述了清末民初，霍元甲被日本人设计毒死。霍元甲的亲传弟子陈真赶赴上海拜祭师父。当陈真查明是日本人暗害了师父，便独自闯入日本道馆与一众日本高手较量。最终陈真手刃了仇人，为国家与民族争回了尊严。

此外，情感一章提及的很多作品都与人与他人之间的矛盾有关，不再赘述。

四、人与自身

人与自身的矛盾是指个人与疾病、性格、欲望、命运等抗争。

电影《阿甘正传》（导演罗伯特·泽米吉斯，编剧瑞克·罗斯、温斯顿·格鲁姆，1993年上映）中，阿甘（汤姆·汉克斯饰演）是个智商只有75的低能儿，在学校里为了躲避其他孩子的欺侮，听从朋友珍妮（罗宾·怀特饰演）的话开始"跑"。正是凭借着这份自强不息的精神，阿甘在读书、橄榄球运动员、越南战争、美中乒乓球外交、猫王的音乐创作等活动中均有骄人的战绩，先后受到肯尼迪总统和约翰逊总统的接见。阿甘经历了世界风云变幻的多个历史时期，但无论何时，无论何处，无论和谁在一起，他都依然如故，纯朴而善良。

上海话剧艺术中心出品的独角戏《每一件美妙的小事》（原著邓肯·马克米兰，导演谢帅，中文版编剧陈天然，2016年首演）中，抑郁症患者（杨浩宇饰演）把生活中每一件美妙的小事记录下来，累积了数十万条，想以此劝慰意图自杀的抑郁症患者母亲，无果。他自己也陷入病症的折磨中去，由此引发生活、交友和婚姻的持续危机。作品关注了抑郁症的发生原因和家庭背景。主人公有沉沦、有逃避、有抵抗、有反争，仍然挡不住其对美好生活的向往。他具有强烈的关怀意识又不失童趣和人的本性，所幸他遇到的人是善良的，乐于助人的。最终主人公走出抑郁症的折磨，获得新生。

古希腊悲剧《俄狄浦斯王》（索福克勒斯编剧）讲述俄狄浦斯智慧超群，热爱邦国，大公无私。在命运面前，他不是俯首帖耳或苦苦哀求，而是奋起抗争，设法逃离"神示"的预言（杀父娶母）。当他最终发现，仍然犯下神示的大恶时，他选择自己自瞽双目，放逐天涯。

动画电影《哪吒之魔童降世》（导演饺子，编剧饺子，饺子本名杨宇，2019年上映）改编自中国神话故事，哪吒虽"生而为魔"却"逆天而行斗到底"，喊出了"我命由我不由天"这与宿命共同抗争的口号。最终，哪吒摆脱了三年死亡的宿命。

电影《滚蛋吧！肿瘤君》（导演韩延，编剧袁媛、张维重，2015年上映）中，脑洞大开、自带的少女属性的漫画家熊顿在29岁生日前那天，因吐槽奇葩老板而丢了工作，又遭遇极品男友劈腿而丢了爱情，最后还晕倒住院，被检查出得了癌症。生性开朗的她并没有退缩，在闺密团的陪伴和梁医生（吴彦祖饰演）的帮助下，以乐观的心态面对以后的生活。

莎士比亚的戏剧作品《麦克白》讲述苏格兰国王邓肯的表弟麦克白将军，为国王平叛和抵御入侵立功归来，路上遇到三个女巫。女巫对他说了一些预言和隐语，说他将晋爵为王，但他并无子嗣能继承王位。麦克白内心对权利的欲望被激发，他在夫人的怂恿下谋杀邓肯，做了国王。为了巩固王位，他残暴屠杀人民，使全国血流成河，置社会于混乱，陷人民于水火。为掩人耳目和防止他人夺位，他一步步害死了邓肯的侍卫，害死了班柯，害死了贵族麦克德夫的妻子和小孩。恐惧和猜疑使麦克白心里越来越有鬼，也越来越冷酷。麦克白夫人精神失常而死。麦克白无一丝难过。在众叛亲离的情况下，麦克白不敌邓肯之子和他请来的英格兰援军的围攻，身首异处。

五、人与动物

人与动物之间的矛盾通常体现在动物灾难之中。

美国电影《哥斯拉》（导演加里斯·爱德华斯，编剧戴夫·卡拉汉姆、麦克思·鲍伦斯坦、弗兰克·德拉邦特，2014年上映）围绕一位人类大兵的生活展开。沉睡的古代巨型怪兽哥斯拉被人们意外唤醒，展现出强大的破坏能力。它的存在震惊了世界。影片同时强调了原子弹对生物带来的直接影响。

美国电影《侏罗纪公园》（导演史蒂文·斯皮尔伯格，编剧迈克尔·克莱顿，大卫·凯普，1993年上映）中，哈蒙德博士召集大批科学家利用凝结在琥珀中的史前蚊子体内的恐龙血液提取出恐龙的遗传基因。他们将已绝迹6500万年的史前庞然大物复生，使整个努布拉岛成为恐龙的乐园，即"侏罗纪公园"。

在哈蒙德带孙子孙女首次游览时，恐龙发威了。人类面临巨大的威胁。

美国电影《大白鲨》（导演史蒂文·斯皮尔伯格，编剧彼得·本奇利、卡尔·哥特列布，1975年上映）根据彼得·本奇利的同名小说改编。一个名叫艾米蒂岛的暑期度假小镇近海出现一头巨大的食人大白鲨。多名游客命丧其口。当地警长在一名海洋生物学家和一位职业鲨鱼捕手的帮助下决心猎杀这条鲨鱼。

六、人与非常规事物

这种矛盾体现在人与精灵、神仙鬼怪等非常规事物的矛盾之中。

电视剧《西游记》（导演杨洁，1986年首播）中，唐僧取经的路上遭遇很多的妖魔鬼怪，也多次化险为夷。

黄梅戏电影《天仙配》（导演石挥，1955年上映）中，七仙女与董永的爱情，遭受以玉帝、王母娘娘为代表的天庭掌权者的反对。

电影《阿凡达》（导演詹姆斯·卡梅隆，编剧詹姆斯·卡梅隆，2009年上映）讲述人类到由Na'vi族人掌控的潘多拉星球上采矿的故事。矿业公司员工同族人展开了激烈的战斗。

第二节　矛盾的进程

矛盾的进程有发生、博弈和解决。在主人公达成某种目的进程中遭遇阻碍力量时，矛盾便发生。"盾"的力量越强，"矛"破解的难度越大，需要思考的方法和借助的力量就越多，博弈的场面越精彩，直至最终解决。

一、发生时机——猝不及防

故事矛盾的发生时机以"猝不及防"为妙，在主人公未做好任何准备之时，突然来临。读者对主人公的命运感到担忧，促使他们持续关注。

《梁山伯与祝英台》中，梁山伯满怀希望去祝家提亲时，却发现祝英台已被祝家许配给马文才。"一女不嫁二夫"的封建约束让他毫无还手之力。他该怎么办？

电视剧《你好妈妈，再见！》中，车宥利的主要目的是陪着孩子长大，但一场车祸让她和孩子阴阳两隔。宥利该如何做？

电视剧《包青天》之《铡美案》中，秦香莲带着两个孩子历经千辛万苦来到京城，欲投奔丈夫陈世美。谁知此时的陈世美已贵为驸马，不仅不认她们母子，还要赶尽杀绝。秦香莲路在何方？

电影《焦裕禄》中，焦裕禄想要带领兰考县民众迈向温饱生活，却被查出身患癌症。如何以有限的生命投入无穷地为人民服务中去？

电影《全民目击》中，林泰想让爱女林萌萌健康快乐地成长。怎料萌萌开车撞死了自己的未婚妻。林泰会采取哪些行动？

二、博弈双方——此消彼长

矛和盾互为作用力和反作用力,在博弈的过程中,需要彼此都使出最强的力量来"战斗",直至分出胜负。

《西厢记》(原著王实甫,多个剧种有改编)中,故事的行进如下:

张君瑞(张生)自从在普救寺赏景时偶遇崔莺莺后,终日思念。无奈匆匆一别,再见不知何期。张生做了如下努力:

第一步,打探消息,得知崔莺莺住在寺庙里的西厢房,便向住持求情,说自己一介书生,一心读书,不会打搅客人,获得认可,留住东厢。

第二步,厢房间有一高墙阻隔,无法见到真容,便奏曲以附和崔的琴声,达到精神上的交流。

第三步,得知崔家要在寺庙做法事,便求住持允许自己给亡父上炷香,以获得见面的机会。

第四步,解救崔莺莺于被孙飞虎劫去的危险,获得姑娘芳心。

第五步,与想要悔婚的崔老夫人据理力争,不为金钱所动,无奈对方寡义,心情抑郁。

第六步,求红娘暗中牵线,二人幽会,无奈崔莺莺性格懦弱,遂病情加重。

第七步,与崔莺莺共度良宵。崔母要将其送往官府,被红娘劝服。

第八步,受崔母之命,进京赶考,高中回乡,迎娶崔莺莺,成为人生赢家。

为更直观地展现矛盾双方的博弈过程,我们引用下表(看表顺序是从左到右,逐行往下):

主要目的：张生想与崔莺莺结秦晋之好

矛	盾
张对一女子一见钟情	根本不认识这个女子
张打听到叫崔莺莺，住寺内西厢房	寺内有贵客在，住持不便留宿张
张以赶考书生为名，赢得信任	东厢房与西厢房有一墙相隔
张与崔琴瑟和鸣	张无法见到崔真容
得知崔家做法事，以要给亡父上香的名义，赢得见面机会	孙飞虎抢亲，崔母许诺，退匪者能娶崔莺莺。
张请来白马将军	崔母毁约，张生病倒
红娘帮助，花园约会	崔碍于礼教，没有赴约，张生病重
崔大胆走进东厢房，共度良宵	崔母要报官抓人
红娘说小姐名节事大，不可报官	崔母要求张必须中举，否则再也不见
张生中举，迎娶崔莺莺	

可以发现，在张君瑞迎娶崔莺莺之前，克服了非常多的困难，矛和盾展开了非常激烈的博弈。

黄梅戏《女驸马》中，主人公冯素珍很早就知晓了与李兆廷指腹为婚的约定。由于李家家道中落，后母冯夫人嫌贫爱富。冯素珍不能与李兆廷婚配。她为了追求自己的幸福展开了行动。

第一步，赠送盘缠与李兆廷，供其进京赶考。李被后母诬为盗贼。

第二步，女扮男装，以李的名义进京赶考。

第三步，高中状元，被强招为驸马。

第四步，向公主禀明一切，获得公主同情与支持。

第五步，将自己故事加于古人身上，设计让皇上承诺不杀。

第六步，禀明真相，加上公主的帮助，各自都有很好的归宿。

同样，还是用表展示。

主要目的：冯素珍想与李兆廷白头偕老

矛	盾
冯素珍与李兆廷指腹为婚	李家道中落，冯夫人嫌贫爱富
素珍拿出首饰资助李兆廷进京赶考	冯夫人诬陷李为盗贼，送入大牢
素珍男扮女装，进京找兄长	未找到
素珍以李兆廷名义参加科举，高中状元	丞相做媒，欲招素珍为驸马
素珍百般推脱	理由被驳回，迎娶公主
向公主表明一切，赢得公主同情	皇帝生气要杀素珍
公主帮忙，素珍免死	公主成了"寡人"
素珍兄长戍边荣归，迎娶公主	

电影《我不是药神》中，程勇（徐峥饰演）从挣钱留住孩子抚养权到为了让白血病患者吃上印度仿制药，也是历经坎坷。

第一步，知道卖仿制药违法，不敢卖。但父亲病危急等手术、儿子抚养权堪忧、自己的印度神油店也被锁门。

第二步，铤而走险，卖药，但只卖熟人。批发500元，卖5000元一瓶，迅速致富。

第三步，被卖假药的张长林（王砚辉饰演）举报，被迫放弃仿制药生意，拿100万元离开。他的团队成员均对其表示不解和愤怒。

第四步，团队成员吕受益（王传君饰演）去世，张长林被通缉。创业已成功的程勇再次卖药，不为挣钱，但也不想违法，还是只卖熟人。批500元，卖500元一瓶。

第五步，警方前来抓捕。团队成员黄毛彭浩（章宇饰演）为保护程勇而被大卡车撞死。印度仿制药厂被瑞士公司起诉，全面停产。

第六步，程勇决定最大限度采购药品，卖给所有病人。批2000元，卖500元。很快被捕。

第七步，程勇入狱。广大病友在其服刑的路上默默致敬。国家也出台了相关药品降价、减免关税、进医保等工作。

用表展示如下：

主要目的：程勇想既不受牵连又能挣钱地帮助白血病患者

矛	盾
仿制药暴利、市场巨大	违法
程勇缺钱（老父病危、儿子抚养权争夺、店铺被锁）	白血病患者多，风险较大。
只卖熟人	被张长林举报
放弃卖药，拿钱离开	吕受益去世、张长林被通缉
零差价卖药，只卖熟人	彭浩为保护他而死
倒贴 1500 元卖药，卖所有患者	被捕、入狱服刑
病患感恩。政府促降价、减税、进医保	

三、解决

矛盾的博弈，必然会导致以下几种结局，一是矛胜；二是盾胜；三是两败俱伤。

矛胜：指主人公达成目的，大多数的影视剧都是如此结局。

电影《让子弹飞》（导演姜文，编剧朱苏进、述平、姜文、郭俊立、危笑、李不空、马识途，2010 年上映）中，侠匪张牧之（姜文饰演）成功摧毁鹅城恶霸黄四郎（周润发饰演）的势力集团。

越剧《西厢记》中，张生迎娶崔莺莺。

黄梅戏《女驸马》中，冯素珍与李兆廷结秦晋之好。

盾胜：指主人公未达成目的，"反对力量"赢得最终的胜利。

黄梅戏《天仙配》中，主人公七仙女想和董永永远生活在一起，却受到天庭的反对。最终，七仙女被迫回到天庭，董永留在人间，无法团圆。

民间传说《白蛇传》中，白娘子想和许仙百年好合，却受到法海的阻挠。最终，白娘子被压雷峰塔，与许仙终究两隔。

电影《我不是药神》中，程勇被捕入狱。

两败俱伤：指主人公未达到目的，"反对派"也损失惨重。

悲剧《罗密欧与朱丽叶》（编剧莎士比亚）中，罗密欧与朱丽叶受到双方家族的阻隔。最终，罗密欧、朱丽叶未能成婚，而两人的离世也给双方家族带来巨大的悲痛。

《梁山伯与祝英台》中，梁祝的婚恋也受到祝家的阻挡。最终，梁山伯、祝英台未能婚配双双殉情。祝家失去了掌上明珠。

乐府诗《孔雀东南飞》中，焦仲卿、刘兰芝二人的婚姻不幸，是焦母逼迫和兰芝兄长催婚的结果。焦刘二人殉情而死，两家均失去至亲。

电影《我不是潘金莲》（导演冯小刚，编剧刘震云，2016年上映）中，李雪莲最终也未能告赢前夫秦玉河的"假离婚"案，未能洗刷自己"潘金莲"的污名。白白浪费了十多年的青春。她的前夫这些年也生活的不幸福，最终意外身亡。在告状途中遇到的很多官员，也因她而仕途改写。

在学习了创意、情感和矛盾之后，如何将三者有机结合，融入故事之中呢？第四章笔者相关作品和创作感悟能给大家提供一个参考。

第四章　原创作品解读

　　本章收录了笔者与团队近年来创作一些作品。有的作品已经演出或拍摄。有些作品还是案头剧，因为某些原因未能成功交付舞台或镜头。收录于此，既对往初是一个回望，也是给诸位读者一个参照。特别要说明的是，作品基本保持排演时的状态，未按今天的审美再次修订，这也是一种对过去负责任的态度。

第一节　微电影《贷·价》[1]

一、剧本原文[2]

贷·价

人物表

初　夏：女，21岁，大二学生，裸贷，被拘禁。

白　秋：女，20岁，大二学生，校园贷。

初　远：男，20岁，大一学生，初夏弟弟。

学生1：20岁，女，寝室化妆。

学生2：21岁，女，洗衣服。

郑　雄：男，40岁，A贷款公司老总，求财顺便贪点色，以财为主。

女友1、2：25岁左右，均为郑总女友。

冷　卉：女，22岁，秘书，专拍"裸条"。

董所长：男，40岁，派出所所长。

陈　辉：男，30岁，派出所警官。

KTV小弟：22岁。

豪车车主：男，25岁，好占便宜。

教　师：男，40余岁，好老师。

打手A、B：男，30岁左右，催债人员。

---

[1] 视频地址，https://v.youku.com/v_show/id_XMjgzNzUyMzkzNg==.html?spm=a2h3j.8428770.3416059.1。

[2] 剧本、创作感悟均发表于《戏剧之家》2020年第24期。

门卫：男，60岁。

初夏母：45岁，画外音。

老板娘：40岁，宾馆老板。

陈辉女儿：5岁，画外音。

KTV客人：数人，中青年。

小胖：男，20岁，马仔。

派出所警员若干。

学生若干(上课、食堂、校园道路上)。

场景

文忠苑小区、宾馆房间、派出所(办公室、会议室、监控室、门口等处)、学校(门口、食堂、门卫处、ATM机、超市门口、操场、教室、寝室等处)。

其他

上述各场所都需要拍摄一些空镜头备用。

剧本正文

片　　头：警车鱼贯而出、呼啸而过的场面。

字　　幕：贷·价

1. 某小区房间　内　夜

　　　　［一只男人的手捏着一个女生的手，在女性装饰的iPhone 7手机上一划，关机。

2. 派出所办公室　内　日

　　　　［手机铃声响。

　　　　［"党员示范岗"标示牌清晰可见。

　　　　［陈辉警官接电话，听了一会儿。

陈　辉　董所……收到！

3. 派出所会议室　内　日

　　　　　［会议室坐满民警，布置案情，气氛紧张。
　　　　　［所长指示（视频或图片配合）。

所　　长　　同志们，我们刚接到报警。初夏，女，20岁，艺术学院二年级学生，（全景）目前已失联5个小时。手机关机前给她班主任发了一条一个字的短信"救"（所长近景）。情况十分紧急，我们必须立刻调查。（陈警官反应）视频侦查组（其他民警反应）负责调查学院周边、各大路口监控（其他民警反应）。网监组查阅该名学生网贷信息以及信用卡使用情况。走访组从学院着手，了解其失踪前去过的每一个场所，接触的每一个人。（其他民警反应）所有消息第一时间全部汇总到走访组陈辉队长处。散会。

　　　　　［全景。

4. 派出所视频监控室　内　日

　　　　　［大屏在学院门口、路口间切换。
　　　　　［一台电脑上，警官重点查看学院门口。

5. 派出所网监办公室　内　日

　　　　　［电脑上在查询初夏的征信信息。

6. 学院门口 / 超市 / 网吧　外　日

　　　　　［警察走访学院、超市、网吧等地方。

7. 派出所大屏幕前　内　日

　　　　　［陈辉坐镇指挥，盯着大屏幕。数位警员各盯一块电脑屏幕关注着回放镜头。

8. 寝室　内　日（走访画面）

　　　　　［学生1抹着指甲油，慢条斯理地说着。

学生1　　初夏啊，有点虚荣。家里条件一般，还用了个iPhone7。

　　　　　［陈辉认真地记着。

9. KTV 或饭店　内　日（走访画面）

KTV 小弟　这个女孩我见过，有一次我让她给客人送酒……

　　　　　［初夏在 KTV 被客人骚扰。

10. KTV 或饭店　内　日（回忆画面）
　　　　　［初夏端着酒送到 KTV 包间里面，准备走，被醉醺醺的客人喊住了。

客　人　（拿出一张 100 元人民币）陪哥儿几个喝一瓶，一杯 100 块怎么样？
　　　　　［哥们儿起哄。
　　　　　［初夏委婉拒绝。

客　人　别装了。喝！（拿着酒就要灌初夏）
　　　　　［初夏端起酒杯就泼向了客人。跑了。
　　　　　［客人骂骂咧咧地要冲出来，被同伴拉住了。

11. 宾馆　内　日（拘禁场面）
　　　　　［一只戴着金戒指的手轻叩桌面。
　　　　　［郑总哼着戏曲《空城计》。
　　　　　［初夏着急地坐在椅子上。
　　　　　［小胖给郑总续茶。

初　夏　我要回学校！
　　　　　［郑雄摆摆手，意思是请便。
　　　　　［初夏往门口走。

小　胖　你前脚出门，后脚照片上网。
　　　　　［初夏止步。

小　胖　还是签了协议书吧，自愿"肉偿"。
　　　　　［时钟显示 10 点钟。

12. 校园超市门口　外　日（走访画面）
　　　　　［白秋吃着一根冰棒。

陈　辉　你和初夏关系怎样？
　　　　　［白秋的冰棒化成水往下滴。

13. 校园超市门口　外　日（回忆画面）
　　　　　［白秋和初夏各吃一根冰棒，然后相互吃了对方的一口，挽着手晃悠悠地走着。

14. 校园超市门口　外　日（走访画面）

白　秋　　关系挺好的。

陈　辉　　知道她买手机的情况么？

15. ATM 机旁　外　日（回忆画面）

　　　　　［二人边走边聊，走出 ATM 机。

白　秋　　3000 块？好多金啊。

初　夏　　存了半年了。

白　秋　　嗯？

初　夏　　你们都是 iPhone，我这小米也该换换了。

白　秋　　要买就买个 7，一步到位。

初　夏　　嗯……那我再存 7 个月就够了。

白　秋　　那太慢了，我认识一个朋友，可以分期付款。

16. A 公司　日　内

　　　　　［初夏拿着 iPhone7 手机，一脸的高兴。

　　　　　［初夏签合同，数额这地方写着，每个月还款 500 元，12 个月。

　　　　　［郑总递瓶矿泉水给初夏、白秋。

郑　总　　外面热。

17. 校园道路　外　日（走访画面）

初　远　　警察，我姐会不会有危险？

18. 食堂外广场　外　日（回忆画面）

　　　　　［初夏正在路上走着。她弟弟在后面喊。

初　远　　姐，姐！

初　夏　　你不上课么？跑到我们学校干啥？

初　远　　姐，我女朋友怀孕了。

　　　　　［初夏非常生气地走着。

初　夏　　滚远点！

初　远　　妈会打死我的。

初　夏　你活该。

初　远　姐，我错了，我再也不敢了。姐，你可是我亲姐哎，你就我一个弟弟哎。
　　　　［初夏定住。

初　夏　你回去上课吧，我来想办法。

初　远　好，姐，我错了，我错了！

19. A贷款公司　内　日

　　　　［初夏表情复杂。
　　　　［初夏签合同，数额这地方写着，每个月还款1000元，12个月。
　　　　［贷款公司郑总笑眯眯地看着她。
　　　　［女友2给郑总点了根烟。

20. 教师办公室或教室　内　日（走访画面）

教　师　有一次迟到十来分钟，还早退了。以前没有过。

21. 学院门口　外　日（回忆画面）

　　　　［初夏跑进大门，上课铃响了。

22. 教室　内　日（回忆画面，接前场）

　　　　［初夏气喘吁吁地推开门。
　　　　［突如其来的开门打破了教室的氛围。
　　　　［老师和学生都盯着她，一个睡着的同学都被这种安静惊醒了。打游戏入迷的学生并未惊动。
　　　　［初夏歉意地走进教室，坐在白秋边上。
　　　　［白秋给她递了杯水。
　　　　［初夏大口地喝着。
　　　　［初夏的手机响了，还没来得及调成振动。
　　　　［初夏看了一眼号码，拿着手机就冲了出去。冲到门边，给老师鞠了一躬。
　　　　［打游戏入迷的学生也放下了手机，一屋子的尴尬。

老　师　（推了推眼镜，严肃地）班长下课来我办公室。

23. 盥洗室　内　日（走访画面）

学生2　我感觉她很喜欢吃馒头，一天三顿的吃。有几次大半夜她手机响，响了我就睡不着了。

24. 寝室　内　夜（回忆画面）

〔都在睡觉。

〔初夏的手机振动了。

〔学生2醒了，看了一眼初夏的位置。

〔初夏迷迷糊糊地拿着手机看了一下，猛地惊醒。

〔初夏坐了起来，又躺了下去。翻来覆去，双手用力地撕扯着被子。

〔学生2再看初夏，床已空。

25. 网吧　内　日（走访画面）

老　板　心事重重的她。

26. 网吧　内　夜（回忆画面）

〔初夏在网吧里，坐在一台电脑前面发呆。

〔电脑未开。

〔初夏睡着了。

〔旁边上网的同学，看着她，莫名其妙。

27. 网吧　内　日（走访画面）

〔一个青年突然冲出网吧，跑走。

〔陈辉警觉地追着出去。

28. 网吧外　外　日（走访画面）

〔陈辉按倒了青年，口袋里搜出了好几个钱包，有男式的、有女式的。

29. A 公司　日　内（回忆画面）

〔郑总数着钱，500元。

〔白秋看着郑总。

郑　总　中国好闺密啊！你知道她欠了我多少钱吗？滚！

〔郑总把钱摔在白秋脸上。

　　　　　　［白秋捡起钱，狠狠离开。

30. 旅馆前台　内　日（走访画面）

　　　　　　［陈辉微信响。陈辉女儿："爸……爸！晚上回家吃饭吗？"

陈　辉　　我吃过了，你们吃吧。

　　　　　　［陈辉吃了口馒头，喝了口水。

老板娘　　来了好几个，有男有女，带着摄影机。

31. 旅馆前台　内　日（回忆画面）

　　　　　　［初夏在郑总、冷卉、女友2的陪同下来到旅馆。
　　　　　　［冷卉挎着摄像机。
　　　　　　［女友2挎着郑雄的胳膊。
　　　　　　［老板娘与郑总点头、微笑（表示郑总是这儿的常客）。
　　　　　　［郑总坐在楼下，其他人直接上楼。

老板娘　　你们这微电影是系列片么？我能客串一个么？

32. 旅馆房间　内　日（回忆画面）

　　　　　　［冷卉准备好机器。
　　　　　　［初夏拽紧衣服。

冷　卉　　快点！我还要赶场。

　　　　　　［初夏摇头。

冷　卉　　搞什么？像你这样的我见得多了。

　　　　　　［初夏无助地蹲下。
　　　　　　［女友2优哉游哉地玩着手机。
　　　　　　［门"砰"的一声被推开。
　　　　　　［初夏错愕地看着门口。
　　　　　　［郑总叼了根烟，大摇大摆闯进来。
　　　　　　［女友2冲上去就扯初夏的衣服。
　　　　　　［初夏反抗。

郑　总　　这是你自己选的，脱！

　　　　　　［初夏被迫脱衣服。

33. A公司　日　内（回忆画面）

　　［郑总表情严肃，正襟危坐。

　　［郑总举起食指，晃了晃，表示无能为力。

　　［初夏无奈地手指相互握拳，攥得紧紧的。

郑　总　借不到了？

　　［初夏泪眼婆娑，眼泪都要掉下来了。

郑　总　你叫我们拿什么相信你？

　　［初夏眼泪掉下来了。

郑　总　哎呦呦，我最见不得女生哭了。

　　［郑总拿张纸要给初夏擦。

　　［初夏躲掉。

郑　总　两条路。

　　［初夏瞪着大眼睛看着。

郑　总　一，你喊几个同学到我这儿来贷款，一个人我给你500块提成。

初　夏　她们有这个需要吗？

郑　总　名牌包包、化妆品、整容，都需要钱啊。

　　［初夏沉默。

郑　总　再说你是怎么进来的？

初　夏　（愕然）我……这会害了她们的。

郑　总　装高尚是吧？可以啊，那你拿照片来！

初　夏　照片我有，我有。

郑　总　怎么描述呢？就是你刚洗好澡，还没披上浴巾之前的照片。

　　［初夏羞愤难当，转身就走。

　　［初夏走到门口，手机响了。

初夏母　孩子，怎么有人说你欠他们钱？

初　夏　不是，不是，妈，是诈骗电话，千万别理他。

初夏母　没有就好，孩子，遇到事就说啊，钱不够就跟家里要。（咳嗽声）

　　［初夏转回公司。

初　夏　　能保密吗？

郑　总　　Of course！如果你遵守约定的话，我们会还给你，绝不备份！

初　夏　　我现在就回去拍，马上送过来。

郑　总　　No！No！我们怕你PS，还是在宾馆拍吧。你不用担心里面被我们藏着摄像头，我们有专门的摄影师，当然，是女的，国家一级哦。

34. 宾馆房间　内　日（回忆画面）

[衣服掉下，落在脚上。

[大露背。

冷　卉　　哭可不美哦，影响额度哦。

郑　总　　来，笑起来，拿着身份证。对，360度转圈。

[郑总嘴角荡起一丝诡异。

35. 宾馆前台　内　日（走访画面）

老板娘　　这女孩演技真好，走时候哭得那叫一个伤心。

陈　辉　　能看一下您前台的监控么？

36. 小区民房　内　日（拘禁场面）

[时钟指向 16:00。

[郑总在打电话。

郑　总　　你们这几个蠢货，我早就告诉你们，不要犯法，不要犯法，让人家自愿，要尊重女同志，OK？

初　夏　　（下定决心）小胖，你犯了法。

小　胖　　（对郑总）老大，她说我们犯法了！

郑　总　　滚！

初　夏　　（劝小胖）你可值？不就是挣钱吗？

[小胖苦恼。

37. 学院门口　外日（走访画面）

门　卫　　多亏我。

38. 学院门口　外　日（回忆画面）

　　　　　［两个高大或凶恶的人A、B，色眯眯的拦住初夏。

　A　　小妹妹，最近缺钱吧？

　　　　　［初夏躲闪。

　B　　缺钱跟哥说啊，哥有！

初　夏　我喊人了。

　A　　哟，很烈嘛，照片上可看不出来啊？

　　　　　［初夏猛地一惊。

初　夏　你们是什么人？

　B　　再不还钱，你的照片就会上网，你会很红，很红很红哦！

初　夏　救命啊，救命啊！

　　　　　［门卫拿着一根棍子冲了出来。

门　卫　（冲流氓大吼一声）干什么？我已经报警了啊。

　A　　乱说发你照片。（对B）走！

　　　　　［二人骑上摩托车走了。

39. 学院门口　外　日（走访画面）

　　　　　［一辆车子顶上放着一瓶饮料。

　　　　　［陈辉敲开一个车窗。

陈　辉　把水拿下来。

豪车车主　水冷，我晒晒。

陈　辉　别啰唆！（递照片）见过没？

豪车车主（看都没看）没见过。

陈　辉　请你仔细看。

豪车车主　她啊？

40. 学院门口　外　日（回忆画面）

　　　　　［初夏在车边犹豫着。

　　　　　［初夏拿起了水，敲开了车窗。

[车主开了车门。

[初夏坐进副驾驶,准备系安全带的时候,冲了出来。

[车主一脸懵。

41. 小区民房　内　日(拘禁场面)

  [时钟指向 16:50

  [郑总在洗澡,水龙头哗哗地响。

  [小胖在按着初夏手指,签自愿"肉偿"协议书。

初　夏　　你弄疼我了。

  [初夏眼泪下来了。

  [小胖不好意思。

小　胖　　身份证号码。

初　夏　　记不住。

小　胖　　那你身份证呢?

初　夏　　在手机壳子里。

42. 派出所会议室　内　晚/日

所　长　　陈队长,把情况跟大家汇报一下。

陈　辉　　(在黑板上)初夏,分期贷款买了 iPhone 7 手机,每个月还款 500 元。本来还款正常,后帮助他弟弟,只好再次借贷,陷入"拆东墙补西墙"的轮回里。共有 7 次贷款,欠款近 5 万元。并且她极可能有"裸条"在贷款公司手里,所以受到不法分子的骚扰。昨天是她"裸条"到期的时间,我猜测应该是被控制住了。初夏最后一次出现在监控里是在文忠苑小区门口。(接 43,文忠苑小区门口监控,初夏消失的画面)A 贷款公司老总郑雄,男,45 岁。他公司和多家贷款平台合作,每个月的流水将近百万元。他手上至少有 50 名女性的裸体照片,还雇着几个青年帮他催债。

43. 派出所监控室　内　晚/日

  [初夏走进文忠苑小区门口。

44. 小区民房　内　日（拘禁场面）

　　　　［时钟指向 16:55。
　　　　［郑总在吹头发。
　　　　［小胖拿来手机，笨拙地抠手机壳。
　　　　［初夏一把抢过，开机，摁在身子底下。
　　　　［小胖抢。
　　　　［二人争抢着。

45. 派出所会议室　内　晚/日

所　长　各小组注意，即刻出警，包围文忠苑，震慑犯罪分子。
监控组　所长，定位了！
所　长　出发！

　　　　［全体警员立正、戴帽、出门。

46. 派出所楼梯间　内　晚/日

　　　　［警员下楼。

47. 小区民房　内　日（拘禁场面）

　　　　［郑总在刷牙。

48. 派出所外　外　晚/日

　　　　［警员上车、关车门、鱼贯而出派出所。
　　　　［警车在马路上拉开的阵势。

49. 小区民房　内　日（拘禁场面）

　　　　［郑总把初夏往床上一推。

郑　总　（对小胖）滚。

　　　　［窗外警车长鸣。

50. 公路　外　晚/日（可拍可不拍）

　　　　［警车把文忠苑包围的状态。

51. 小区民房　内　日（拘禁场面）

　　　　［郑总果断出门。

郑　总　（对小胖）来，你帮我看一下，我出去打个电话。

52. 小区楼道间

　　　　［警察上楼。

53. 小区民房　内　日（拘禁场面）

　　　　［郑总开门逃跑。

54. 小区民房门口　内　晚／日

　　　　［警察冲进来。

　　　　［小胖傻眼。

55. 小区外　外　晚／日

　　　　［陈辉立在警车边，微信响了。

　　　　［画外音：陈辉女儿："爸……爸！我先睡了，爱你！"

陈　辉　爸爸也爱你！

56. 审讯室　内　日

　　　　［郑总接收审讯的画面。

57. 校园张贴栏　外　日

　　　　［几个女生围着张贴栏看分期买手机的广告。

　　　　［初夏、白秋走进去，把广告随手撕掉了。

　　　　［二人相视，调皮的一笑。

58. 操场　外　日

　　　　［初夏和白秋在操场上跑步，脖子上都各挂着一个普通手机。

59. 报纸、网络等方面关于裸贷的很多负面报道。

60. 警方打掉违法贷款公司的正面报道。

61. 字幕：天上不会掉馅饼　低息借款是陷阱。

　　　　　　　　　　　　　　　　　　　　　　　　【剧终】

二、创作感悟

艺术思政，校地合作——微电影《贷·价》带来的思考

用艺术温润心灵，用思政引领学生，作为高校教师，如何能通过艺术的手段来展现当代大学生遇到的困惑呢？2017年前后，校园贷引发的负面效应正处风口浪尖。

校园贷是以在校学生为贷款对象的网络贷款。伴随社会整体消费水平大幅提升，"提前消费"甚至"超前消费"成为整个社会的时尚。支付宝借呗、花呗，京东白条，新浪有借，有钱花，任性付，万达贷，现金贷等互联网借款App异常活跃，陆金所、宜人贷、红岭创投、拍拍贷、你我贷、人人贷、有利网、合拍在线、翼龙贷等网络贷款平台的贷款余额与日俱增。

学生们购买高档手机、护肤品、名牌服饰鞋子和对脸部（眼皮、鼻子等部位）微整形的需求也愈演愈烈。另外，来自经济发展不均衡的城乡学生消费能力也不尽相同，但同学们之间正常的人情往来又需要保证。

与互联网公司相比，由于风险控制需要，银行对在校生的信用卡申请非常严格，既要填写学校、家庭、亲友等很多的人信息，同时还要打电话给这些联系人一一核对。这与学生对"借钱"隐私的需求不匹配。银行审核周期又较长，与学生要钱急用的状态不贴合。即使审核下来，额度也极为有限，本科生一般在1000元左右，研究生一般在3000元左右。这导致学生不愿意办理银行的信用卡，把目光转向他处。

有需求就有市场，以在校生为主要客户群的互联网小额贷款公司应运而生。它们宣传只要一张学生证、一张身份证，一个银行卡、一个手机号就可以成功办理，且额度通常在3000—5000元。如有需要可以在多家公司贷款，

总额就更高了。同宣传不一致的地方是，实际上贷款公司还获得了学生的学校和班级信息、家庭住址和手机通讯录。

最危险的套路就是所谓的"零利息"。校园贷互联网平台，大多以"零利息"作为诱饵，吸引学生办理。当学生拿到贷款时，又会被收取"砍头息"，但平台的说法是手续费。因为国家规定民间借贷利息不超过24%，24%—36%属于自然债务，利息超过36%是不合法的。平台借用手续费的说法，利用学生不了解相关法律的空子，收取高额利息，从而赚取非法利润。

由于利息的高昂，学生还款就有一定的压力。当学生在第一家贷款公司还不上款时，贷款公司一般会给出两种解决方案，一是介绍同学过来贷款，通过推荐人数和贷款金额提成。另一种就是"好心"地介绍他到另外一家去借款，把下家借来的款来还本家的欠款。随着贷款的雪球越滚越大，学生每月还款的压力也陡增。等到彻底还不上的那一天，一个更大的陷阱在等着学生们——"裸条"。

"裸条"是以裸照作为借条的借款手段。通常使用在欠款较多的女生身上。它利用女性的羞耻感为手段，让她们手持身份证拍摄正面裸照，给贷款公司作为抵押。一旦还不上，这些照片就成了重要的砝码。而根据警方破获的一些案例来看，即使女生还清这些欠款，"裸条"仍然是她们挥之不去的噩梦，会引发诸如非法拘禁、诱奸、强奸等犯罪结果。

还有一种暴力催收。借款人所在学校的辅导员、同学、家人、亲戚、朋友都会接到相应的催款短信，全方位摧垮贷款人的信用体系。数量不少的高校学生因为被贷款公司催款走投无路而误入歧途甚至走上不归路。

学生们因一时的虚荣或者经济需要就被贷款公司成功套路，陷入艰难的境地。2019年10月，公安部、教育部启动百城千校"防套路贷""防电信诈骗"的集中宣传活动，为的就是让在校学生认清套路贷的危害，及时、果断地报警处理，以维护自身的合法权益。

2017年5月，安徽艺术学院的师生们结合高校频发的因校园贷引发的恶性事件，结合戏剧、影视相关专业的人才优势，拍摄了微电影《贷·价》。这是要通过艺术的手法，展现校园贷的危害，既告诫本校学生，也告诫其他高校学子，远离"套路贷"。

作品通过女大学生初夏被套路的一条线和警方解救的一条线，双线叙事。既说清了初夏陷入的过程，又凸显了警方破案的能力，情节更加紧凑。

作品塑造了丰满的人物。初夏的人设可信、有一些虚荣，但不是很让人讨厌。她最终的沦陷是为了帮弟弟度过危机。她不愿意介绍女同学来小额贷款公司贷款，这说明她本性善良，符合文艺作品对人的关切。初夏的同学，白秋虽然是一开始为了500块钱的佣金把初夏介绍进来，但看初夏深陷其中，主动帮初夏还款，说明人品并不坏。贷款公司老总郑雄从开始的关心，到后来的威逼利诱，层层转化、步步惊心，狡猾、邪恶，令人不寒而栗，符合逻辑，没有强行给他贴上坏人标签。

为更好地完成本作品，学院致函磨店派出所，邀请一同参与。时任派出所所长董永生友情出演所长一角，13名警员和4辆警车参与到抓捕的过程中。通过此次警方的深度参与，搭建了校警文艺合作的平台。在之后，磨店社区开展的"普法进社区""宪法日宣传""防诈骗短剧创作""禁毒剧宣传"等活动中，双方也多次合作。学院充分利用"文艺轻骑兵"的优势为磨店社区群众、14万各级各类学校学生提供文艺形式的宣传作品。

作品取得了良好的社会效益，入选教育部第二届高校原创文化精品推广行动计划，推广经费10万元。《贷·价》在全国高校推广，为高校学子防范不良贷款提供了生动形象的宣传材料。

作品是安徽省教育厅组织开展校园不良贷款专项整治活动教育片。2019年5月，教育厅要求全省高校校不漏班、班不漏人全员观看，有效地在省内高校掀起了防范不良校园贷款的宣传警示热潮。

作品获教育部第二届高校网络宣传思想教育优秀作品推选展示三等奖；在全国大学生网点击量近两万人次，给广大学生以深刻警醒。作品还获安徽省首届大学生微电影大赛一等奖；安徽省教育厅第五届大学生艺术展演二等奖；安徽省"弘扬社会主义核心价值观——共筑中国梦"原创网络视听三等奖等诸多奖项。

当然，作品也存在一些不足。首先，把初夏写得还是较为完美的，没有直面痛处。现实生活中，一些女大学生就是因为贷款买名牌包、整容、高档化妆品而深陷其中。一些男大学生使用高档手机、交友等方面支出较大而贷款。作品没有完全地反映，有"粉饰"的倾向。其次，在一些镜头的处理上，还有一些遗憾。例如在初夏离开课堂后，授课教师的反应镜头夸张了一点。片末，初夏定格的镜头不太美观。这些都是小成本影片没有办法补拍导致。再次，初夏脖子上挂的手机没有明显不同于iPhone7，没有展示初夏的下决心转变。最后，警方为了破案很辛苦，废寝忘食的镜头没有完全拍出来。

第二节　微电影《烛摇红》[①]

一、剧本原文

烛摇红

人物表

储芳庆：83岁，男，岳中老校长，基金会负责人。

储小康：25~30岁，男，储芳庆孙子，刚结婚，公益事业的继承人。

阙老师：30岁左右，男，岳中班主任。

赵　父：45岁左右，男，农民。

赵子琪：18岁，女，准大学生。

赵子龙：19岁，男，准大学生。

储建国：45岁左右，男，储芳庆侄子，工人。

储　强：18岁，男，储建国儿子。

常　新：24岁，女，美国斯坦福大学研究生。

余松洁：24岁，女，回乡创业的大学毕业生。

阳　超：25岁，男，新闻专业毕业生。

村主任：55岁左右，男。

[①] 视频见 http://djydata.people.cn/chuxinvideo/video-show.html?id=891。

片头字幕

储芳庆，革命老区岳西县人，1949 年毕业于安徽大学教育系，回乡创办岳西中学。储芳庆曾被错打成右派，从事超强体力劳动。但他对党的忠心和对教育事业的无限热爱不渝。以 75 岁高龄光荣加入中国共产党。1993 年，储芳庆创办岳西县奖助优秀大学生基金会，并带头捐出其平反的 5 万元。

剧本正文

1. 大全景　岳西的秀丽山川。
   [2006 年 7 月 31 日（七夕），晴，格外炎热。
   [砍树的"砰砰"声由远及近。

2. 山林间　日　外
   [一个人在砍柴（镜头定位斧头，不拍人）

3. 村委会　日　内
   [村主任用大喇叭喊 赵子琪，赵子琪，你考上安大啦，快回家……

4. 山间小路　日　外
   [循声望去，储芳庆在岳中班主任阚老师和孙子储小康的陪同下，爬坡.
   [储芳庆戴个草帽，拄个拐杖，艰难爬坡／上山。

5. 地里或山坡上　日　外
   [赵子琪飞速地往家跑。

6. 地里或山坡上　日　外
   [突然间，赵子琪跑着跑着停了下来，又转身回来了，拿起刀继续砍柴。
   [她的泪水止不住地往下淌。
   [她拼命忍，但没忍住。
   [为转移注意力，她拿刀用力往树上砍，砍不动，刀掉到地上。
   [她索性放声地哭了出来。

7. 赵子琪家　日　内
   [赵父与女儿赵子琪、儿子赵子龙三人端坐在桌子前。

赵　父　子龙，通知下来了吗？

子　龙　（犹豫了一会儿）还没有。

赵　父　孩子，你不会有问题的。

　　　　［赵父沉默、点烟。

赵　父　还是抓阄吧。

　　　　［子龙去房间写，拿出两个纸团放在桌子上。

　　　　［赵父起身，走开。

子　龙　（拿起纸放手上）子琪，你先挑吧。

　　　　［赵子琪艰难地挑选着，终于心一横，拿了一张。

　　　　［赵子龙迅速拿了另一张，紧紧地握在手里。

子　龙　（看到子琪的纸条）爸，子琪抓的是上学。

　　　　［子琪又悲伤地坐了下来，深深地咬住嘴唇，眼泪在往下掉。

　　　　［环境异常安静，时间仿佛静止一般。

　　　　［子龙进了房间。

　　　　［赵父走到赵母遗像前，上了炷香。

赵　父　孩子长大了，你得保佑他们啊。

　　　　［子龙收拾行囊，看了一眼录取通知书，装进包里

　　　　［子龙决绝地出门。

8. 赵家　日　外

　　　　［阚老师接到储芳庆、储小康后，三人步行至此。

阚老师　（指的赵家）就是这家了，在前面。（在门外喊）赵大哥在家吗？

子　琪　阚老师。

阚老师　（介绍来客给赵家认识）这位是县奖助优秀大学生基金会的会长储芳庆，这位是他的孙子储小康。

储芳庆　子琪他爸，你好，我叫储芳庆。

赵　父　（仿佛看到希望，紧握储芳庆的手）储会长……

阚老师　子琪，你哥哥呢？

子　琪　（伤感的）刚走，打工去了。

阚老师　　打工？你哥考上中科大了哎。

　　　　　〔赵父和子琪被这个消息给愣住了。

储小康　　我去追。

子　琪　　我也一起去。

9. 村口　日　外

　　　　　〔赵子龙在路上疾行，大喇叭响了。

村主任　　赵子龙，赵子龙，你小子考上中科大也不吭声，快回家……

　　　　　〔赵子龙垂头疾行。

　　　　　〔赵子龙听到大喇叭声，停下脚步，继续外出方向。

10. 赵家　日　内

　　　　　〔赵父看到希望，竟无语凝噎。

储芳庆　　（拿出本子）你把家里的情况说说吧。

赵　父　　唉。本来我和她妈妈一起种田，收入也不多，但也不至于饿肚子。后来她妈妈生病，钱就花光了，还欠了亲戚朋友们一堆钱。

　　　　　〔储芳庆在本子上记下，务农为生、因病返穷等关键词。

赵　父　　可我又没什么手艺。哎……谁知道她妈妈到底还是走了……我连一个说说话的人也没有了。（咬了咬嘴唇）

　　　　　〔储芳庆在本子上记下母亲病故等词。

　　　　　〔储小康的眼眶有些湿润，甚至擦擦眼泪。

储芳庆　　我妻子爱芳，她当时走的时候才58岁，那时我们的生活才刚刚开始好转。如今一晃也有22年了。

赵　父　　（觉得勾起了储的往事，有些不知所措）储会长……

阚老师　　现在两个孩子都考上了，确实很难。

储芳庆　　子琪他爸，我回去在会上报告你们家的情况。如果通过了，根据基金会的章程，子龙就能拿到2000块钱的奖金和每年500块钱的补助。子琪也能拿到每年500块钱的补助。

赵　父　　（激动地）谢谢，谢谢！

阚老师　　还是赶紧把子龙喊回来吧!

11. 村口　日　外

村主任　　赵子友,你快回家……

赵　父　　(抢过村主任的大喇叭喊)孩子,回家吧,爸送你读书。

　　　　　［赵子龙仔细再听,确认无误。

　　　　　［原创音乐起。

12. 储芳庆家中　晚　内

　　　　　［储芳庆在办公桌前整理这几日走访的家庭,即拟资助的款项。

　　　　　［赵子龙:2500元

　　　　　［赵子琪:500元

　　　　　［杨宇:500元

　　　　　［刘丽:500元

　　　　　……　……

　　　　　［储芳庆按着计算器,在本子上计算写下,剩余1650元,画了一个大圈。

　　　　　［储芳庆无奈地摇头,胸口闷得慌。

　　　　　［储芳庆打开抽屉,拿出一片药丸,正准备吃,"砰砰"敲门声响。

　　　　　［储芳庆收起药片,起身打开门。

　　　　　［亲房侄储建国带着侄孙储强等候在门口。

储建国　　小叔。

储　强　　小爷爷好。

　　　　　［储芳庆赶紧把二人引进门。

13. 储家　晚　内

储建国　　建国,强子考上武汉大学了?真不错!

储建国　　强子马上要读书,我家里情况……

储芳庆　　(打断他)强子,你先去你小康哥家坐坐。

储　强　　哎。(离开了)

　　　　　［储建国有点意外,但又觉得当孩子面说钱的事不太好,就默认了。

储芳庆　　建国,我知道你家挺难的,光靠你那点干农活挣的钱,哪够啊?

储建国　叔……

储芳庆　可强子他不符合要求啊。

储建国　嗯？

储芳庆　（拿出《会章》）你看，只有应届毕业生考上了才能奖励助学啊。可强子复读了一年，不符合基金会的章程啊。

储建国　（拿了《会章》看了仔细看了看，不以为然的）叔，这章程不都是你定的吗？你说改不就改了。

储芳庆　话不能这么说，基金会确实是我们几个发起的，但人选是县委常委会讨论定的，章程是县政协会议定的。我个人是改不了的啊。

储建国　叔，道理我都懂，这"死秤活人扶"，规定是死的，人是活的啊？

储芳庆　建国。每一个奖助对象都要开会大家一起讨论确定，确定的结果还要公示……这样才能公平公正，基金会才能长远发展。

储建国　我，我家强子确实考得很好。家里也确实困难，要不然不会给您老添麻烦的。

储芳庆　哎……

储建国　小叔，你总能想到办法的。

储芳庆　基金会肯定不行。

储建国　（着急了）再说了，你上小学时，要不是我们家族供你上学，你读书也成问题啊。做人可不能忘本啊……

储芳庆　什么是本？千百个等待资助的孩子才是本！

［两人相对无言了一会儿。

［储芳进里屋拿了一个荷包，掏出里面所有的钱，递给储建国。

储芳庆　建国啊。这是我个人的钱，你先拿着吧。给孩子买点文具。

储建国　（接过钱，看了一眼，还给储芳庆）您留着吧，我拿着也没用，孩子还是上不了学。（抹抹眼泪），强子命苦！侄儿无能啊！

［在递钱的过程中，有几个硬币一不小心落到地上，沉闷地响着，跳跃翻滚着，里面十块、五十、一百的都有一些，总的也不过二百块吧。

［储建国失落地离开了。

［储芳庆沮丧地蹲下，一一捡起散落的钱，放进荷包里。

［储芳庆满怀愧疚，怔怔地看着荷包，思念起亡妻刘爱芳来。

［《十五的月亮为谁圆》音乐起。

14. 山间　日　外

［公鸡打鸣，一轮红日喷薄而出。

15. 储芳庆家　日　内

［储小康敲门，无人应，推门进来，看了一眼沙发，见沙发上是被子，知道昨晚储芳庆又睡这了，摇了摇头。坐在办公桌前，翻阅起笔记来。

［储芳庆回来了。

储芳庆　小康，你怎么来了？

储小康　爷爷，您回来了。

储芳庆　回来了。

储小康　爷爷，您先坐，给您倒杯水。

储芳庆　好。

储小康　这么早就出去啦？您还真把这当家啊？

储芳庆：　现在要多了解一些需要资助的学生啊。

储小康　（端杯子）来，爷爷。喝口水。我啊，给您带了些早饭，您先吃。

［储小康坐到沙发上

储小康　爷爷，前几天强子到我家去了。

储芳庆　那是我让他去的，因为我跟他爸有些话要说，孩子在旁边不太方便。

储小康　后来建国叔也来了，好像情绪不太好。

储芳庆　他们家确实挺难的，强子呢又不符合基金会资助的条件。

储小康　爷爷，强子的事你就放心吧。我爸已经把钱给建国了。强子连夜送了一张借条来了，说这钱先借着，等毕业以后还。

储芳庆　这孩子，还是挺有骨气的。

储小康　就是。

〔储小康拿出银行卡，递给储芳庆。

储芳庆　这是干什么？

储小康　这是我结婚收到的礼钱，我一直在想用在哪最合适。

储芳庆　你这是要捐给基金会？

储小康　对，爷爷你这么多年来为基金会做的事情，我是看在眼里，记在心里。这两天跟你到处家访，也看到了基金会的价值。

储芳庆　好样的。

储小康　我爸也捐了不少钱，我作为第三代也不能落后啊。

储芳庆　可这是你结婚的礼金啊。

储小康　礼金算什么？您连平反的5万块钱不都捐给基金会了么？

储芳庆　那是党照顾我们老一辈知识分子，我们把它再传给新一代的学生，很好啊。

储小康　对了，爷爷，我想问您，您是怎么想到捐资助学的？

储芳庆　爷爷小的时候，家里也很穷。可是那时候，我特别想读书，都是族人们你一点、他一点资助我！要不是他们，我肯定没有今天。

储小康　哦。

储芳庆　换句话说，扶贫先扶智啊。

储小康　扶贫先扶智？

储芳庆　对，扶贫先扶智。小康，走，爷爷带你去一个地方。

16. 大山　日　外

储芳庆　你看这美不美啊？

储小康　嗯！

储芳庆　咱们岳西县想要发展，就得要这些孩子去读书啊。等他们学成归来，报效家乡，咱们这里就更美啦。

〔出字幕：三年后。

17. 基金会办公室　傍晚　内

〔明显苍老的储芳庆在基金会办公室，整理材料。

　　　　　　［敲门声。多位学子来到储芳庆办公室外面。

储芳庆　谁呀？

　　　　　　［储芳庆起身开门。

三　人　储老师好。

　　　　　　［三人扶着储芳庆坐下。

常　新　储老师，您还记得我是谁吗？

储芳庆　最爱哭鼻子的常新。

余松洁　我呢？储老师？

储芳庆　（转头对余松洁）最爱学习的余松洁。

阳　超　我？

储芳庆　（转头对阳超）阳超，这个班的班长。你们都过得还好吗？

阳　超　储老师，我现在是一个报社的记者，我想宣传咱们基金会，让社会更多的人士像我们一样，帮助别人。

储芳庆　好，是需要宣传。

常　新　我大学刚毕业，已经被学校保送到美国读研究生了。

储芳庆　去美国读研究生，看来啊，你们过得很好啊。

常　新　对了，储老师，这是我们海外学子一点心意，给基金会的，您一定要收下。

储芳庆　你们还在上学，需要用钱。

常　新　（有点急）我们可以勤工俭学，而且我们可以有奖学金的。这个钱一定要给学弟学妹们的。

余松洁　储老师，您就收下吧。

常　新　收下吧。

储芳庆　好，那我收下了。

储芳庆　来给你开个收据。

常　新　好。

　　　　　　［常新在纸上写着，储芳庆给常新开了收据，盖上公章。

常　新　储老师，您知道今天是什么日子吗？

储芳庆　今天是什么日子？

余松洁　今天是您的生日。

储芳庆　我给忘了。

　　　　［常新和余松洁往两边一退，阳超捧着蛋糕走进来了。众人唱生日歌。

　　　　［在储芳庆湿润的眼眶中，镜头拉出。出常新、余松洁、阳超画外音。

常　新　当年我高考结束，妈妈跑到爸爸的坟头祈祷，希望我考得差。要不然考得好也没钱读，一家人都很难过。要不是您，我早就打工去了。

余松洁　我也是，我们家书倒是念得起，但我爸打死不让我读，说一个女孩子读那么多书有么用，反正是要嫁人生孩子的，说把女儿读书就是赔本。要不是您说服了我爸，我估计早结婚生子了。

阳　超　我高二时差点退学了，要不是知道县里有个基金会，我是不可能努力学习的。

18. 大别山烈士陵园　党旗边　日　外

　　　　［储芳庆入党宣誓场景。

储芳庆　（党旗，胸徽，配乐……）我志愿加入中国共产党，拥护党的纲领，遵守党的章程，履行党员义务，执行党的决定，严守党的纪律，保守党的秘密，对党忠诚，积极工作，为共产主义奋斗终身，随时准备为党和人民牺牲一切，永不叛党。

　　　　［在储芳庆宣誓的过程中，不断有人，中年、青年加入宣誓队伍，一起宣誓入党誓词。

　　　　［储芳庆到各个家里去考察的情景，孙子经常在陪同。

　　　　［换各种颜色衣服，各种天气，跋山涉水。

　　　　［饿了吃米粑，渴了喝河水。

　　　　［体现艰难的过程。

19. 储芳庆家　晚　内

　　　　［储小康坐在储芳庆的桌子上，整理材料，记录。

20. 呈现岳西县奖助优秀大学生基金会第一届到当年所有届的捐赠仪式照片或者短视

频。**受助大学生发言视频。储芳庆本人工作照片。**

片尾字幕

  2007年储芳庆同志病逝。他的儿子储荣生、孙子储小康继续着这番公益事业，并逐年扩大资助对象和奖助金额。时至今日，基金会在社会各界爱心人士的关怀下，累计捐助贫困大学生1200余名，捐赠金额100多万元。

二、创作感悟

致敬老党员，扶贫先扶智——《烛摇红》创作感悟

微电影《烛摇红》是在全党开展"两学一做"学习教育期间拍摄的作品。主人公储芳庆凭着对共产主义的信仰，在75岁高龄时光荣加入中国共产党。他之前是岳西中学校长，退休之后仍然致力于教育扶贫事业。他把自己平反的5万元钱捐了出来，作为启动资金，创办岳西县奖助优秀大学生基金会，为寒门学子升学提供经济保障。同时，这也是在社会上宣扬了读书有用，为他们走出大山、报效祖国了智力基础。1996年基金会更名为安徽省岳西县奖助优秀大学生协会。

为了协会更加健康稳定地发展，他一是促成协会挂靠政协岳西县委员会。[①]理事会由县关心下一代工作委员会、县委统战部、县政协办公室、县老干部局、县教育局、县民政局、县广播电影电视发展中心、县慈善协会、县外事办公室、县扶贫开发办公室、岳西中学、县小水电集团总公司等单位负责人及社会老年人志愿者数人组成。其任务是筹募管理资金、组织考察、评审、核发奖助学金。处理日常事务的几名常务理事全是志愿者不取薪酬。二是制定严格的奖助制度。协会设奖、助学金两项。享受奖学金，必须是当年全国高考总分岳西县考区文科、理科第一名暨学科成绩优秀，免试被重点大学录取者或被中国科技大学少年班录取的学生以及职业教育高校对口招生岳西考区第一名的学生。享受助学金必须是品德优良、成绩优秀、家庭经济特别困难，被全国重点大学录取的应届高中毕业生。学生由学校公示推荐，然后由协会组织

---

① 安徽省岳西县奖助优秀大学生协会官网，http://www.dxsxh.org.cn/

考察、评审、核发。从1993年到2019年，累计奖助学生1236人次，发放奖助学金166.5万元。

储芳庆在世时，他亲自挨家挨户去走访，去看看受奖助的学生成绩、家庭条件、毕业年份等方面是否达到奖助资格。由于他严格按照制度执行，一些亲友的孩子都不能受到资助，对他颇有怨言。也正因如此，协会才能秉持良好的传统，一直稳定地运行到现在。这体现了一个共产党员的忠诚、干净和担当。

微电影《烛摇红》由岳西县广播电影电视发展中心a出品，安徽大学艺术与传媒学院b教师团队创作。作品获教育部第五届大学生艺术展演二等奖、安徽省教育厅第五届大学生艺术展演一等奖、省委组织部党员电教大赛一等奖、省"弘扬社会主义核心价值观——共筑中国梦"原创网络视听二等奖，入围首届中国红色微电影节和第三届中国大学生微电影创作大赛等国家级微电影专业赛事。2019年，在"不忘初心、牢记使命"主题教育官网、人民网·中国共产党新闻网展播。

作品里呈现的情节在现实生活中都是可以找到原型的，是历史上发生的，这体现了一种尊重历史的创作态度。储芳庆先生虽对寒门学子非常关心，但出于规则的需要，他没有对侄孙给予基金会的奖助。储芳庆从自己的微薄收入中给予资助，杯水车薪，侄子也没领。好在储芳庆的儿子给予了帮助，侄孙没有因为贫困而失去读武汉大学的机会。

作品在兄妹俩抓阄时，采取了长镜头（142秒）的拍摄手法。这个镜头把父亲的无奈、兄长的谦让、妹妹的艰难抉择全部都体现出来了。它奠定了整部作品的叙事基调，为储芳庆到访做了非常好的铺垫。

作品还有一些不足之处，在剧情上，人物对白太多太长，与微电影的作

---

① 2018年11月30日，岳西县广播电影电视发展中心更名为岳西县融媒体中心。

② 2019年12月28日，安徽大学艺术与传媒学院更名为安徽艺术学院。

品形式不符；入党宣誓的情节，没有和其他情节形成统一的整体；剧情有些散，展现了三段故事；内景太多，外景过少，很多情节可以设置在外景；人物坐的太多，动的太少。

在镜头上，空镜头太少、航拍太少，不能体现人在自然面前的渺小和储芳庆跋山涉水的辛劳。

在后期制作上，彩虹瀑布的航拍镜头，画质与其他地方的风格明显不一致。侄子来的那一场，两个影子穿帮了，电视机的声音也穿帮了。

第三节　广播剧《给你一个家》

一、剧本原文

给你一个家

人物表

刘　磊：男，40岁，退伍军人。

张三叔：70岁左右，智力障碍者，孤老。

刘大妈：60多岁，慢性病多，孤老。

小　芳：女，38岁，刘磊妻子，村医。

李四爷：68岁，无儿无女。

李　东：男，45岁，游手好闲，李四爷亲侄。

小　明：男，13岁，小学生。

大　姐：45岁，自行车主人。

储　强：男，50岁，小芳亲哥。事业成功人士。

孙大哥：41岁，农民工。

王主席：女，43岁，县妇联主席。

查大哥：42岁，农民工。

刘　烨：男，28岁，刘磊侄子。

大　嫂：50多岁，刘磊嫂子。

二　嫂：40多岁，刘磊嫂子。

刘磊爸：70多岁。

周书记：男，50多岁，岳西县委书记。

声音

公鸡打鸣、开门声、鼾声、"啊、啊、啊"的喊声、摔倒在地的沉闷声,"哎呦哎呦"喊叫声、很多人的吵闹声、嘭嘭声、嗷嗷声、掌声、手机铃声(诺基亚)、电话忙音、"唰、哗"几声、"哇哇"的哭声、汽车启动声、孩子们的哭喊声、汽车喇叭声、鞭炮齐鸣、歌曲《父亲》(阎维文)、歌曲《相亲相爱一家人》(群星)。

引文

有这样一个人,他身高一米八,体重一百八十斤,本应是非常健硕、魁梧的身材,但他整个人看起来面无血色、非常憔悴。原来他患有呼吸功能障碍、类风湿性关节炎、胃溃疡、血管神经性头痛等多种疾病。

他还是这样一个人,有非常好的驾车技能,每个月当个卡车司机能挣七八千块。但他偏偏当了个养老院院长,工资一个月三百块钱。他还自费办了个留守儿童服务中心,免费给留守儿童提供学习和玩乐的场所,他就是因病退伍军人、革命老区岳西县人刘磊。他为什么会这么做呢?请听广播剧《给你一个家》。

剧本正文

[公鸡打鸣声。

[旁白:刘磊爬起身,看到门口的小河哗哗地流淌着。昨天的雨果然很大。都说一场秋雨一场凉,刘磊庆幸昨晚给养老院的老人们都加了被子,也不知道他们把被子踢掉了没有。好在今天太阳还好。刘磊赶紧一个房间一个房间地查看着。最让他担心的就是住在105的张三叔。他轻轻地推开门,只见张三叔躺在床上打鼾。刘磊轻轻地走过去,摸了摸被子,湿了一大片。刘磊猜得没错,张三叔尿床了。张三叔是智力障碍者,从小就不知道怎么解手。刘磊想着赶紧得让张三叔换裤子,否则容易着凉,感冒。

刘　磊	(轻声地)张三叔,张三叔。
张三叔	(迷迷糊糊地)哎。
刘　磊	你的裤子湿了,给你换条啊。

张三叔　　哦。

[旁白：刘磊拿了张三叔的洗脚盆兑了点温水拿到床边，轻轻脱下已经被小便浸湿的裤子，用毛巾把三叔身体擦拭着。这时，他感觉脑袋上有一股热流袭来。是的，张三叔的小便冲他头上了。刘磊躲也躲不及。

张三叔　　（有点不好意思的）头发湿了，湿了。

刘　磊　　没事，三叔。再给您擦擦啊。

[旁白：刘磊只好再次重复刚才的动作，给张三叔擦好身子，换上干净的裤子，换下他的床单。再拿来一个塑料马桶，一步一步地教张三叔解手。张三叔这次学的比以往更进步一些了。刘磊便拿起被子出去晒，刚把张三叔的被子晾晒好。

刘大妈　　我要吃药、我要吃药。

[旁白：刘磊很快找到了声音来源。

刘大妈　　（急切的）刘磊啊，你过来一下，我要吃药，我要吃药。

刘　磊　　大妈别急，我看看。

[旁白：刘磊一看，医生在处方上已经写好了每种药的服用次数和数量。但刘大妈有三四种慢性病——高血压、心脏病啥的。她又不认识字，自然是慌了手脚。

刘　磊　　刘大妈，您别急，我有办法了，您稍等一下啊。

刘大妈　　诶，你可快点啊。

[旁白：刘磊跑到村医疗室那拿来一些空的维生素的瓶子。一字排开，把刘大妈每顿需要吃的药都放在一个瓶子里，同时装个10来瓶。

刘　磊　　大妈，你呀，每顿吃一瓶分好的药。这些能管3天，下次快吃完的时候我再给你分开装。

刘大妈　　哎，好，好！谢谢，谢谢。

[旁白：忙完这边，刘磊赶紧去清洗张三叔的裤子，洗到一半，刘磊的妻子小芳来了，手上全是各种颜色的塑料袋。

小　芳　　刘磊，过来把菜接下。今天过节。

刘　磊　　（疑惑的）过节？

小　芳	中秋节。
刘　磊	哦。
小　芳	你头发和衣服怎么湿了？
刘　磊	（想糊弄过去）没事，洗衣服弄的，一会儿就干了。

　　［旁白：小芳闻见了味道，并没有说穿。她赶紧拿起手帕弄了点肥皂，搓了搓，起了点泡沫，把刘磊头部、颈部、背脊认真擦洗着，一边擦一边抹眼泪。刘磊也意识到小芳已经猜到了，只是安静地等候着。任凭小芳擦拭。

小　芳	（故作轻巧地）好了，下次注意了啊，衣服也脏了，赶紧回家换换吧。
刘　磊	好，那你照看一下。

　　［摔倒在地的沉闷声，哎呦哎呦喊叫声。
　　［旁白：刘磊赶紧循着声源冲过去，走进卫生间。原来是李四爷摔着了。刘磊急忙挽起李四爷。

刘　磊	四爷，摔倒哪儿了？
李四爷	这儿。

　　［旁白：李四爷指了指臀部。刘磊觉得奇怪，卫生间新换的瓷砖虽然有点滑，但他买了好几块防滑垫铺在地上，摔不到啊。他到处看看，原来防滑垫不在地上了，在毛巾架上搭着呢，还淋着水。

刘　磊	李四爷，防滑垫怎么在毛巾架上啊？
李四爷	我怕踩脏了，就给它拿起来了。还洗了一下。

　　［旁白：刘磊想起李四爷一生孤苦无依，从来都是节俭，这么做也能谅解。老人骨头脆，得去医院。

刘　磊	四爷，把身子慢慢直起来试试，看疼不疼？
李四爷	疼、疼、疼。
刘　磊	您别急，我马上送您去医院看看。
李四爷	诶。

　　［旁白：刘磊让做医生的小芳先给李四爷做简单的护理，再找来面包车，去了医院拍CT片，结果显示并无大碍。贴点膏药，卧床静养即可。回

到养老院，已是中午。小芳已把午饭做好，正在给老人盛饭。刘磊把李四爷送进房间，端饭夹菜送到他床前。

李　东　（狂躁）我叔叔呢？你们把我叔叔摔得怎么样了？

[旁白：刘磊赶紧跑出去看谁在吵闹。来人正是李四爷的侄子李东，游手好闲，至今一事无成。听说李四爷在养老院摔倒了，赶紧跑过来了。

刘　磊　原来是李东哥啊，你叔叔没事。县医院的医生说了，贴点膏药，静养就可以了。

[旁白：李东一把揪住刘磊的衣领。

李　东　（自作聪明的）好你个刘磊，我就知道你不可能为了300块工资干养老院院长的。果然是知人知面不知心，说，你怎么把我叔推倒的？

[旁白：旁人见状，纷纷跑过来劝解。

刘大妈　小东啊，你叔是自己摔伤的，跟刘磊没有关系啊。你冤枉他了。

李　东　刘大妈，你也姓刘。你当然帮着刘磊说话了。

刘大妈　你这个李东真不是东西，我姓刘怎么了？我无儿无女，刘磊待我非常好，就像儿子一样，我今天还就要帮刘磊说话了。

李　东　老东西，滚开。

[旁白：李东一甩手，刘大妈被推倒在地。刘磊赶紧扶起刘大妈，冲着李东吼道。

刘　磊　李东，你说我就算了。你对大妈这么无礼，还差点把她摔伤了。我就问你一句，你想怎么办吧？

李　东　好，痛快，1万块，这事就算了。如果不给，我就去民政局告你去。

刘　磊　（出乎意料的）你，你，太过分了！

李　东　（得意的）明天早上8点前，你得把钱送到我家门口。否则，嘿嘿！

[哎哟，哎哟……

[旁白：李东身上挨了两下拐棍。只见李四爷手拿拐棍对着李东就是打。

李　东　四叔，你干吗？

李四爷　（质疑、气愤）好你个兔崽子，我活这么多年你可曾给我一口饭吃？可曾给过我一件衣服穿。现在我住进敬老院，刘磊对我比你们这帮侄子

	们好多了。你有什么资格来教训人家？还敢要钱？给我滚！
	[旁白：李东这下傻眼了，长这么大从来没见四叔发这么大火。
李　东	（难以置信地）四叔，你就这么算了？
李四爷	还要怎么样？敢要1万块，那他得工作33个月，快3年时间了。3年挣的钱给你这个白眼狼？给我滚！
李　东	（深表失望的）李老四，你是不是老糊涂了？
李四爷	再不滚！我就把你打死在这儿！
	[旁白：李四爷再次举起拐棍，对着李东就挥过去。李东看情况不对，赶紧灰溜溜地走了。李四爷转身跑过来安慰刘磊。
李四爷	刘磊啊，没事，家里出了这么个不孝侄子。
刘　磊	谢谢四叔，没事的。刚才多谢你解围。
	[旁白：一转眼就到了晚上，刘磊把老人都召集在一起，吃着月饼，挨个敬茶，对身体好的老人还敬点小酒给他们。大家在一起过节。
李四爷	刘磊，你嗓子好，给我们这些老家伙唱首歌吧？
刘　磊	好，那就唱首《父亲》吧。祝各位大妈大伯、叔叔婶子健康长寿。
李四爷	好，大家一起鼓掌欢迎。
	[掌声。
刘　磊	给各位长辈敬献一首刘和刚的《父亲》：
	那是我小时候，
	常坐在父亲肩头。
	父亲是儿那登天的梯，
	父亲是那拉车的牛……
	[原唱接入。
	父亲是儿那登天的梯，
	父亲是那拉车的牛。
	忘不了粗茶淡饭将我养大，
	忘不了一声长叹半壶老酒……

［原唱淡出。

［旁白：一曲唱罢，老人们早已是泪流满面。刘磊也是泣不成声，李四爷说话了。

李四爷　刘磊啊，8点了，你和小芳还得到来榜镇去，赶紧出发吧。

刘　磊　还早，李四爷。

［旁白：（稍稍带点情感）来榜镇是刘磊父母的家。他已经好久没回家看过了。

李四爷　来榜镇离这有60多公里，全是山路，骑摩托车还要2个小时。今天是中秋团圆节，你们还没回去拜见你自己爸妈呢。

刘　磊　没事，爸妈、大哥、二哥一大家人都在呢。

李四爷　对，一大家人都在等着你们回去呢。我们啊，该睡觉去了。

［旁白：刘磊很感谢这些老人的体谅，便骑上摩托车，带上小芳和孩子，朝着团圆奔去。骑着骑着，他远远地看见有几个人影，跟自己面对面走来。刘磊在他们身边停了下来。

刘　磊　小明、小亮，你们大晚上干啥回来？

［旁白：几个小孩不说话，默默地低着头。

刘　磊　你们手上是啥玩具？蜘蛛侠？变形金刚？从哪弄的？

［旁白：几个小孩还是不说话。小芳猜出了大半，便说。

小　芳　（温柔的）小明，你是好孩子。你告诉小芳阿姨，你们几个是不是从岳西县城来啊？

小　明　嗯。

小　芳　那你们中秋节去县城干啥啊？怎么不在家里过节啊？

小　明　（声音很低）因为爸爸妈妈不在家，我们几个就想出去玩。

小　芳　这玩具谁买的啊？

小　明　（声音更低，带点哽咽）我们自己买的。

小　芳　从哪弄的钱啊？爸爸给的么？

小　明　我错了，呜呜，我错了，呜呜。

小　芳　别急啊，好孩子，告诉小芳阿姨，我保证不责怪你们。

小 明	我们……偷了自行车……卖的钱。
小 芳	在哪偷的车？
小 明	东方超市门口。
刘 磊	你们几个走20公里山路就是为了偷车买玩具？
刘 磊	小芳，你带着几个孩子回家吧。我去县城看看。路上不害怕吧？
小 芳	没事，你骑车慢点啊。

［旁白：刘磊骑车到东方超市门口，打听到底是谁丢了车。今天过节，超市刚刚打烊，刘磊就站在自行车停放处傻傻地等着。好不容易，来了一位大姐，看样子是在找自行车，可怎么也没找到。刘磊走上前去。

| 刘 磊 | （试探的）大姐，您在找自行车？ |
| 大 姐 | （不解的）是啊，红色凤凰自行车，我记得来的时候停在这儿啊，咋一会工夫就没了呢？ |

［旁白：大姐描述的和小明说的车一模一样。刘磊心里有数了。

刘 磊	（诚心的）大姐，我这先跟您道个歉。我家儿子调皮。您说的这个车，被他卖到旁边那个自行车修理铺去了。
大 姐	什么？
刘 磊	我特地在这等您，好跟您一起去赎回来。
大 姐	你儿子真是个浑小子哎，肯定是你这做爸爸的没有教育好。
刘 磊	是，是，我教子无方，请您多包涵。
大 姐	（狮子大开口）我跟你讲啊，要是车还在，还好，你赔100块钱就可以了。要是车不在了，你就得赔500块。现在的车没有几年前的车质量那么好了。
刘 磊	（不解的）车找到了还要赔钱？
大 姐	那当然了，时间就是生命。我拿命跟你找自行车。你补偿个100块钱不是应该的么？
刘 磊	好，好的，大姐。
大 姐	（假惺惺的）我告诉你，碰到我好说话，要是碰到其他人，肯定报警把

　　　　　你儿子抓起来。判他个三年五年的，到时候你儿子就毁了哎。你知道不？

刘　磊　谢谢大姐，谢谢大姐。

　　　　　[旁白：好在小明没撒谎，修理铺老板也没来得及卖掉。自行车找到了。刘磊赔了大姐100块钱，十天的养老院工资又没了。电话响了。

大　哥　刘磊啊，你们到哪儿了？

刘　磊　(猛然想起这一茬)大哥啊，有点事耽误了一下，马上回家。

大　哥　要是实在走不开，就改天再回来吧。

刘　磊　弄好了，走得开。

大　哥　现在都10点了啦。等你来了也过了12点了。中秋节都过完了。

刘　磊　啊，大哥，这……

大　哥　家里这边放心啊，都挺好的。改天吧。

刘　磊　好。

　　　　　[电话忙音。

　　　　　[旁白：刘磊只好含泪答应了。刘磊回到村里，先进了趟养老院，挨个房间看看老人被子盖好了没有。所幸，老人们睡得都很好。这才回到家中。

小　芳　(打着哈欠)赶紧洗洗休息吧。都半夜了。

刘　磊　哎。

　　　　　[旁白：洗着洗着，刘磊听到隔壁有动静，过去一看，墙上的石灰在往下"噗噗"地掉。房梁也在往下滑。刘磊赶紧冲到房间，抱起孩子，拉着小芳就往外跑。刚出门，("唰""哗"几声)刘磊屋子的房顶塌了下来。("哇哇"的哭声)孩子吓得直哭。

小　芳　(伤心的)刘磊哥，房子塌了，家没了。

刘　磊　(强忍着)哎，没事，我明天修修。

　　　　　[旁白：(大段抒情段落，需注意语气、语速的变化。可以加入情感读出来，配乐)小芳满怀期待地看着刘磊，这个高高大大的男人，给自己许下过无数的承诺。她知道肯定是办不到的。因为没钱。但她相信她的男人。她觉得刘磊对孤寡老人——情同子女，对留守儿童——情同父母。对

自己和孩子肯定不会差的，只是没钱而已。钱嘛，慢慢挣，不急。

小　芳　（期待的）嗯，好，刘磊哥！我们明天能修吗？

刘　磊　（斩钉截铁地）能！

[旁白：（大段抒情段落，需注意语气、语速的变化。可以加入情感读出来，配乐）刘磊此刻内心也充满着悲凉。自己辛辛苦苦为了别家的老人和儿童，从来没有把家庭放在生活的第一位。这个叫小芳的女人从嫁给自己从来没有享受过舒适的生活。两人的所有收入也有很大一部分，都无偿花在了这些老人和孩子身上。家里面，更是从来没有添置几个像样的家具。房子年久失修，今天塌了下来。要是他们睡得熟，估计就被砸死了。要是真被砸死了，他怎么对得起自己的父亲母亲和岳父岳母啊？又怎么对得起这个跟自己辛苦好多年的妻子啊？又怎么对得起这几岁的孩子啊？他们可从来没有跟自己享福过啊。一阵风吹来，刘磊被吹醒了。

小　芳　天凉了，今晚先去我爸妈家住着吧。

刘　磊　明天起早点来收拾。

[旁白：第二天一大早，刘磊、小芳早早地起床，想收拾被压坏的房子。一到门口，傻眼了。邻居们老老少少几十口人都在他们家忙着搬东西，扫地。连养老院的老人们和孩子们都来了。刘磊赶紧叫停。

刘　磊　（大声地）大爷、大妈们，你们别忙活了，还是休息吧，千万别伤到咯。

刘大妈　（心疼地）刘磊啊，你们帮我们的，大家伙儿嘴上不说，心里清楚得很。知道你这么多年挣的钱都花在我们身上，看到你家房子塌了，肯定是没钱修。

李四爷　我们这些老家伙，钱没有，但力气还是有一些，就让我们做吧。

刘　磊　刘大妈，您的病不能累着！李四爷，医生要你静养。你们这么做会受伤的。

李四爷　刘磊啊，你看大家都来了，都是我们自己要来的，我们干些轻点活，扫扫地，搬搬小家具，没问题的。屋顶上，我们可上不去了啊。哈哈！

刘　磊　你们能来我已经很感谢了，还是我们自己来吧。

[旁白：刘磊说罢就要往屋顶上爬。

李四爷　（命令的）刘磊，别动。你又不会泥瓦匠活，上屋顶干啥？我已经打电话给了你孙大哥他们了。他们今天就动身，明天就能到家，给你修房子。

刘　磊　（受宠若惊的）孙大哥他们几个在北京打工挣大钱。你把他们喊回来不太好。我得让他们别出发了。

李四爷　刘磊，你平时照顾他们家孩子。小明小亮犯了错，孩子们都跟他爸妈说过了。幸亏你和小芳挽救的及时。要不然孩子们说不定日后会犯什么错。他们回来耽误几天打工也是应该的。

刘　磊　（不好意思的）可他们回来了，我没工钱给他们啊。

李四爷　这个跟他们讲过了，不急。啥时有啥时给。他们信得过你！

刘　磊　（备受感动）哎，哎！真是太谢谢了。

[旁白：一辆出租车停在了刘磊面前。车里走下一人，直奔小芳而来。

储　强　（气喘吁吁）三妹，三妹！

小　芳　（意外的）大哥，你怎么回来了？

刘　磊　大哥！

储　强　（生气的）好你个刘磊，你是要砸死我妹妹和外甥么？

刘　磊　大哥，我！

小　芳　大哥，不是！

储　强　什么不是，我昨晚一听咱爸说你房子塌了。我连夜从北京飞回来。

刘　磊　（更加愧疚的）大哥。

储　强　（要哭的感觉）我就害怕啊，你要是被砸死了，我从哪再找一个妹妹啊？

小　芳　（也要哭）大哥，大哥！

储　强　（强硬地）房子，必须立刻推倒，重盖！

刘　磊　（无奈的）好，大哥。

储　强　好什么好？你把退伍和打工的挣的十几万都花掉了，你以为我不知道？你拿什么钱盖房？

刘　磊　我想想办法，弄点钱。还是先修修屋顶吧，墙面还能凑合着用几年。

储　强	就你那破房子还要再凑合几年？你看看你周围，哪一家不是两层小洋楼盖起来了。就你一家，就剩你一家了，还住着几十年前盖的土屋。还要再住几年，没住够是不是？
刘　磊	我……我……
储　强	（委婉了一些）我知道你们没钱。这样吧，房子你先盖，钱我来想办法。
刘　磊	不了，大哥，我们有手有脚，能挣钱，不用了。
储　强	你这人真是倔，好！这样，算我借给你的行不行？借你15万，你想啥时候还就啥时候还。
刘　磊	大哥，真不用。
储　强	什么不用！你真的忍心让你的老婆孩子流落街头？
刘　磊	那我，借1万吧，买点材料翻修下屋顶大梁。
小　芳	大哥，就听刘磊的吧，借1万还不知道哪年能还上呢。借多了怕他有压力。
储　强	你们俩没救了。
	[旁白：在诸位热心邻居的帮助下，几天时间，刘磊总算是把屋顶修好了，墙壁也刷了白灰，看起来亮堂了些。砸坏的衣柜不能用了，也重新做了一个。这是自结婚以来花的最多的一笔钱。3万块。全是借的和欠的。刘磊找到孙大哥。
刘　磊	（感激的）孙大哥，谢谢你们，大老远从北京赶回来给我盖房子，耽误挣钱了。
孙大哥	刘磊兄弟，太见外了。
刘　磊	这几天比你在北京也少挣了不少钱。我这边的工钱我尽快给你。
孙大哥	没事。我还得感谢你呢。
刘　磊	啥？
孙大哥	我们啊，长年在外打工，一年到头见不到孩子，只知道挣钱给他们花。
刘　磊	你们也辛苦。
孙大哥	我们读书少，不知道该怎么教育，总觉得孩子淘气，就要打。
刘　磊	打可不是办法。

孙大哥	（担心的）我们心里还老是惦记着别出事，别出事。你看，要不是中秋节那天晚上你帮了我们家小明，他现在怎么可能这么听话？你可是挽救了他啊。
刘 磊	孙大哥，那天的事…………
孙大哥	小明当晚回来就打电话给我了，一直哭，一直哭。我问了他好几次，他才说的。说他犯错误了。
刘 磊	小明他们还小，犯点错误也正常。
孙大哥	他倒是说你没骂他，但他很害怕，再也不想犯错误了。
刘 磊	那就好。
孙大哥	（着急的）还有一个，小明的期中考试，数学才考了60分，太懒了。记得去年他还考了90分呢。
刘 磊	小明我问过他。他讲今年学习的很多内容他不会，回家问爷爷奶奶，爷爷奶奶也不懂。
孙大哥	爷爷奶奶有心无力啊。
刘 磊	（心疼的）小明就只好不写作业了。第二天老师又说他，孩子又抬不起头来。这次考试考不好，又挨你们骂，说不努力，笨，孩子也怪可怜的。
孙大哥	我明白了，回去和他妈妈商量商量，再难也要留一个人在家里照看孩子，这么挣钱都是为了他，他要是没什么出息，钱白挣了。
刘 磊	要是真能和你们在一起还是挺好的。最近我也在辅导他的功课，慢慢地在进步。
孙大哥	哎，那我先回去了。

[旁白：这边孙大哥刚走，那边县妇联王主席来了。

王主席	刘磊同志，你好！
刘 磊	王主席，您好！
王主席	最近，全国妇联、关工委等一些机构，在好心企业的赞助下，组织了"关爱留守儿童，共享一片蓝天"的活动。
刘 磊	（高兴的）这是国家对留守儿童的关爱啊，真好啊。

王主席　　他们是要送这些孩子到北京去见他们父母。

刘　磊　　也就是父母在北京务工的才能去是吧？

王主席　　对。我们县一共12个名额。

刘　磊　　挺好的，背后就是12个家庭。

王主席　　看你这几年来，留守儿童中心办的挺好，对孩子也是真关心、真负责任，所以想请你带队。

刘　磊　　我带队？

王主席　　你看可有困难？

刘　磊　　大概哪天去？

王主席　　半个月后。

刘　磊　　半个月家里的活该忙完了，没有困难，保证完成任务。

王主席　　那就好。

　　　　　［旁白：半个月后，孩子们整装待发，按计划先坐大巴去合肥，再转坐火车。孩子们兴冲冲地刚坐上大巴。车一启动，（车子启动声）几个小孩"哇"的一下就吐出来了。王主席赶紧让车子停了下来。刘磊蹲在车子里收拾孩子们被弄脏的衣服和座椅。

王主席　　刘磊啊，孩子们还小，晕车。你问问你爱人小芳，她不是医生么？可有什么好办法？

刘　磊　　好。

　　　　　［旁白：小芳告诉刘磊一些方法，暂时缓解了孩子们的不舒服。

王主席　　（担心的）你说这些小孩子坐汽车都晕，更何况火车呢？

刘　磊　　从合肥到北京有17个多小时哎。

王主席　　（有了主意）还得有个懂医的人陪着。你这样，你问问小芳能不能随队去。

刘　磊　　（避嫌）还是不了，主席，我们夫妻俩去不大好。

王主席　　（解释）这是工作。两人带队，也符合规定。这样吧。我把我的名额让出来让小芳去。小芳在，有个头疼脑热的也好照顾。我去帮不上忙。

　　　　　［旁白：王主席好说歹说，总算让刘磊同意小芳随队了。刘磊自家的孩

子留给岳父岳母照顾着。孩子一路上晕车的问题都让小芳给妥善地解决了。火车上，孩子们小，都在卧铺车厢里头。分两个车厢睡下了。半夜里，小芳迷迷糊糊地醒了，发现刘磊坐在两节车厢中间的地上，靠着车厢墙壁打瞌睡。小芳走了过去。

小　芳　刘磊哥。

刘　磊　嘘！轻声点。

小　芳　（疑惑的）你怎么不去卧铺上睡？

刘　磊　（轻描淡写）没事，主要是担心小孩子半夜里乱跑。在过道上看着。

小　芳　孩子们都睡着了，应该没事的。

刘　磊　那不行，一家就一个孩子，交到我们手里，得看仔细了。不能有一点闪失。

　　　　[旁白：刘磊说罢，起来挨个卧铺看看孩子们的被子压实了没。脚步非常轻巧，动作也很柔和，担心把孩子吵醒了。小芳看着刘磊这么细心，也帮着一起看看。刘磊看完又坐在地上了，小芳也坐了过来。

刘　磊　（疑惑的）你坐这儿干吗？

小　芳　（调皮地）跟你学。

刘　磊　（假装生气）你这开玩笑是吧？赶紧睡觉去。

小　芳　（故意不搭茬）我们一人守一边，正好。

刘　磊　（乞求语气）老婆大人！我身体好。

小　芳　我这个医生身体好才差不多。

刘　磊　那也不知道是哪位医生凉水接触多了就生病，吃药都没用。

小　芳　那也不知道每年12月份是哪位身体好的人要住院吸氧，疗养一个月？

　　　　[嘿嘿哈哈，两人相视而轻声笑。

刘　磊　（妥协地）好吧。我怕了你了。我们一人待在一间门口的下铺上。这样也能起到看管孩子的效果，好吧？

小　芳　（胜利地）就这么愉快的决定了。

　　　　[旁白：两人就这样在下铺上坐了一夜。下了火车坐大巴直奔宾馆。还是小亮眼尖，第一个叫了出来。

小　亮　（大声地）爸爸，妈妈！

[旁白：众人循声望去，只见宾馆门口，有几十位家长等候在那里。他们听到小亮的叫喊声，一起跑了过来。孩子们看到父母跑过来，也都一起喊。

孩子们　（大声喊，带点哽咽、鼻音和哭声）爸爸妈妈，爸爸妈妈。

[旁白：（带点感情）孩子们一个个，一边哭喊着爸爸妈妈，一边冲下大巴，奔向他们期待已久的，爸爸妈妈的怀里。每一个家庭都在一起抱头哭泣。这是分别了好久的时刻，这是团圆的时刻，这是在异乡见到最亲最爱的人的时刻。小芳也在一旁直抹眼泪。刘磊见状，一把，把小芳抱进了怀里。

小　芳　（带点哽咽）刘磊哥。

刘　磊　一家人在一起真好。

[旁白：小亮爸爸查大哥走了过来。

查大哥　刘磊兄弟、小芳，谢谢你们，大老远把孩子送过来，跟我们见面。谢谢！

刘　磊　查大哥，没什么。我们跟着小孩子来北京玩。我应该感谢孩子们才对。

查大哥　你这说得太客气了。孩子们跟我们都说了，说你们俩一路上都没怎么睡。

刘　磊　没事。不困。

查大哥　你们还把自己的孩子留在了家里，他倒成留守儿童了。

刘　磊　没关系的，让他体会下也好。省得调皮。

[旁白：孩子们在北京玩得很愉快，白天和爸爸妈妈们看升旗仪式、登长城、游故宫、参观毛主席纪念堂，晚上和爸爸妈妈在一起聊聊天、做做游戏。转眼，三天过去了，分别的时候到了。

查大哥　刘磊兄弟，到今天我才意识到孩子在父母身边是多大的幸福。

刘　磊　孩子们也很满足。

查大哥　谢谢你，办了留守儿童中心，帮我们照看孩子，我们应该付你看护费。

刘　磊　查大哥，要是为了钱我就不办了。我看他们在家里挺孤单的。

查大哥　那你总是靠自己挣钱贴给我们孩子，也不合适啊？

刘　磊　今年好些了。现在好心人越来越多，捐款也有一些了。我也就花点时间照看下。

查大哥	花了时间就耽误挣钱了,一样的,让这些父母在外打工的孩子体会到家庭的温暖,总得谢谢你。
刘　磊	查大哥,我那些都是暂时的,我特别希望有一天你们在家里就能挣到大钱,不用跑这么远来打工。孩子们也不用留守了。
查大哥	那得到哪天哦?
刘　磊	快了,快了!
查大哥	好的,刘磊兄弟。我期待那一天。明年我看看把小亮接出来读书,或者叫你嫂子留在家里照看。
刘　磊	那倒挺好!
查大哥	(半开玩笑的)那你中心的小孩子就又少一个了啊?哈哈。
刘　磊	(认真的)查大哥,我倒希望所有孩子都在父母身边。我那个留守儿童中心关门大吉了就好。

[旁白:分别的时刻终于来临,孩子们一个个抱着父母不愿松开。父母亲一边抹泪,一边把孩子抱上大巴。车子启动了。

[轰轰轰的发动机启动声,孩子们还是不愿意放手,哭着喊着(孩子们的哭喊声),车辆只好熄火。

刘　磊	(语重心长的)孩子们,孩子们,我们在这儿,也玩了几天了。我们现在该回去好好学习了,等到下次,我们再来北京看爸爸妈妈好不好?

[旁白:孩子们的哭声逐渐弱了。

小　芳	孩子们,还有几个月就过年了,那时候爸爸妈妈就回来了,给你们买很多的新衣服,新鞋子好不好?我们回去了,爸爸妈妈才能安心工作啊。

[旁白:孩子们懂事地点点头,慢慢松手,放开了他们的爸爸妈妈。家长们也一步三回头地下了车。车子再次启动了。

[轰轰轰的发动机启动声。

[孩子们忍不住哭了出来。

孩子们	(哭喊着)爸爸,过年早点回来啊!妈妈,我不要新衣服,我要你回家!

[旁白:大巴带着满满的思念开走了。回去路上还是顺畅。转眼间,就到了大年三十的晚上。刘磊和小芳又在养老院里忙开了。

刘　磊　　大爷，大娘。这些菜，我和小芳弄就可以了。你们休息，准备吃晚饭吧！

李四爷　　（认真的）刘磊啊，你四爷今天跟你认认真真说回话。你做好饭菜就赶紧去来榜镇吧。今天不用陪我们过节了，你还是陪你爸爸妈妈吧！

刘　磊　　（轻描淡写的）李四爷，不要紧。我家里大哥、二哥一大家人都在来榜呢。家里不缺我。这边我不放心啊。

刘大妈　　你这么说就不对了。这些年中秋节也好、大过年也罢，你都没回去过。你家里都快没你这个人了。

刘　磊　　刘大妈，不要紧。我这边吃完饭陪你们过年就回去。不耽误。

刘大妈　　不耽误？你哪次不是最后都耽误了？回去吧，听你大妈的。

小　芳　　（赶紧解围）李四爷，刘大妈，你们就别劝了。刘磊这个牛脾气你们又不是不知道。

刘　磊　　（调皮的）还是老婆帮我说话。

小　芳　　这么些年来，这里已经是他的家了。我们就在一起踏踏实实地过年吧。

李四爷　　哎，哪能踏实的了哦。我们这些老人，这辈子有福啊，遇到你们了。

刘大妈　　是啊，多好的一对啊。就是难为你们了，不能去你父母那过年。

[汽车喇叭声。

[旁白：几辆小轿车由远至近开过来，停下。刘磊的侄子刘烨从车子里伸出脑袋喊。

刘　烨　　小叔、小婶，我们来了。

[旁白：说罢，车门一个个打开了。

刘　磊　　爸，妈，大哥、大嫂、二哥、二嫂，小烨，你们都来了？

刘磊爸　　是啊，刘磊，你忙，我们只好自己来咯。

刘磊妈　　你和小芳还好吧，今天我们来陪你们过年。

大　哥　　今天啊，我们一大家人来陪你这边一大大家人一起过年。

刘　磊　　太好了，就是菜没准备多少。再等等，我和小芳再做做。

大　嫂　　我和你二嫂啊啊，都准备了很多菜，洗好切好了，就等下锅了。

二　嫂　　是啊，像我们这些嫂子们，厨房里的活还是能胜任的。

小　芳　　谢谢大嫂、二嫂。

大　嫂　　（调皮的）说是弟妹，这些年，我们还没见过几次吧？不要太害羞哦？

二　嫂　　大嫂，你就别欺负人家了。他们忙，没回家聚几次。

大　嫂　　好好好，你就帮着她说话，到后来联手欺负我。

　　　　　［哈哈哈，大家一起爽朗的笑声。

　　　　　［鞭炮齐鸣。

　　　　　［旁白：桌椅备齐，养老院全体老人和刘磊全家人，一共50多人在一起过年。李四爷抓着刘磊父亲的手。

李四爷　　（感谢的）刘大哥啊，这么多年来，非常感谢你们家刘磊，要不是他我们哪有这么好的年过啊？

刘磊爸　　李大哥，这都是刘磊该做的。

李四爷　　（愧疚的）刘大哥，刘磊经常陪我们过年过节，你们家里人不要见怪啊，如果真要怪，我给你们赔不是了。

刘磊爸　　李大哥，要是我们责怪他，今天我们会来么？

刘　磊　　（不好意思的）李四爷、爸，你们就别说了，我们吃饭吧。

李四爷　　这样，刘磊，今天你一大家人都在，我们这些老人也都在。你带着我们一起唱个歌吧。找个大家都比较熟悉的。

刘　磊　　好，那就《相亲相爱的一家人》吧。我先带个头，然后大家一起唱。

刘　磊　　（唱）我喜欢一回家，

　　　　　　　　就有暖洋洋的灯光在等待。

周书记　　（唱）我喜欢一起床，

　　　　　　　　就看到大家微笑的脸庞。

　　　　　［旁白：这是门口传来的歌声，众人纷纷看过去，原来是岳西县委领导周书记、刘书记和乡镇领导们一起来了。

刘　磊　　（非常疑惑的）周书记，您怎么来了？

周书记　　（高兴的）我们是来和大家一起过年的。

刘　磊　　（意外的）您这是……

周书记	刘磊啊,你照顾老人和孩子的事迹大家都听说了。我们代表县委班子一起过来陪你们过个年。
李四爷	谢谢领导,大过年的领导都亲自来了。我们这些老人有福气哦。
周书记	您老人家客气了。我们继续合唱过个团圆年吧。好不好?
众　人	好!
刘　磊	大家一起唱!
众　人	(唱)因为我们是一家人, 相亲相爱的一家人。 [原唱接入。 有缘才能相聚, 有心才会珍惜。 何必让满天乌云遮住眼睛, 因为我们是一家人, 相亲相爱的一家人, 有福就该同享。 [淡出。 有难必然同当, 用相知相守换地久天长。 [结束语:听众朋友们,广播剧《给你一个家》就播放到这里,在节目的最后,我们听下刘磊本人的感言。

感　言

　　尊敬的听众朋友,你们好。我是刘磊本人。一开始听说要以我为原型创作广播剧我很为难,觉得个人没做什么大不了事情,不能这样宣传。

县领导告诉我说，广播剧宣传的是千千万万个像刘磊一样，甚至比刘磊更加伟大的人，他们仍然在默默无闻地奉献着。希望借这个广播剧呼吁下，不要让好人流血又流泪。领导的这番讲话让我打消了顾虑。

很多人都骂我傻，在我的内心里，我并不认同。1994年，我作为在川藏线上汽车兵，车子被滚落的飞石砸坏。我一个人守护车辆45天，吃着方便面，喝着雪水。等到和大部队会合的时候，我命悬一线，住进了部队医院的重症监护室，是党拯救了我的生命。

从生死线上回来后，我看到那些孤寡老人很可怜，他们无儿无女，有的老人吃喝拉撒全在床上，有的老人生病没人照料，有的老人在家里面病死，都没人知道。所以养老院院长这个活，我就接下来了，工资不要紧，我退伍和打工攒了一些钱。我就想让他们在人生的每一天过得舒服一点，笑得开心一点，活得更加有尊严一点。如果这样被认为傻的话，那我宁愿更傻一点。好在现在有很多爱心人士都参与到公益中来了，党和政府也更加重视。我相信他们，明天会更好！

【剧终】

二、创作感悟

幼有所扶,老有所养——记《给你一个家》原型刘磊

刘磊[①],男,1973年生,安徽岳西人,共产党员,退伍军人。作为一名军人,刘磊穿梭在"生命禁区"川藏线整整四年。1994年,为保卫军用物资,他一人守护被巨石砸坏的车辆45天,等到获救时已经命悬一线,长时间昏迷。被抢救回来后,他身体状况已非常差,只好退伍。回到家乡安徽岳西后,他谢绝民政部门安排工作的好意,自谋职业。他主要做了两个方面的感人事迹。

一是较早地关注到留守儿童。[②]

刘磊所在的岳西县地处大别山深处,是国家级贫困县(2018年才脱贫)。这里,年轻的父母们为增加收入,大多外出务工。大量留守儿童与爷爷奶奶生活在一起。刘磊注意到,不少留守儿童存在学习困难、生活自理有难度、心理问题无处排解、行为缺乏约束等诸多问题。刘磊从一对一的帮助已经满足不了现实需要。于是他拿出所有积蓄,在家中创办了毛尖山乡留守儿童服务中心,配备电脑、电话及近万册图书。孩子们借阅图书,拨打亲情电话,接受学习辅导和心理咨询等全部免费。

针对部分留守儿童长期亲情缺失存在的心理问题,他为中心的每一位儿童建立了详细的成长档案,定期从省、市邀请心育专家为孩子进行免费的心理抚慰。通过中心一对一心理辅导的留守儿童达500多人次,集中进行心理辅导的有3000多人次,不少有心理障碍的孩子重新走上了健康成长之路。

---

① 中国文明网,http://www.wenming.cn/ddmf_296/3rdddmf/hxrsj/zrwl/201105/t20110530_194012.shtml。

② 安庆文明网,http://ahaq.wenming.cn/aqhr/201807/t20180718_5333752.htm。

2009年3月，他建立岳西县留守儿童网，呼吁全社会来关爱扶助留守儿童，至今共募集款物达数百万元。为保障资金安全，刘磊还一度委托团县委代管，网站上还经常公示每一笔资金的去向。

每年暑假，来自南京大学、安徽艺术学院、安徽大学、池州学院、滁州学院等全国40多所高校的志愿者队伍到服务中心来，与留守儿童建立一对一的帮扶。迄今，志愿者已有3000多人次。

为开拓儿童视野，国内多家企业和个人还为留守儿童提供了"研学游"等活动，带他们到南京、合肥、扬州等城市了解科技、建筑、文化等方面的知识。

"扶幼"的同时，他也在"养老"，这是他的另一个感人事迹。

2007年，板舍村创办敬老院，把村里的10多位高龄孤寡老人、20多位智力或行动有障碍的老人带到一起来扶养。院长月薪仅300元。照顾难度的巨大、责任的重大和报酬的微薄形成鲜明对比，一时间没有愿意人接下这敬老院院长的烫手山芋。

刘磊毛遂自荐，当上了。上任伊始，他对敬老院运作模式大胆改革，丧失劳动能力的"五保户"集中供养，生活能够自理的"五保户"按需上门服务。他同时召集老人种种菜，锻炼身体。每个传统节日，刘磊都要带着妻儿陪敬老院老人们一起过节。每位老人的生日，他都会亲自下厨做一碗长寿面表达自己的孝心。他是真心把这些老人当成自己的亲人。一些行动不便的老人经常会把床和房间弄得污秽不堪。刘磊仔细打扫，毫无怨言。老人们在养老院每人一间，餐餐有照顾，事事有人管，温暖、舒适。已经离世的老人，走的时候都是干干净净的，体面而有尊严。

通过刘磊的事迹，可以发现他服务的对象是老人和孩子。这种素材通过微电影、广播剧都比较好展现，舞台剧就难一些了。微电影又需要考虑经费预算。广播剧可以天马行空，能够说清较多的人和较多的事。所以在剧本中，从中秋节到春节，老人摔倒、儿童偷盗、房屋倒塌、进城见父母等多个情节都可以展现。人物根据需要随时出现和隐没。

作品选取中秋节和春节这两个重要节日，其实刘磊一年 365 天都在做好事。既然过节还在忙着留守儿童和孤寡老人的事，那平时更在做这些了。

作品中，在刘磊受委屈时，老人们替他主持公道；在他家房子快塌时，老人们、在外务工的孙大哥等、他大舅子都来帮助他翻盖；在他陪老人们过年时，自己的父母兄弟一大家子、岳西县委主要领导都来了。这都说明刘磊的爱心行为得到了广泛的认可。在他的爱心道路上，并不孤单。作品在有限的范围内尽可能地做到了悬念打头阵、矛盾突出、真情实感等基本要求。

作品获安徽省"弘扬社会主义核心价值观——共筑中国梦"原创网络视听三等奖和 2014 年度安徽广播电视奖广播剧奖三等奖。

同时，作品的成功录制搭建了安徽艺术学院与岳西县人民政府的校地合作平台，在文艺创作、人才培养、景区策划、学生实习实训等方面开展全面深入合作。这是学院与县级人民政府签订的第一个合作协议。

作品仍然存在一些不足，受经费的限制和人才培养的需要，当时演员以播音和表演的专业的学生为主。学生们热情很高，也很努力，但由于表现力的限制，最终呈现在作品上的声音显得有些稚嫩。如有更加成熟的演员来参与的话，效果应该会提升一个层次。旁白也太多，就意味着需要解释、说明的内容太多，不能把笔墨集中在事件的发展上。

第四节　话剧《归》[①]

一、剧本原文[②]

归

人物表

张有福（老张）：男，52岁，党员，打拐防拐志愿者，贴膜师傅。

张　妻：女，50岁。

小　娟：女，25岁，老张养女。

张翠凤：女，26岁，23年前被拐。

老　赵：男，65岁，退休党员，报亭老板。

三　儿：男，30岁，古董商。

老　板：男，45岁，有爱心。

城　管1：男，30岁，有爱心，懂政策，队长。

城　管2：男，27岁，队员。

女警监：45岁，安徽省公安厅打拐办主任。

小　吴：男，30余岁，党员，合肥市磨店派出所民警。

女警官：28岁，党员，派出所民警。

[①] 话剧《归》经历前后两版。2018年版本编剧冯传胜、杨超、曹磊。2019年版本编剧汪晓明（艺术总监、导演、主演）、冯传胜。

[②] 视频见 http://djydata.people.cn/chuxinvideo/video-show.html?id=1515。

女大学生：22岁，幼师毕业，找工作。

古董玩家：男，30岁左右，买古董的客人。

农民工：男，41岁，看着比实际稍老。

翠凤养父：60多岁，病危，只出画外音。

群演（大妈、小伙、女青年）若干。

剧本正文

序

[清晨，简陋的屋室内，灯光不算太亮，陈旧的家具看上去有浓重的年代感。舞台后侧中央悬挂着一张全家福。舞台中间有个老式木质沙发，前面一盏不高的茶几，茶几上的陈设不多，醒目的是一个红色的老款电话座机，还有一个黑色男式手提包，掉了点皮。舞台右侧衣架上挂着一件老款的男士衬衫。电话铃响了。老张听到电话响从里面出来了。

老　张　（接起电话）喂……老局长呀……好好好……配对配上啦？好呀。苦了这个孩子和那对小夫妻了。虽说才丢了二十天，可那孩子还在吃奶呢。你说，这些人贩子太可恶了！！！找到了就好，就好！有你老局长加入我们防拐打拐这个志愿者队伍，我相信一切都好办了……好……好我马上就去派出所和小吴同志对接一下，哎，好好……

[张妻上。

老　妻　老张，这大清早的，谁来的电话呀？

老　张　是老局长。

老　妻　哦，那我去给你做早饭。

老　张　（摆了摆手）你先吃吧，我马上要出去。

老　妻　啥事这么火急火燎的？再着急也要吃了早饭再走呀！

老　张　告诉你个好消息。上次那个还在吃奶的孩子找到了。刚刚老局长来电话让我去派出所对接一下。今天就把孩子送回家。哦，老李他……一个人，中午给他送点吃的。

[小娟拎着早点和月饼盒上。

小　娟　　爸，妈，我给你们买了早餐，快来吃吧。

老　张　　娟来啦！

小　娟　　爸快来吃吧。

老　张　　娟，你陪你妈吃，爸爸有急事要出去一趟。

老　妻　　你看，这孩子都买回来了，你吃口再去也不迟呀。

老　张　　这孩子不送回家我哪吃得下呀？我现在就去。

[老张从衣架上取下衬衫穿上，推着自行车。

老　妻　　（递皮包给老张）早点儿回来。娟，把药给你爸带上。

小　娟　　哎。

老　妻　　到时候自己买点吃的，你也要注意自己的身体！

老　张　　我现在身体好着呢，你看（老张做网络操）清早起来，拥抱太阳，让心中充满，灿烂的阳光……走啦。

[老张欲下，张妻看见了茶几上的杯子。

老　妻　　杯子……（递过去）

[老张停，接过杯子，下。

小　娟　　妈，咱们吃饭吧。

第一场

[清晨，福州路人行天桥底下，人还不是太多。舞台左侧一个不大点儿报刊亭，旁边一盏路灯，与报刊亭形成一种孤独感。报刊亭里，赵师傅在整理报纸杂志。另一边，三儿正擦拭摊位上的古玩。

老　张　　（推自行车上）赵哥。

| 老　赵 | 今儿来得有点晚啊。 |
| 老　张 | 今天有点事耽误了。 |

　　　　［老张从报刊亭里拿出摊位支架，老赵搭把手。

| 老　张 | 谢啦，赵哥。 |
| 老　赵 | 嗨，没啥好谢的。 |

　　　　［老张特意地找到"属于"自己的摊位，开始准备起来。老张脱下衬衫，剩下里面的T恤，从旧皮包里翻出手机贴膜工具，支起摊架后，拿出宣传防拐打拐的招牌放在桌前立着，坐下。

| 老　张 | （对三儿）三儿，早啊。 |

　　　　［三儿挥了挥手。一个正在找工作的女大学毕业生上，她手里拿着简历，有点着急。

| 三　儿 | （看见一个路人）哟，您来了！ |

　　　　［女大学生有点防备，没搭理三儿。

三　儿	美女！买古董吗？您看这个梳子可是慈禧用过的，您试试？
老　张	小姑娘，贴膜啊？
女大学生	（晃过神儿，心里有事）师傅，和您打听一个地方，您知道希望幼儿园怎么走吗？
老　张	你往前100米，转个弯就到了。不过，这个点儿还没开门呐。要不你在我这歇会儿？
女大学生	谢谢您。

　　　　［女孩紧张地看了看手里的简历。

老　张	找工作呢？
女大学生	嗯，我想应聘幼儿园老师（面露喜色，转而又面露难色）不知道自己能不能行，我已经好几次没有被录取了。我想着要是这次再不行，我就告诉自己，算了……
老　张	小姑娘，自信点儿。这世道啊，只要你坚持，就一定可以的！
女大学生	是吗……（发现桌上的志愿者帽子）师傅，您是志愿者？
老　张	对，志愿者。小姑娘，你能帮我一个忙吗？

女大学生 嗯！您说。

老　张 （掏出卡片）这个是我们防拐打拐志愿者一个公众号，麻烦你多关注啊。

女大学生 （将卡片拿近，仔细看）3岁，男孩儿，在国贸大厦走失。7岁，女孩儿，在火车站走失。4岁，女孩儿，在福州路人行天桥……

　　　　　［女大学生似有所悟。老张有些恍惚。

女大学生 （眼泛泪花）师傅，这些都是真的吗？有……那么多孩子？

老　张 （拿出卡片）是真的，小姑娘这些都是真的。1张卡片，1个孩子，1个家庭。丢了1个孩子，破碎的，是3颗心。

女大学生 （坚定，拿起手里简历示意）师傅，我一定会加油的！我会把这个公众号推给所有来应聘的人，那些幼儿园未来的老师们！（开心，坚定地离开）

老　张 （看着女孩离去）谢谢你，小姑娘。

女大学生 谢谢您，师傅，我先走了。

　　　　　［上来一个古董玩家，从三儿摊子前经过，看了看，拿起其中一个陶壶。

三　儿 （故弄玄虚的）您可轻点，这可是清朝的，宝贝着呢。

古董玩家 （很是高兴）是吗？

三　儿 那当然，我爷爷的爷爷传下来的，就这一件。要不是家道中落，我才不做这不肖子孙呢。

古董玩家 多少钱？（略带喜感，仔细端详）

三　儿 我又不卖，只给有缘人。（故弄玄虚的）爷爷说了，少两万不能给。

古董玩家 （心动的）两万？

老　赵 （故意说给古董玩家听）老张，我看你那手机膜得是哪位祖先传下来的？没有两万可不能随便给人贴啊！

老　张 哈哈哈。你呀。

　　　　　［古董玩家犹豫了。

三　儿 这可是清朝的。

古董玩家 我再看看啊，我再看看（放下古董，下）

三　儿	（追着古董玩家）两万，五千，五百……（对老赵）嘿呀，老赵，你这是成心和我过不去啊？
老　赵	三儿，你不能这样。
老　张	三儿，可不能这样，咱们做生意，讲究的是诚信。
三　儿	（急了）哎呦喂，我说您行不行，会不会做生意？你讲诚信能挣着钱吗？挣不着钱你喝西北风啊。人家贴膜都20块，您倒好，10块钱，还，还扫个什么码8块，嘿！
老　张	三儿，在我这儿就收10块，再说这贴膜也没什么成本。赚多赚少无所谓，可是啊，挣一块都心安理得啊。
三　儿	（无可奈何）行，您心安理得。

　　［群像展示，老张给背着书包上学的中学生、戴着耳机听音乐的女青年，买菜回来的大妈发卡片。老张又走到观众席发卡片，一边发一边道谢。
　　［农民工上，到老张摊位前转悠。没看见老板，喊（亳州口音）。

农民工	贴膜的！贴膜的！

　　［老张离得太远，没听见

三　儿	老张，老张。
老　张	来啦，来啦，大兄弟贴膜啊。
农民工	大哥，（掏出一个新的智能手机）你看俺这手机能贴膜吗？
老　张	当然能啊。
农民工	哦，那你就给俺贴吧。
老　张	好。
农民工	俺没贴过膜，这手机是买给俺丫头的。她考试考了第一，俺奖励她的。（脸上泛起骄傲的害羞的喜悦）俺出来打工1年，也就能见孩子一面，想她。俺寻思着，给她买个手机，想她了，还能跟她视个频。
老　张	兄弟，你辛苦了。
农民工	嗨，这有啥辛苦的，挣钱不就是为了孩子嘛。她今年高三，就快考大学了。等她考上了，我就到她那打工，陪着她，干啥都行。

老　　张　　贴好了。

农民工　　贴好了？大哥，谢谢啦。多少钱？

老　　张　　不要钱。

农民工　　不要钱？不管，大哥，这咋能不要钱呢？

老　　张　　大兄弟，咱闺女不是考了第一吗？这膜是叔叔送给她的奖励。

农民工　　不管，不管。

老　　张　　这样，大兄弟，要不你扫个码关注一下公众号，可以吧？

农民工　　扫个码？管，大哥。（拿手机扫码，扫好跟老张确认了一下）俺走了，有空常联系啊。防拐？（下）

　　　　　　［一个中年老板手夹着黑包，头发梳得锃亮。边打电话边上，福建口音。老张递给他一张小卡片，没空接，扔在一旁。

老　　板　　（打电话）喂，你系不系没有明白我的意系啦？（福建方言）我让你在福(hu)州路接我，不是让你在湖(hu)州路接我，你系不系听不懂普通话啦？你肌不肌道，今天这个合同对我来说灰常灰常重要。好啦，我现在就在福(hu)州路的人行天桥，再给你十分钟啊，不然我投诉你呀（看时间）。

老　　板　　（来到张的摊位前）老板，给我贴个膜啊？

老　　张　　老板，您要贴什么样的膜啊？

老　　板　　当然是最好的啦。

老　　张　　10块。这扫码关注啊，8块。

老　　板　　（把手机交给老张）你这个抹布借我用一下啊。

老　　张　　老板，这不是抹布，这是贴膜的。

老　　板　　一丢丢的小事情，多少钱？这个布要是不高级，我还不用啦，（一边擦鞋，一边说）你快贴吧，我赶时间啦。（另一个手机接听女儿电话）喂，宝贝女儿啦，酒店的订金够不够？（改成小声）婚纱就租嘛！就穿一次没必要买，爸爸的公司最近很紧张（改成大声）等这个合同签完，我带你全世界旅行啊（电话被挂断）喂喂。（尴尬地，对老张）我女儿，太不懂事了！

老　张	您女儿，快要结婚了？
老　板	是啊，下个月就结分（婚）。
老　张	恭喜啊。
老　板	谢谢！我女儿被我宠坏了，这次要嫁到美国。我可就不操心啰！
老　张	做父亲的，怎会不操心啊？这要是真走了，会放心不下的。（自言自语的）能够亲眼看见自己女儿结婚是一件很幸福的事。

　　　　　［老板在翻弄看宣传卡片，明白了什么，弯腰捡起地上的卡片。

老　张	您女儿很好，有时间，多陪陪她。
老　板	你孩子多大啦？

　　　　　［老张准备回答，老板电话响。老张没说出口。

老　板	喂，你到啦？（丢下一沓钞票，有1000元的样子）师傅啊，给你钱，拜拜。
老　张	老板，8块就够啦，不行，老板……（追下）
老　板	（走远）你需要用钱。

　　　　　［城管1、城管2 上。

城管2	干什么的？这边不让摆摊啊，赶紧走。（对着三儿）还有你，赶紧收拾，快点！（看见老张贴膜摊边的宣传海报，顺手把海报背过来了）
城管1	哎，要注意文明执法！
城管2	是！（敬礼）这里的人呢？
三　儿	哟，您抽支烟。
城管1	同志你好（敬礼）你这么还在这里呀？请配合我们城管执法！
三　儿	爷，二位爷，我马上就走，保证再也不来了。可老张这个摊二位不能撵。
城管1	为什么？
三　儿	您看看，您看看，他这是在摆摊挣钱吗？人家是在做公益事业。现在贴膜都二十了，可他就收十块，扫个码就收八块，有时候还不要钱。他每天就是眼巴巴的，希望多有几个好心人能通过他这个寻亲小卡片，帮助这些失孤家庭找到孩子。
城管1	你哪里来的这么多大道理？按你这样说，我们政府都不管事啦？

三　儿　　您意会错了。政府在做，可咱们老百姓不也是要给政府分摊一点是吧？嘿嘿。

城管1　　好啦，你赶紧收拾东西走人。

三　儿　　得嘞！

城管1　　（看了看桌上的寻人小卡片）这是他的东西？

三　儿　　哎！

城管2　　还不赶紧走？

三　儿　　走，走，马上就走。

〔他们的说话惊动了老赵。老赵上。

老　赵　　哎，这是怎么了？

三　儿　　没事，没事。

城管1　　（拿起部分小卡片）没收了啊。（转回身，递给城管2）叫所里的弟兄们都发一发。

〔城管1、城管2下。

老　赵　　（没看清城管的举动，以为是真没收）呸！

三　儿　　老赵头你消消气，老张不在你帮着点啊，我先走了。

老　赵　　哎！

〔张翠凤穿着朴素，挎着包上。看手机没电了，发现有个报刊亭。她是皖北、河南一块的口音，26岁。

张翠凤　　师傅，师傅。我手机没电了，您这儿可以打个电话吗？

老　赵　　打吧。

翠　凤　　喂……能让俺爸接电话吗……爸。

翠凤养父　（画外音）凤啊，找到没？

翠　凤　　还没，不管可能找得到，您永远是俺爸。

翠凤养父　（画外音）孩子再找找吧，这可是爸爸我的一块心病，我走之前你一定要找到你亲生父母呀……（咳嗽）

翠　凤　　爸，你怎么啦？爸，爸，我马上回来。（张翠凤拎包下）

［冲下去的张翠凤与给老板还钱无果的老张擦肩而过。

老　张　（好心提醒）慢点。（看见老赵问）三儿呢？

老　赵　刚刚来了两个城管把他撵走了，还把你卡片没收了，这不我帮你看一会儿。

老　张　哟，谢谢你，赵哥。

老　赵　咱们谁跟谁呀。

　　　　［小娟上。

小　娟　赵伯好！

老　赵　好，老张你宝贝女儿来啦。

小　娟　爸。

老　张　娟儿，你怎么来啦？

小　娟　爸我来给你送饭的，早上自己没买吃的吧？

老　张　嘿嘿。不许告诉你妈，要不她又要唠叨个没完。

小　娟　知道，爸！不过妈说得没错，您真的要注意自己的身体。

老　张　好！爸爸知道。

小　娟　那爸你先吃饭（老张狼吞虎咽）爸，慢点，也没有人和您抢（笑）。

老　张　我女儿送来的饭，吃起来就是香。

小　娟　爸，我有事先走啦，您要有事给我打电话。还有，今天过节您早点回家。

老　张　好好，知道，你快去忙吧。

　　　　［不远处出现欢快昂扬的喇叭声。

老　张　（站起来）赵哥，那边都在干吗呢？

老　赵　（探身望去）哦，是接亲的。这家伙，真热闹！

　　　　［老张、老赵走近舞台前侧，看着接亲场面。

老　张　真好。

老　赵　（看老张）怎么了？

老　张　没什么，没什么。

老　赵　哎哟，这天要下雨了，今天就早点回去啊。

　　　　［老张默然。

老　赵　（换个话题）老张，做志愿者多少年啦？

老　张　二十年啦。

老　赵　二十年，不短啦。

老　张　是啊，很久啦。

老　赵　这些孩子都找到了吗？

老　张　有找到的，有没找到的。但是啊，我是越找越害怕，是越找越害怕，就生怕找不到哇……不说啦，赵哥，我怎么看你都是一个人呐？

老　赵　我这儿子在外地工作，老伴又去带孩子了。我这身老骨头，哪儿都不想去。

老　张　三代了，好啊。

老　赵　这会休息，才会工作。会工作，才能当好你这支援者。中秋节（拿出一盒月饼，踏实地递到老张手里），回去和你口子过个节。

老　张　这怎么好意思呢？赵哥。

老　赵　哎呀，别跟我客气。

老　张　赵哥。

老　赵　收下。

老　张　谢了，赵哥。

老　赵　（递上一把钥匙）一会儿啊，把东西放我报亭就可以啦，我呀就先走啦！

　　　　［老赵离开。雷声大作，大雨倾盆。老张望向远去的接亲队伍。

老　张　（画外音）我也希望我的女儿能结一场没有遗憾的婚礼。我能把她的手，无怨无悔地放在另一个男人手里，让我不至于后悔。（小娟上，在远处静立）我是她父亲，她在我这里，只能幸福！

小　娟　爸。（上前来给老张打上伞）

　　　　［定格，光渐弱。

第二场

[夜晚，老张家。小娟打着伞，老张推着自行车进屋。二人表情有些沉重。

老　妻　回来了？

老　张　回来了。

老　妻　（急切的）娟儿，这，怎么全淋湿了啊，不是带伞了吗？

老　张　没事，我去换件衣服。娟儿，帮你妈收拾一下。

小　娟　诶。

[张妻端菜。小娟帮张妻收拾餐桌。老张换衣服出来。
　老张：今天准备这么多菜啊？

老　妻　这不过节嘛！平日里都随便吃的，今儿咱们好好地吃一顿。

老　张　对！今天过节。是要好好地吃一顿。

老　妻　哦，对了，我还给你准备了一瓶酒。

老　张　你这手？

老　妻　哦，做饭的时候不小心碰了一下，没事。

老　张　这么不小心啊，擦药了吗？

老　妻　擦了擦了。

老　妻　快坐下吃饭。

老　张　（拿起筷子放下）娟儿，今天过节，你不能在这吃饭。

小　娟　爸？！

老　张　听话，回家陪你爸妈吃饭。

小　娟　爸，我爸妈那边都弄好了。再说他们都让我过来陪您和妈一起过节的。

老　张　孩子，自从爸爸把你找回来的这几年，你逢年过节都是陪我们过的，我和你妈不能这样自私，今天你一定要回去陪你爸妈！

老　妻　是的，娟儿，听你爸的话，回家陪你父母过节。你那几个哥哥姐姐，你爸早就打招呼了。从今年开始，过年过节都在自己家，有空啊来看看我们就行啦。

小　娟　爸妈，我不走！

老　张　听话，不然爸妈生气啦。

小　娟　爸妈！您二老别生气。

老　妻　娟儿，快回去吧，你爸这个倔脾气。

小　娟　爸，您别生气。那……爸妈，您二老别忘记吃月饼。

老　张　好，好，拿上伞。

小　娟　嗯，爸，妈，那我回去了啊。

　　　　[老张送到门口看这小娟远离的背影。

老　妻　吃饭吧？

老　张　吃饭。

　　　　[老张吃不下，站起来，走向全家福，看着孩子。

老　张　这孩子，现在也不知道在哪，都在干些什么？

老　妻　不是说好，好好的吃饭的吗？你别看了。

老　张　唉，吃饭！

老　张
老　妻　（异口同声）吃吧。

老　张　（哽咽）这些年呐，也没让你过上好日子。

老　妻　其实，我早就知道你不在单位上班了。平日里，看你工作那么辛苦，还到处发小卡片找孩子。

老　张　我相信，总有一天，她能接收到我的信息。

老　妻　这么多年过去了，我们都老了，还找吗？

老　张　找，找，一定要找下去！（喝一口酒，自我鼓励）

　　　　[老张的手，因为激动，不听使唤地抖。
　　　　[张妻紧紧握住老张的手。

老　妻　要是把你累垮了，这个家可就完了。

老　张　老刘家的孩子，不是找到了么？今天早上的那个婴儿，不也找到了吗？

老　妻　可老李家呢？孩子丢了，老婆去年也走了，家也散了，剩下他一个人太苦了。

老　张　我们弄丢了孩子，就得把她找回来。

老　妻　每天晚上我就重复着做着同一个梦，她还梳着两个羊角辫，穿着单薄的衣服……

老　张　这些年我们跑遍所有的城市，接到了无数个电话，我相信她一直在。哪怕花光了我们身上所有的钱，耗费了我所有的精力，只要她还活着，我都愿意。我每次都满怀希望去找，可是换回来的一次次地心痛，悲伤和绝望！让我活着没有勇气，让我死了没有力量！有的时候我觉得我撑不住了，我垮了，被失望绝望击垮了。可每当这个时候我的耳边就想起了孩子的呼喊，爸爸，爸爸……我不能这样，我不能这样，万一哪天小凤回来了看见你我都垮了，那咱们的孩子不就太可怜了吗？我感觉都觉得她离我不远，我一转身就可以把她那瘦小的身躯抱到我的怀里。我再也不撒手，我再也不让她离开我的视线。哪怕就一秒钟，就一秒钟。我想听她叫我爸爸，就叫一次，哪怕用我的生命来换她叫一声爸爸，我也心甘情愿！这些可恶的人贩子偷走了我唯一的孩子，偷走了我的心，偷走了我全部的希望！！我们家只有找到孩子才是健全的！我们不能放弃不能放弃！

老　妻　不放弃，她和我们都不放弃。

　　　　　〔电话铃响，张妻擦擦眼泪，过去接。

吴警官　（画外音）找到了！找到了！你女儿张翠凤找到了！

老　妻　（难以置信）我女儿？找到啦？（呆在那儿）

　　　　　〔老张赶紧冲过来接起电话。

老　张　喂？

吴警官　（画外音）老张，我是派出所小吴啊。你女儿张翠凤经过DNA比对，中了。

老　张　比中啦？（激动而泣）

吴警官　（画外音）明天早上九点到你家，别出去了啊。

　　　　　［老张仍不敢相信，张妻早已泣不成声。

老　张　好……能……早一点儿吗？

吴警官　（画外音）好！（电话挂断）

　　　　　［老张久久没放下电话。

老　张　（自言自语）比中了，明天上午九点。（对张妻）哭吧，你就敞开了哭吧。23年了，我们跑遍了大半个中国。找到了，老伴，找到了咱们应该高兴啊。你等一下。

　　　　　［老张从斗橱里找出来一个鞋盒，从盒子里找出女儿走失前最喜欢的拨浪鼓和给女儿写的信。

老　张　这么多年了，我知道你无时无刻不在想着孩子，我也是，这个啊，是我这么多年偷偷地给孩子写的信。

老　张　（画外音）女儿，今天是你的十岁生日，按照老家的习惯，十岁生日的时候要吃红壳的鸡蛋。今天天还没来亮，妈妈就起床了，挑了十颗鸡蛋染色……你看着爸妈给你准备的生日礼物，高兴地摇起了拨浪鼓，"咚咚咚"，蹦啊，跳啊，两只小羊角辫在空中尽情飞舞。

　　　　　［音乐起，灯渐灭。

尾　声

　　　　　［灯起，张有福家，摆设同第二场。不同的是赵师傅、三儿等都在门口翘首以盼。包括刚才串场的、贴膜的客人都来了。众人做焦急等待状。女警监上。

女警监　老张呢？

　　　　　［老张、张妻、小娟一起从屋内急忙忙地出来。

女警监　（握住老张手）老张，别着急，孩子啊，已经到家门口了。

　　　　　［老张不住地道谢。众人往门口方向望去。王翠凤在女警察的带领下进来了。她到处看看，这个她二十三年前生活过的地方。老张夫妇和张

翠凤中间似乎隔了二十三年漫长的道路。终于，走到一块，张妻早已扑过去和张翠凤抱头痛哭。老张在后面摇着拨浪鼓。张妻来拉老张。

老　妻　女儿，女儿。

老　张　孩子啊，叫爸爸，叫爸爸啊。

女　儿　爸（撕心裂肺）。

老　张　孩子啊，爸妈对不起你呀。（老张、张妻跪下向张翠凤道歉）

［张翠凤也跪下，三人抱头痛哭。

老　张　孩子，你受苦了。

张翠凤　爸妈，我也一直在找你们。

老　张　爸爸对不起你啊。

老　赵　老张啊，找到孩子是好事啊，得高兴啊！

吴警官　老张啊，找到孩子是好事，得高兴！

女警监　（扶起老张一家）这是好事！（正式地）下面由我宣读确认儿童身份通知单。

合肥市公安局：

本公安司法中心经对河东省水商县唯一性编号的女青年王凤进行DNA检验，确认与合肥市蜀山区唯一性编号的张有福、杨兰兰具有生物学遗传关系，可确认为其所生女儿。

安徽省公安厅物证鉴定中心

［众人鼓掌。

吴警官　老张啊，找到孩子，是你二十多年的坚持不放弃。他们，在寻找孩子的过程中都提供了非常大的帮助。张翠凤的亲戚看到工友发的卡片后，就带她来公安机关采了一个血样，经过我们公安机关不懈的排查和寻找，这一比对，中啦！

［老张全家向众人鞠躬致谢，向观众鞠躬致谢。

老张全家：谢谢！谢谢！

［观众席中上来4个青年。

青年们　爸，妈，我们回来看你了。

老　　张　孩子们，你们都回来了。

女警监　这些孩子啊，是老张在寻找女儿的二十三年过程中，帮助其他家庭找到的一些孩子。他呀，圆了大家的团圆梦。大家，也圆了他的团圆梦。来，咱们一起照个全家福吧。

老　　张　来，孩子们，咱们照张全家福。

　　　　　[灯灭。

【剧终】

二、创作感悟

直面苦难，勇对人生——话剧《归》创作心得

2018 年，成都滴滴司机王明清寻女 23 年，终获团圆的事迹感动了全国网民。安徽艺术学院的 5 名中青年教师与 20 多名学生一起，经过一个多月的构思和创作，终于把这漫长的寻子故事改编成话剧《归》。作品于 2019 年获得国家艺术基金 20 万元资助；先后召开两轮专家论证会，讨论修改提高事宜；6 月 12 日、9 月 25 日、9 月 28 日分别在安徽艺术学院、安徽大学、池州黄梅戏剧院演出三场，观众超过 1100 人；7 月获合肥市文学艺术精品扶持资金 10 万元；9 月在"不忘初心，牢记使命"主题教育官网、人民网·共产党员网展播。

1. 呼唤人间真情，歌颂人间大爱

作品不以苦难博取同情，而是展现主人公张有福身处苦难还能帮助他人。老张昂扬的人生态度让和他接触的人如沐春风。他不断给别人以希望和力量，只有在夜深人静之时，悄悄地舔舐自己的伤口。养女小娟能始终把张有福当成自己的父亲、曾经被找到的孩子都回来庆贺张有福找到女儿，这些都很有人性的温暖，弘扬了爱己及人、互帮互助的优良传统。

2. 结合主题教育，丰富作品内涵

话剧《归》获国家艺术基金资助后，学院高度重视，认为这是文艺创作结合教学发展的重要机遇。团队师生也把完成国家艺术基金的演出作为至高的荣誉。在教学任务之余，利用每天的课后和假期，从剧本修改、舞美设计、服装道具的添置，排练，认认真真完成每一步的任务。通过演出的"传、帮、带"，青年教师在中年教师的带领下提高了教学和演出水平，参演的学生大多成为班级毕业大戏的骨干力量。

因主人公张有福的人物身份是中共党员，其所做的打拐防拐工作又是先进事迹。作品的编剧、导演、主演等创作团队中有 30 余名中共党员。学院党委研究决定，将话剧《归》的排练、演出纳入学院"不忘初心，牢记使命"主题教育特色活动中，学院全体党员均需要到场观摩并组织相关研讨，把主题教育、党的建设、专业建设和作品实施紧密结合起来。

学院致函邀请安徽省委教育工委、安徽省妇联、安徽省党员电教中心作为《归》的指导单位。三单位分别在专业建设、艺术思政、妇女儿童权益保护、宣传策划等方面提出了宝贵的指导意见。安徽省公安厅详细指导了打拐、防拐、认亲等场面。

2019 年 11 月，安徽省委教育工委、省教育厅在安徽教育信息工作交流(2019)第 2 期中，提到安徽艺术学院打造艺术品牌，以作品突出典型引领，《归》的巡演发挥了文化暖心艺术化人的重要作用，推进了主题教育与艺术教育的深度融合。2020 年 1 月 10 日，安徽省主题教育总结会通报了"安徽艺术学院发挥艺术专业特长，创作党建话剧《归》到部分市巡演，引导党员干部守初心、担使命"等内容。

3. 普及打拐防拐知识，反映公安机关打拐成就

拐卖妇女儿童案件在早些年发生较多，近年来持续下降，但仍有发生。人们对新闻报道的灵敏度逐步降低。公安部的"团圆"系统、CCSER 儿童失踪预警平台、"宝贝回家"网站、中央电视台《等着我》栏目都起到了积极地宣传效果，电影《亲爱的》《失孤》也是反映类似题材的文艺作品。话剧《归》演出过程中，张有福贴膜摊边上的二维码就是"宝贝回家"网站的二维码。随节目画册发放到观众手中的寻亲小卡片，正面是剧中人张翠凤的寻亲启示和《等着我》栏目的二维码，反面是两名真实走失的儿童寻亲启示。借助戏剧的现场性，能够实时地把失去孩子的切肤之痛传递到观众之中，加强了防拐打拐的宣传效果。

近年来，随着人脸识别、DNA 检验等多种技术应用到公安部门的打拐寻亲实践中，很多被拐多年的儿童重新找到自己的家园，很多破碎的家庭得以完善，很多冰冷的心得以温暖，这背后有着公安机关付出的巨大努力。随着视频监控"天网工程"的全面覆盖、公共交通的实名购票、宾馆旅社的实名登记、陈年旧案的各个击破等成果更是让犯罪分子从不敢拐逐步迈向不想拐。这些公安部门取得的成就以前都是通过新闻报道、中央电视台《等着我》《今日说法》《天网》《一线》等栏目的宣传，话剧《归》也加入这一阵营之中，通过文艺的形式展现了公安部门为构建平安社会的强大能力。

4. 不断修改打磨，打造成精品力作

在两版创作和两次专家论证会中，专家和主创均发现了一些不足，尚未完全改正。

在演出中，实际登台演员 28 名。其中台词在 3 句以内的占 14 名。主创的初衷是想打造天桥底下的芸芸众生相，包括晨练族、上班族、上学族、老板、农民工等。他们都在老张找到女儿的过程中，或多或少起到了作用，可能就是一次扫码和转发。在实际的演出中，专家就觉得很多角色删除掉之后根本不影响整个剧的欣赏和剧情的推动，可有可无。这一点确实也让主创团队内部争论了好久。如果把剧情集中在某几个关键人物的身上，那么会不会一上来就有一种被苦难笼罩的感觉呢？会不会目的性太强？目前在剧本中，仅吴警官的一句话，说他们在找到张翠凤的过程中都起了很大的作用，分量轻了。从三次演出的情况来看，串场人物的重要性未交代清楚，接下来的改变方向是要么删除掉，要么在后面明确一些究竟起了什么作用。

矛盾较弱，女儿的丢失和寻找基本都是口述的，没有舞台行动。专家和主创都曾考虑过将寻找女儿的过程、和人贩子斗智斗勇的过程展现在舞台上。这样既清晰地展现了老张的这么多年的辛苦历程，以及人贩子的可恶嘴脸。展现辛苦历程，可以做到，剪影形式，选 3—4 个老张找孩子的情景展现即可。未成功修改确实可惜。

但若让人贩子登台，就是大动作了。这就相当于改掉了整个作品的结构。变成孩子丢失——找孩子——见到人贩子——找回孩子，这种类似公安破案的情节了。另外，人贩子不同于小偷小摸，人们对他们的憎恨非常之大，在舞台上如何把握这个度也需要慎重。

舞美布景制作得很写实，对交代故事场景、烘托气氛作用明显。但体量也非常大，例如大台阶4米长、3米高，"家"的景片、报亭都是大且笨重的物品。这就导致后台撤换景的人数又多了，将近10人。作品总时长在47分钟，撤景接近15秒。从一个舞台作品来看，是不合适的。在去学院以外的场地演出时，舞台不够大或不够高，导致一些大的道具用不了。接下来的修改方向就是把道具布景虚实结合，充分体现当代的简约美感，同时又能看出设计感。这是一个比较难的问题，需要设计团队和主创团队认真构思。

作品中的音乐还仅仅是音效，烘托一下气氛、铺垫一下情绪、没有把音乐的角色感带入。好的音乐能让观众进入设定的情境之中，能够为主人公的命运感到担忧。作品的剧情具备这方面的潜质，音乐潜力较大。

我们相信，继续打磨能够把该作品的艺术性提升到更高层次。

第五节　话剧《赵庄姬》[①]

一、剧本原文

赵庄姬

人物表

赵庄姬：20~40岁，晋国公主，赵朔妻子。

程　　婴：30余岁，医师。

屠岸贾：30余岁，司寇。

赵　　武：18岁，庄姬之子，赵氏孤儿。

程朱氏：程婴妻子，20余岁。疯女人的角色，贯穿整场演出。

歌　　队：屠岸贾的打手。2~3人，起烘托气氛之用。

剧本正文

［程朱氏从观众进场时就已经站在检票口的位置，披头散发，一脸认真地询问观众有没有见过她的孩子。演出开始后，她就在舞台的一侧默默地坐着，似看非看，在合适时机总会到舞台上来，表明她的存在。

[①] 作品尚未排演。

序

["嘟嘟"木鱼声响起，舞台侧灯亮，或可采取定点光，灯光照射的部分充满禅意，显然一幅佛堂的景象。庄姬背对观众，心如止水地敲着木鱼。桌(几案)上放着一大一小两个牌位(很显然是赵朔和孤儿赵武的。
赵武进。他的问候中充满了礼貌、谨慎、悲伤、兴奋等复杂的情绪。

赵　武　公主？

[木鱼声，不急不慢，继续敲着。

赵　武　赵夫人？

[木鱼声停顿了一下，又敲了起来。

赵　武　(跪下)母……亲！

[木鱼声停，槌子落地，灯灭。

第一场　托　孤

[驸马府，舞台依旧空灵，空中布满一条条的白布垂落下来。以示赵家遭遇的灭顶之灾。此时庄姬正在纱帐后产子，程婴在助产。
[二人用舞蹈展现生子疼痛、接生的全过程。庄姬在对话过程中间断地有痛苦地呻吟声。庄姬对程婴从试探到托孤有一个过程。

程　婴　公主，驸马府外重兵把守，此刻临盆，难逃一死。

庄　姬　(对肚内婴儿)吾儿，若想赵家无后，放声大哭吧。

[一丈红绸从天而降，婴儿降生，未哭一声。

程　婴　(递过来)是公子。

庄　姬　(接过)赵家有后了。

程　婴		天不绝赵。
庄　姬		医师？
程　婴		程婴在。
庄　姬		恭喜，你即将升官发财了。
程　婴		公主？
庄　姬		请喊我赵夫人！
程　婴		是！赵夫人。
庄　姬		我赵家大小三百余口，满门已绝。唯一后人已经降世。而你，莫不是等在这拿我儿领赏的么？
程　婴		万万不敢，程婴早年得赵将军知遇之恩，岂敢做奸人屠岸贾之走狗？
庄　姬		做人做狗，一念之间。
程　婴		医者仁心，从未杀人。
庄　姬		也罢，除了你，我也无人可信。
程　婴		我家前日刚添一男丁，再添一枚，恐遭人猜疑。
庄　姬		我早已请公孙杵臼老大人在府外悄悄守候，怎奈他进来不得。你们见面再商。
程　婴		还是要送出城去。
庄　姬		（艰难爬起，嘱托）医师，请救吾儿一命。
程　婴		屠岸贾耳目众多，只怕即刻便知。
庄　姬		他一来，吾儿定当命丧于此。
程　婴		夫人，请吩咐。
庄　姬		（强忍疼痛，拱手作揖）请受赵氏一拜。
程　婴		（亦拜）程婴肝脑涂地，也要保护赵氏血脉。
庄　姬		（掏出随身佩玉）这块麒麟玉留给孤儿吧。
程　婴		孤儿，不，他应该有个威武的名字。
庄　姬		赵武！

［程婴抱起药箱，欲出，顿步。

程　婴　夫人，我逃出城门需半个时辰，请……

庄　姬　拼尽全力！

　　　　［程婴欲走。

庄　姬　等一等！让吾儿喝口母乳吧！……这应该是他一生中唯一的一口！

程　婴　哎！

　　　　［音乐，舞蹈起，哺乳动作要体现出生离死别的伤感和寄托全部希望于孤儿一身的厚重。

　　　　［须臾，程婴抱药箱急出。

　　　　［另一侧，屠岸贾急匆匆冲了上来。在纱帐外九尺处停住。每对话一句，就近前一步，表示步步紧逼。在这段对话中，屠岸贾很明显的预感到孩子已经降生，但他不愿意撕破脸皮，尤其对方是公主。但对孤儿一定要赶尽杀绝的，只是在最后忍无可忍，才风度尽失。公主从一开始的装作未生，到摆出公主的威仪再到揭示这仅仅是权力斗争的游戏，最后摆出母亲的身份和女子的柔弱，总之想尽一切办法拖延时间，保护程婴更快地逃离。锣鼓点在此处起到衬托节奏的作用。

屠岸贾　（顿步，整了整衣冠，风度要在）公主！

庄　姬　（忍住满腔的怒火和胆怯）司寇大人！

屠岸贾　公主气若游丝，想必已经历大痛。

庄　姬　堂堂驸马府，大大小小三百余口，一夜之间，全成亡灵，怎不悲恸？

屠岸贾　王命难违！

庄　姬　赵家谋权篡位，被你及时阻止，你大功一件啊！

屠岸贾　食君俸禄，为君分忧！

庄　姬　请继续为君分忧去吧，我乏了，退下吧。

屠岸贾　太医即刻就到。

庄　姬　不必了，留我苟活人世间，亦是无益，早些与将军团聚了也好。

屠岸贾　十月怀胎，未生先死么？

庄　姬　生下亦是孤儿，死去却能团圆。

　　　　［屠岸贾环视四周的眼睛发现了地上的血迹。

屠岸贾	地上大片血迹，莫不是已经生下？
庄　姬	那是我刚割的腕，等等还会有。
屠岸贾	得罪了（欲冲过去）。
庄　姬	大胆！你就不怕我去王兄那告你一状么？
屠岸贾	公主性命要紧，王上不会责骂。
	［近前，威胁地。
屠岸贾	请公主揭开纱帐！
庄　姬	屠岸大人，当真要赶尽杀绝么？
屠岸贾	王命在身，除恶务尽！
庄　姬	你是恶人先告状。
屠岸贾	公主此言差矣。我解救你于水火，怎是恶人？
庄　姬	想我赵家世代忠良，怎奈中了尔等奸诈之道。
屠岸贾	赵朔将军手握重兵，功高震主。
庄　姬	所以你就诬陷他谋反？
屠岸贾	那是大王英明，断案如神。
庄　姬	昏君！
屠岸贾	公主！
庄　姬	喊我赵夫人！
屠岸贾	（无奈）赵夫人，大王念手足之情，保你周全，但孤儿决不能存活于世。
庄　姬	贼子！给我白绫一丈，我母子死在你面前！
屠岸贾	赵夫人英烈，我定当奏明王上，树贞烈牌坊！
庄　姬	（扯掉纱帐）哈哈哈，贼子！你好好看看。
屠岸贾	（气疯，怒吼）哇……
庄　姬	孤儿已走远。十八年后，必找你血债血偿！
屠岸贾	城门已锁三日，哪里能逃！哈哈哈。
	［庄姬痛苦，几近晕厥。
屠岸贾	掘地三尺，全城搜捕赵氏孤儿。（欲走，顿步，看一眼庄姬）传太医，

锁府门，公主辱骂王上，终身不得出府。

[灯灭。

第二场　献　孤

[灯亮。场地未变。这一场中，程婴自从被屠岸贾叫到驸马府中问话，心中已明白大半，但他要保证献出的孤儿正是屠岸贾需要的孤儿。这样才能保证他的计划万无一失。屠岸贾也很担心程婴玩花样，所以必须要试探出程婴的底线。他要保证程婴献的婴儿正是赵氏孤儿。于是两个人揣着明白装糊涂，兵来将挡水来土掩。庄姬一开始并未出现，等到她出场时必是需要做出重大抉择之时。所以此期间她在做什么是需要思考的问题，可能是晕厥或者其他。

屠岸贾　　你就是程医师？

程　婴　　正是。

屠岸贾　　知道我为什么找你？

程　婴　　你有病。

屠岸贾　　（生气，又缓和）你……你怎么知道？

程　婴　　没病不会找医师。

屠岸贾　　（伸出手）哈哈哈，那就请医师帮我看看，我的病在哪？

程　婴　　（号脉，不紧不慢，皱眉，摇头）釜沸、解索、鱼翔、虾游。

屠岸贾　　此话怎讲？

程　婴　　十大乱脉，你占了四个。定有寝食难安，坐卧不宁之症状。

屠岸贾　　哈哈哈，医师高明，何解？

程　婴　　杀戮太多，戾气太重。多做善事，方可度过此劫。

屠岸贾　　还请医师开个药方。

　　　　　[程婴写药方，写好递给屠。

屠岸贾　果然好方，只是少了一味药引。

程　婴　哦？

屠岸贾　少了婴儿血，此方不活。

程　婴　（欲走）司寇大人既然如此懂药，在下告辞。

屠岸贾　慢着。这味药引还需医师亲自采来。

程　婴　程婴无能。

屠岸贾　你可以的。你把从驸马府（或说这）里带出的婴儿再送回来不就有了？

程　婴　（着急的情绪）屠岸大人！

屠岸贾　（步步紧逼地）我封锁驸马府三个多月，只有你一个外人进出过，赵氏孤儿必在你手。

程　婴　既是这样，要杀要剐，悉听尊便。

屠岸贾　好一个义士，我杀你易如反掌……当然还有你夫人和你刚出世的儿子。

　　　　［庄姬出，愤怒，绝望，无助于一身，但依然保持着公主的霸气和正义在身的绝不妥协的浩气。

庄　姬　屠岸贾，冤有头债有主。

程　婴　士为知己者死！我妻儿也算命中注定。

屠岸贾　医师果然仁义。赵夫人托付得对！感动！还有全城不满一岁的婴儿。三千个哦，全部与你陪葬可好？

程　婴　屠岸贾，你断了赵家的后人，还要全晋国的子孙陪葬么？

屠岸贾　不，不是我。是你。你不交出孤儿，这三千个婴儿都要因为你的忠义全部命丧于此。你，才是真正的屠夫！

程　婴　想我程婴行医一生，救人无数，竟然变成屠夫了。

屠岸贾　医生还是屠夫？一念之间。

　　　　［程婴痛苦。

庄　姬　医师，你已仁至义尽，也不愧对赵家。把孩子带回来吧？

屠岸贾　（走过来，托着程婴的胳膊）孤儿在哪里？

程　婴　公主……（痛苦）孤儿……

庄　姬　　不能因我儿一人，断送3000个婴儿性命，他……他……死得值啊！

屠岸贾　（抓紧程婴的胳膊）在哪里？

程　婴　（痛苦，扯掉发冠）在公孙杵臼处。

屠岸贾　（对程婴）你带路，把孤儿抓过来。

　　　　〔程婴痛苦的拖着步子下。

　　　　〔庄姬痛苦，跪地不起。

庄　姬　　杀人如麻的恶魔，你不得好死。

屠岸贾　赵朔将军才是恶魔！他的手上沾满了鲜血。一将功成万骨枯，他南征北战，多少人成了孤魂野鬼？

庄　姬　　他……他是奉命行事。他杀的都是敌国的官兵。如果不杀他们，他们会霸占我们的国土，残害我们的国民。

屠岸贾　那又有多少家庭支离破碎？多少孩子成了孤儿？

庄　姬　　覆巢之下，岂有完卵，战争自古以来就是这么残酷。

屠岸贾　那赵氏孤儿也算死得瞑目了。

庄　姬　　阴谋家总会给自己找一个冠冕堂皇的借口。

屠岸贾　为王上鞠躬尽瘁。哈哈哈哈。（停住，盯住上场门）

　　　　〔士兵押着抱着婴儿的程婴上，屠岸贾抢过婴儿。麒麟玉掉落。

　　　　〔庄姬被士兵抓住，动弹不得。挣扎着捡起麒麟玉。

屠岸贾　公孙杵臼如何？

程　婴　（难以站立）自撞东墙而死。

庄　姬　　公孙大人！

屠岸贾　哈哈哈哈哈，便宜他了。我恨不得把他大卸八块。

　　　　〔屠岸贾怒目圆睁，正欲摔死，又抱到程婴边上去，蹲下来，给程婴看。

屠岸贾　医师，来，看一眼。

　　　　〔程婴看了一眼，痛苦不忍再看。

屠岸贾　（恶狠狠的）医师，这个孩子很像你哎，该不会是你儿子吧？

程　婴　（站了起来）我倒是想他是我儿子，这样他就免遭一死了。

屠岸贾　哈哈哈，好。我相信你，虎毒还不食子呢！来（孩子递给程婴手上）
　　　　［程婴抚摸着婴儿，满眼都是父亲的柔情。
屠岸贾　请你摔了他！
　　　　［程婴从梦中醒来，这不是他的家，在他面前是一个杀人如麻的刽子手。他万念俱灰，这个做父亲的竟然要亲手杀死自己的儿子，一辈子行医为善，好不容易有个孩子，竟然要死在自己的手里。这可是他刚刚出生没多久的孩子啊。
屠岸贾　摔了他！
庄　姬　（冲破阻拦，抢走孤儿）不！
　　　　［屠岸贾把刀架在了程婴的身上。
庄　姬　我，我来，我不能让救人的双手沾满杀人的鲜血！
　　　　［庄姬高举双手，时间在这一刻停滞。
屠岸贾　（催促庄姬）还是让程婴陪葬吧！
　　　　［庄姬大吼一声，将婴儿用力摔下。舞台全部变为红光。
　　　　［程朱氏在纱帐后面唱起了摇篮曲。

　　　月儿明风儿静，树叶儿遮窗棂啊
　　　蛐蛐儿叫铮铮，好比那琴弦儿声啊
　　　琴声儿轻，调儿动听，摇篮轻摆动
　　　娘的宝宝闭上眼睛，睡了那个睡在梦中

　　　　［程婴伏地不起，痛苦不堪。
　　　　［屠岸贾心事已了，痛快不已，但又觉得程婴的表现太过悲伤。
屠岸贾　程医师，你献赵氏孤儿有功，明天我向王上禀报，昭告天下，为你请赏。
程　婴　你是要陷程婴于不仁不义之辈。我只求远离国都，回乡种田。
屠岸贾　不，不能走。你得带着你的儿子，到我府上，做我门客，我还教你儿子练剑哦。
　　　　［程婴正欲回绝。
屠岸贾　要是不从，我就送你儿子和赵氏孤儿做伴。（对程婴）那块麒麟玉赏给你儿子，带脖子上，辟邪！哈哈哈！

［程婴向庄姬叩首，下。

庄　姬　屠岸贾，你欺人太甚。

屠岸贾　老夫向来如此，你能奈我何？（对士兵）赶紧打扫一下，我晕血，哈哈哈！再把病死的孤儿送到乱葬岗，人多好做伴。

［庄姬使出浑身力气，扑向屠岸贾。却被屠岸贾双手一把摁住。

屠岸贾　你不是想一家团圆么？送你一丈白绫。

庄　姬　我本想一死，但现在我不愿了，除非你勒死我。否则，我要亲眼看看你的下场。

屠岸贾　勒死王室？我可不敢。不过你要是自尽的话，我可拦不住。

［屠岸贾推倒庄姬，下。

［灯灭。

第三场　寻孤

［灯起。

［一个女子披着一丈白绫上场，她是程朱氏，程婴的妻子。但从头到尾并未表明身份。愤怒、痛苦已经占据着她的大脑。她以草民的身份来到驸马府上，并未觉察到一丝的不适。因为被程婴下了药，时而清醒，时而疯癫。她完全是在用意志支撑着自己的行动。她来的目的很明确，她想抢回孩子，并且想知道"换子"是不是有公主的参与，如是，那么对不起，鱼死网破。一摊鲜血和瘫在地上的庄姬，让她明白孩子已然死去。庄姬却把她当成是屠岸贾派来打扫场地和送她去西天的人。

程朱氏　孩子呢？

庄　姬　先我而去了。

程朱氏　一定要他死么？

庄　姬　生错了家，投错了胎。

程朱氏　生命果然有贵贱，贵人之子如星辰，寒门之后如草芥。

庄　姬　死他一个，救活三千。何来星辰，哪有草芥？

程朱氏　你的目的达到了。

庄　姬　我是了无牵挂了。

程朱氏　那好！（拿出白绫）还有什么话要留么？

庄　姬　多说无益，下手吧。

程朱氏　好一个大义凛然，你不觉得愧对于谁么？

庄　姬　有。

程朱氏　谁？

庄　姬　我母亲。她知晓我夫婿遭难。几次三番差人接我去皇宫。可我不愿，我生是赵家人，死是赵家鬼。我任性，我妄为。我一介女子，怎想到他屠岸贾赶尽杀绝。连我儿子也不放过。

程朱氏　你害的可不止你的儿。

庄　姬　是，全城婴儿险遭歹手。程医师一家也因此遭难，我愧对他们。

程朱氏　良心还在。

庄　姬　程医师积德行善，妙手回春，救人无数。

程朱氏　可他杀了孩子。

庄　姬　不，孩子是我杀的。

〔程朱氏突然将白绫勒在庄姬的脖子上。

程朱氏　是你杀的？

〔庄姬挣扎中点头。

程朱氏　你怎么下得去手？

庄　姬　（挣扎，吞吐）我儿……不能……他杀。

〔程朱氏松开白绫。

程朱氏　你儿？

庄　姬　赵武。我亲手摔死。我不能让医师的手沾满杀人的鲜血。

程朱氏　那你如何愧对于他？

庄　姬　　忠义之士，却被屠岸贾强收为门客，定是饱受屈辱。

程朱氏　　他要进司寇府？

庄　姬　　还连累了他的儿子和妻子，举家迁入。

程朱氏　　他妻子已经死了。

庄　姬　　怎么会？

程朱氏　　为了儿子，一个要保，一个不要保。

庄　姬　　难产而死？他儿子呢？我来抚养他？

程朱氏　　他不是要进司寇府么？

庄　姬　　对。没娘的孩子总是痛苦的。

程朱氏　　没孩子的娘活着更痛苦。

庄　姬　　来吧！完成你的任务吧！勒死我。

程朱氏　　不，你对世人没有恶意，你不该死。

庄　姬　　杀了我，否则我会活得比屠岸贾长。

程朱氏　　我希望你看到那一天。（转身，欲下）

庄　姬　　等等，你是谁？

程朱氏　　一个母亲，一个没有孩子的母亲。

　　　　　［程朱氏下。

　　　　　［庄姬跪在地上，喃喃自语。

庄　姬　　孩子，下辈子再做妈的孩子好吗？不，还是不要，也许我应该听母后的，就不该把你生下来。

　　　　　［灯灭。

第四场　见孤

[木鱼声继续响，十八年后。灯亮，接序，赵武所有的对话中都饱含着压抑、对母亲思念、对屠岸贾一家仇恨、对十八年来从未伺候母亲的悔恨和即将一血前仇的痛快。赵武侧立台边，庄姬背对观众。

赵　武　母亲。

[庄姬转回脸来，她控制着自己的情绪，她不敢想自己怎么会还有一个孩子存活于世，她又很希望眼前的这个少年就是她的儿子，她在尘世间唯一的希冀不就是儿子么？在相信与不相信之间，赵武讲述着他的故事。也把思绪搜回到十八年前。

赵　武　（双手捧起麒麟玉）这块玉已随孩儿十八年。

[庄姬接过麒麟玉，捧在手里，护在心窝。

赵　武　孩儿对不住母亲，十八年来，我从未知道您的存在。

庄　姬　（自言自语，带求证的）我儿赵武，十八年前已被我亲手摔死。

赵　武　那是养父程婴的儿子。他与公孙杵白合谋，换下了孩儿。（痛苦的）养母从此发癫，不知所踪。养父忍辱负重，护我长大，助我报仇。

[程朱氏在幕后唱着摇篮曲：

月儿明风儿静，树叶儿遮窗棂啊。

蛐蛐儿叫铮铮，好比那琴弦儿声啊。

琴声儿轻，调儿动听，摇篮轻摆动。

娘的宝宝闭上眼睛，睡了那个睡在梦中。

[庄姬看向程朱氏的方向，沉默。

庄　姬　委屈她了，她比我更苦。

赵　武　儿定当尽全力找寻，给她养老送终。

庄　姬　照顾好你养父，他被人骂献孤求荣一十八年，怎么熬的啊？

赵　武　养父一夜白头，每夜悲痛，但从不肯告诉孩儿，直到孩儿长大。

庄　姬　程婴现在何处？

赵　武　（泣不成声）昨夜到城西乱葬岗，泪如雨下，吐血而亡。

庄　姬　都是屠岸贾的罪孽。

赵　武　屠岸贾已被孩子斩首。

庄　姬　他到底死在我的前面。

赵　武　屠府大小六百余口也已全部被关押，如何处置，请母亲明示。

　　　　［舞台一片红光，音乐狂炸，令人眩晕之极。庄姬的眼前出现当年家族被灭门的惨状，悲痛难当。屠岸贾的原话：杀了多少人？多少家庭破碎？多少孩子成了孤儿？在耳边飘荡。思忖片刻，温柔地看着他的孩子。

庄　姬　儿啊，这些年你过得怎么样？

赵　武　母亲？

庄　姬　实话实说。

赵　武　孩儿终日学文习武。

庄　姬　程婴授文，屠岸贾教武？

赵　武　儿不知是奸贼，儿认贼作父，羞愧难当。

　　　　［庄姬思忖。

庄　姬　你恨屠岸贾么？

赵　武　杀父之仇，不共戴天。

庄　姬　你打算怎么处置？

赵　武　血债血偿。

庄　姬　灭他满门？

赵　武　一个不留。

庄　姬　那你不是第二个屠岸贾么？

赵　武　这……母亲……他是大奸贼。

庄　姬　母亲生你怀胎十月，屠岸贾育你一十八载啊。

赵　武　母亲？

庄　姬　奸贼已死。他的家人，他的孩子，他家仆人的孩子都是无辜的。他的后人定将找你复仇。冤冤相报，何时是头啊？

赵　武　儿知道了。可，可为什么您能放下仇恨？

庄　姬　（走回几案，敲起木鱼，嘟嘟嘟）我不愿天底下再有像我这样的母亲。

[灯灭。

【剧终】

二、创作感悟

艰难情境下的抉择——写在《赵庄姬》之后

《赵氏孤儿》被改编的非常之多,在本书创意一节里已经加以阐述了。我为何又要写庄姬呢?这里的庄姬与其他人有何不同呢?

庄姬身为公主,成长在帝王之家,嫁的又是手握重兵的将军,她应该是大气的。这里重点突出的是庄姬的几次抉择,从而反映庄姬的人性之美。

在赵家遭灾之时,她没有听从母后的意愿进宫躲藏。她依旧选择与夫君共进退,若不是怀了赵家骨肉,应该也早已随将军共赴黄泉。这里体现的是爱情的力量。

托孤一场,庄姬试探程婴看看是否可靠,再来委托程婴。这里体现的是她的智慧。

献孤一场,她为了保护程婴的尊严,不惜自己摔死婴儿。这一段处理的非常残酷。一个母亲会摔死自己的孩子吗?

我们不禁联想起评剧《母亲》(导演张曼君,编剧刘锦云,2015年首演),母亲为了保护众乡亲的安全,把出生不久的小儿子生生地捂死在自己怀中。在民族大义面前,母亲舍小家顾大家,让人泪流满面。

庄姬、程婴、婴儿(庄姬以为是孤儿)都在屠岸贾的屠刀之下,其实谁都跑不掉。与其让医生的手沾满鲜血,与其让恶棍屠岸贾染指,不如自己来解决吧。

寻孤一场,程婴妻是来复仇的。她以为换了孩子是庄姬的授意。当她得知庄姬也不清楚真相时,程婴妻悲怆而走。庄姬不认识程婴妻,以为她是屠岸贾派来给自己送行的,言语中多了很多的从容。庄姬很乐意同将军和死去的儿子相会。

见孤一场，庄姬见到"死而复生"的儿子，并没有多重的留恋。十八年青灯古佛的生涯已经让她内心很难再起波澜。得知"换孤"真相后的庄姬更多的是怀有对程婴的感谢和对程婴妻的愧疚。她劝赵武释放屠岸贾的家人更是为了长久的平和。庄姬最终放弃了灭屠岸贾满门，为的是不让仇恨延续。

所有场面都放在了驸马府，让程婴、屠岸贾、程婴之妻、赵氏孤儿都来与庄姬展开戏剧冲突。为的是情绪的集中、情感的集中。

在现行多个版本的《赵氏孤儿》中，"程婴献儿"和"孤儿复仇"都是与当代的审美倾向有一定差距，不能让观众完全接受的。关于"程婴献儿"，有让程婴被动献儿的，有让程婴最终自杀谢罪的，为的都是"虎毒不食子"，"人人生而平等"。关于"孤儿杀屠"，有让屠岸贾自杀的，有让屠岸贾不敢自杀委托孤儿动刀的。为的也是屠岸贾毕竟养育赵氏孤儿十八年，有养育之恩。在本作品中，程婴最终在儿子死后的乱葬岗内悲痛而绝。屠岸贾仍死在赵孤的复仇刀下。可以说是完成了一半的改编吧。

第六节 话剧《给我一个家》[①]

一、剧本原文

给我一个家

人物表

小　雅：女，22岁，艺术学院毕业生。

小小雅：女，12岁，初中生，十年前的小雅。

小　溪：女，12岁，初中生。

石　磊：男，23岁，小雅男友、同学。

小　胖：男，13岁，小溪初中同学，不出场，画外音。

陈主任：男，40来岁，岳西县茶树初中教导中心主任。

小雅爸爸：40多岁，茶叶公司老总。

小溪爸爸：30多岁，农民、建筑工人。

小溪妈妈：30多岁农民、建筑工人。

小雅爷爷：60多岁。

大　姐：40来岁，自行车主人，泼辣。

[①] 该剧本曾发表于《戏剧之家》2015年5月(下)，署名冯传胜、卞喆君。

剧本正文

第一场

[灯起。

[2014年的9月份。中学门口。窗外知了的叫声。小雅拿着地址找到学校，有点焦急地等着。陈主任边喊边上。

陈主任　小雅老师，小雅老师。

小　雅　陈主任，幸会幸会。

陈主任　欢迎你来我们岳西县茶树乡初级中学。

小　雅　非常感谢贵校给我这次"一对一"帮扶的机会。请问，我帮扶的对象是谁呢？

陈主任　你有没有哪方面的要求？

小　雅　无所谓，都行。

陈主任　你也不必客气。尽管提。

小　雅　（骄傲地）那就望把最难帮扶的学生交给我吧。

陈主任　小雅老师果然有能力，这样吧，我们把小溪同学交给你帮扶。

小　雅　她成绩很差是吧？

陈主任　那倒不是，她成绩非常好，尤其是数学，每次都考100分，从不失手。

小　雅　陈主任，您这是开玩笑吧？成绩那么好还需要帮扶？

陈主任　她……

小溪爸爸　小溪，你给我站住……

[陈主任的话被小溪爸爸打断。小溪爸爸一边追一边喊。陈主任拦住了小溪爸爸。

陈主任　（十分诧异）你这是做什么？

小溪爸爸　陈主任，你看看，真把我给气死了。她考试考了个0分。

陈主任　这不可能，小溪你过来。

　　　　［小溪灰溜溜地走过来。

陈主任　你考试0分？

小　溪　（没有一丝歉意的）是的。

陈主任　哪门课？

小　溪　（像是一切尽在掌握之中的）数学。

　　　　［小雅忍不住笑了一下，又发觉自己很失态。陈主任很尴尬。小溪爸爸拉来小溪，拧小溪耳朵。

小溪爸爸　让你不争气，让你考0分。

　　　　［尽管被爸爸拧得疼，小溪脸上倒是没有认错的表情，反而觉得很幸福，似乎很陶醉。

小　雅　（看出了端倪，对小溪爸爸）小溪爸爸，您放开！陈主任，我明白你的意思了。

陈主任　好，这样，我给你们介绍一下。（对小溪爸爸）这是安徽艺术学院的毕业生小雅，来我们这一对一帮扶。小溪就是她的帮扶对象。

小溪爸爸　你好，小雅老师。（对小溪）快喊老师。

小　雅　喊小雅姐就可以了。

小　溪　小雅姐。

小　雅　（对陈主任、小溪爸爸）这样吧，你二位都先忙去。我和小溪说说话。

小　溪　（拉着爸爸）爸爸，你不要走。

小溪爸爸　爸爸不走，爸爸回家等着你啊。

陈主任　小雅老师这么快就进入角色了。

小溪爸爸　（对小雅）那就麻烦你了。（对小溪）你要听老师话。

　　　　［陈主任、小溪爸爸下，一边走一边聊着小溪的事情。

小　雅　（换个话题）小溪，你的衣服真好看。谁给你买的啊？

小　溪	妈妈买的。
小　雅	妈妈呢？
小　溪	在上海打工。
小　雅	哦，那爸爸怎么在家啊？
小　溪	爸爸刚回来。
小　雅	你爸爸是不是听说你考了0分才回来的啊？

　　　　［小溪点头。

小　雅	那你为什么考0分啊？

　　　　［小溪拨弄衣角，不言语。

小　雅	你不是经常考100分么？陈主任还说你从不失手。
小　溪	（不满地）考100分有什么用？
小　雅	考100分，上大学啊。
小　溪	上了大学爸爸妈妈就能回来么？

　　　　［两人同时陷入沉思，回忆空间。

　　　　［小溪打电话，时光闪回到以前每次小溪考100分的时候。夜晚时分。

小溪妈	哎，小溪啊？
小　溪	妈妈，我数学又考100分了。
小溪妈	真聪明。妈妈过年回家给你买新衣服穿。
小　溪	妈妈，我不要新衣服，我要你回家，我想吃你做的红烧肉。
小溪妈	妈妈在工地上给你爸爸和叔叔伯伯们做饭挣钱呢，过年回家给你做红烧肉啊。小溪乖，来，跟你爸说会话。
小　溪	爸爸，我数学又考100分了。
小溪爸	我们家小溪就是厉害，将来肯定能考个好大学。
小　溪	爸爸，你们啥时候回家啊？
小溪爸	傻孩子，爸爸妈妈在外挣钱给你读大学啊。现在哪回得了家？
小　溪	爸爸，读大学还早呢，我还在初中呢。
小溪爸	等到那时候，你爸妈干活都干不动了，哪还挣得了钱？好了，不聊了，

爸爸累了，你也睡吧。

[另一边，十年前的小雅（即小小雅）给父母打电话，立刻被挂断了，传来"你所拨打的电话正在通话"画外音。小小雅又打，手机铃声响了好久，久得让人着急。终于通了。

小小雅　（急不可耐的）爸，我考试语数外3门课都拿了满分。

小雅爸爸　我家小雅真棒，我在谈生意啊，再见啦。

[电话嘟嘟音响起。

爷　爷　小雅，来，我的好孙女，考得好，爷爷带你吃肯德基。

小小雅　吃腻了。

爷　爷　去迪士尼。

小小雅　玩够了。

爷　爷　那骑大马？

小小雅　好。你快点趴下来啊。

[爷爷艰难地往下弯腰，弯了一半，不住地喘气。小雅还不断地催促着。

小小雅　爷爷快点趴啊，快点啊。

爷　爷　好、好。

[爷爷终于趴在了地上，摆好马的架势。小雅忽的一下往爷爷身上一坐。顿时把爷爷就压到了地上。

爷　爷　哎哟，哎哟。

小小雅　爷爷，你把我摔疼了。

[小雅赶紧从中间区域跑过来，搀起爷爷。爷爷和小小雅在整个过程中都无视小雅的存在。爷爷被搀起后，继续艰难的趴下，摆好姿势。

爷　爷　来，小雅，再来，小雅长大了，重了。

小小雅　（坐了上去）爷爷不许说我重，是你老了，不中用了。

小　雅　（过来拉小小雅，但根本拉不下来）你怎么这么说话？

爷　爷　（艰难地爬着）是哦，爷爷不中用了，只要我们家小雅成绩好，对社会有用就可以咯。

小小雅　那肯定的。像我这么优秀，肯定是人才！

［小雅非常无助只好一边抹眼泪一边扶着艰难爬行的爷爷。小溪喊了声，把小雅思绪喊了回来。

小　溪　小雅姐，爷爷好可怜。

小　雅　是啊，姐姐那会儿不懂事。和你一样，你也是故意考的0分吧？

小　溪　嗯。

小　雅　这样，你爸妈就能回来看你，哪怕骂你、打你，你也很高兴？

小　溪　爸爸已经好久没打过我了。

小　雅　傻孩子。

小　溪　小雅姐，我是不是做错了？

小　雅　你才这么小。能谅解的。但下次别，还是要考100分哦。

小　溪　嗯。你成绩那么好，一直都是100分吧？

［时间回到十年前。

［小小雅在搧自己嘴巴，非常响的那种。

小雅爸爸　小雅，爸爸命令你给我停下。

小小雅　少一分一巴掌，语数外三门满分300，我考了280，少了20分。20下巴掌。我自己许下的承诺，必须兑现。

小雅爸爸　（心疼又生气，拉住小小雅的手）你咋这么倔强？你打我行不行？

小小雅　打你做什么？你忙你的生意去。我自己的事情自己解决（又扇一下）。

小雅爸爸　我和你妈妈陪你去旅游好不好？

小小雅　成绩差，对不起，不旅游了（又搧一下）。

小雅爸爸　孩子，我知道你是怨恨我和你妈没时间陪你，我们是想挣钱给你出国啊。

小小雅　出国？哼！世界那么大，我不想出去看看（又搧一下）。

小雅爸爸　（崩溃了，也搧起自己来了）爸爸妈妈对不起你，你停下。

［小雅赶紧冲过去，拉着爸爸的手，还是没有得到爸爸的理会。

小　雅　爸爸，对不起，我不该那么犟。爸爸，我求求你，别扇了。

小　溪　小雅姐。我错了。

［灯灭。

第二场

[灯亮。

[三天以后,小溪爸爸、小溪、小雅在学校。

小溪爸爸 小雅老师,非常感谢你,你看你这一来,我们家小溪又考100分了。

小　雅 小溪爸爸,我相信,只要你们有时间陪她,她肯定会进步的。

小　溪 是的,爸爸。

小溪爸爸 哎,我们也不想让孩子留守啊,我们以前在本地种茶叶,销路不畅,挣不到钱,只好外出打工。她妈妈做菜还行,就在工地上给工友们做饭,挣点钱。这个我想小雅老师应该理解不了。

小　雅 理解的,我虽然在城市,但也是留守,父母做茶叶生意的,没空照料我。对了,你说你们种茶,是岳西翠兰么?

小溪爸爸 是啊,茶叶倒是好,就是卖不掉。哎。

小　雅 我改天联系我爸妈。

小溪爸爸 这个还是不给你添麻烦了。小溪成绩恢复了,我也该出去打工了,请假回来又扣了不少工钱。

小　溪 爸爸,你又要走么?

小溪爸爸 是啊,还是给你上大学挣钱啊。

[小溪沉默了,情绪沮丧。

小　雅 小溪,爸爸出去挣钱,小雅姐姐陪你好不好?

小　溪 你不是也会走么?

小　雅 我这一对一帮扶,要待一年呢。

小　溪 那一年以后不还是要走么?

小　雅 这……

小溪爸爸 你这孩子,怎么这么说话?(对小雅)小雅老师,那就麻烦你了。我这就去汽车站了。孩子淘气，你尽管打尽管骂。

小　雅　　你就放心吧。小溪，上课时间快到了，去教室吧，要认真听课哦。

　　　　　［小溪爸爸下，小溪去了教室。小雅一抬头，猛地有个人站在旁边，此人正是石磊。

小　雅　　你怎么来了？

石　磊　　我来陪你啊。

小　雅　　你不是考到电视台了么？

石　磊　　你在这，我去省台干啥？

小　雅　　你辞职了？

石　磊　　是的！不过我又考到县台来了。

　　　　　［小雅非常生气，不理石磊，直接掉头就走，石磊跟着后面抓小雅手臂，小雅一直甩手。小雅在整个过程中开始一直不说话，石磊一直贫嘴，贱贱的样子。

石　磊　　好了，别生气了……你看岳西多好啊……青山绿水，鸟语花香……

小　雅　　你是来拈花惹草的吧？

石　磊　　（学庞龙《两只蝴蝶》的调子）你是我的玫瑰，你是我的花啊。

小　雅　　滚。

石　磊　　对了……这还没有雾霾，我来待了几天，咽炎都好多了……还有我吃猪肉了……我发现这里的猪肉真好吃，水真甜。

小　雅　　（忍不住笑了）吃吃吃，你就长成猪吧。

石　磊　　（更加俏皮）对，请喊我八戒。（背起小雅，嘴边哼起猪八戒背媳妇的音乐）猪八戒背媳妇了咯。

小　雅　　走你！

　　　　　［陈主任气喘吁吁地跑过来，石磊寻找合适时机下。

陈主任　　小雅老师，小雅老师。

小　雅　　（含羞，赶紧从石磊背上下来）陈主任？你有事找我。

陈主任　　哎，说出来都丢人啊！

小　雅	请讲？
陈主任	（直摇头）小溪她……
小　雅	小溪她怎么了？
陈主任	这次考试，小溪倒是考100分，可其他人全部都，都是0分！这真是我们建校史上头一遭啊。
小　雅	看来孩子们都是想爸爸妈妈回来啊！

　　　［陈主任的叹息声、小雅的笑声。

　　　［灯灭。

第三场

　　　［灯亮。

　　　［一个月以后，学校附近的街上，小雅蹲在地上系鞋带，小雅爸爸上。

小雅爸爸	（没认出小雅）请问，乡镇府怎么走？
小　雅	（转过头来）往前……爸？
小雅爸爸	小雅？你来这旅游的吗？钱够不够？
小　雅	钱钱钱，你连我的背影都不认识，我看你只认得钱。我最不缺的也就是钱。
小雅爸爸	玩几天？你该回去上了研究生了吧？
小　雅	谁跟你说我考上了？
小雅爸爸	你妈妈啊，说你笔试第一。
小　雅	考研还要面试啊。
小雅爸爸	面试难不倒你。

　　　［小雅不言语。

小雅爸爸　莫非真是面试不通过？

　　　［时间回到一个月前，小雅面试时的场景。她站好，把所有观众当成是

面试主考官。

小　雅　（骄傲的）各位考官，你们好。我是01号考生。我对贵校的研究生充满了向往。所以我笔试是第一名。我相信我的面试肯定也是第一名。你们尽管提问吧，没有我不知道的。

[嘭、嘭、嘭 《非诚勿扰》里灭灯的声音。灭了3盏。

小　雅　这个问题，我……换一个吧。（又灭3盏灯）……这个我不会……再换一个（又灭3盏灯）……我不会，不会。（又灭6盏灯的声音）

[舞台上响起《可惜不是你》的音乐（可惜不是你，陪我到最后）

[时间回到当下。

小雅爸爸　哎，你这孩子。算了吧。

小　雅　凭什么算了？我们宿舍4个人，就我一个没考上。我不甘心。

小雅爸爸　你太傲了。

小　雅　我要考，我就要考。我还要上那个学校，还要考那个导师。

小雅爸爸　除非，你把你的性格改掉，否则，不是我说你，没希望。

小　雅　谁说的？我明年肯定上，还不用考。

小雅爸爸　为什么？

小　雅　学生干部支教满一年就可以保送研究生。我现在做的事情就是争取我的保送名额的。

小雅爸爸　你来这支教？还一年？你肯定熬不下去的。

小　雅　为了保研，肯定能。

小雅爸爸　你这孩子，你这么做是欺骗，是交易。是不诚信的，不道德的……

[小雅爸爸手机响。

小雅爸爸　你好，黄局长，马上就到，马上就到。（挂了电话，对小雅）改天再找你说这个，爸爸要去谈生意。

小　雅　什么生意？

小雅爸爸　生态茶园，一句话两句话说不清楚。你快告诉我乡政府怎么走？

小　雅　前面那个路口右拐就到了。

小雅爸爸　好，那我去了。（急着走）

小　雅　喂，爸，你过马路慢点，注意车。

小雅爸爸（停下，若有所悟）嗯？你什么时候学会心疼人了？

　　　　［小雅爸爸急下，小雅盯着爸爸的背影看了好长时间。

第四场

　　　　［广播响了。

广　播　紧急通知，紧急通知，初一（三）班刘小溪同学与胡晓强同学交往过密，严重违反了校纪校规，依据《茶树初中学生管理条例》第七条第八款之规定，经学校领导研究决定，给予二人通报批评处分。请同学们引以为戒。茶树初中。2014年10月10日。

　　　　［灯亮。

　　　　［小溪妈妈拉着小溪手，又气又急地哭诉，恨铁不成钢的感觉。小溪摸着妈妈的脸，不说话。既不认错，也不反驳。像是享受这个过程。

小溪妈妈　你才这么小，怎么能谈恋爱呢……你才多大啊……那你怎么考大学啊……不争气……怎么就不能让爸妈省点心呢……

　　　　［小雅闻讯赶了过来。

小　雅　小溪妈妈，你先休息会儿，我和小溪聊聊。

小溪妈妈　小雅老师，我没什么文化，也没什么方法。这孩子真是越来越让我们操心啊。

小　雅　好，没事。

小溪妈妈　那就麻烦你了，谢谢！（下）

小　雅　胡晓强对你好吗？

小　溪　一般吧。

小　雅　那他长得帅吗？

小　溪　不帅。

小　雅　那你喜欢他么？

小　溪　不喜欢。

小　雅　（疑惑）那……

小　溪　他能陪我。

小　雅　嗯？

小　溪　陪我过生日，陪我放学，我只要喊他他都来。不像我爸妈，总是不回家。一年在家待几天。

小　雅　陪你过生日……

［时间回到小雅十年前。

［舞台上只有小小雅一人。她在当众朗读同学小胖写的她的情书。当众羞辱他。小胖、同学们都不出场，由画外音起哄。

小小雅　小雅，祝你生日快乐！我给你买了一个杯子。放在你的书包里。我想每年你过生日的时候，我都送你一个杯子，一直到100岁。小胖。2004年5月20日。（往前走几步，尽量靠近观众，给观众造成一种自己是小胖的压迫感和羞辱感，语气一开始是故作羞答答的，后来越来越刻薄）小胖哥哥，谢谢你的礼物哦。你知道吗？我最讨厌杯子了。你还想每年送我杯子，你不是故意要气我么？什么？你要换个礼物？

［此时小雅赶过来，要阻止小小雅。但和前面一样，无论小雅做什么，所有人都无视他的存在。同学们照样在画外音里起哄。

小小雅　手机？电脑？我都不稀罕。这么说吧。其实我还是很喜欢杯子的。我就是不喜欢你。我觉得你癞蛤蟆想吃天鹅肉（把情书撕得粉碎）哈哈哈。

［画外音里小胖伤心的哭声。

小　雅　（对刚才被小小雅伤害的小胖／观众）对不起，对不起，我不该这种语气跟你说话。

［小溪隔空喊了一下。

小　溪　小雅姐，那后来……

小　　雅　　后来……

　　　　　　［小雅爸爸对着小小雅一顿埋怨。

小雅爸爸　小雅，你这事情做得……

小小雅　　哼，我不喜欢他。他凭什么喜欢我？

小雅爸爸　你这孩子。不喜欢他是你的权利，喜欢你也是他的权利。

小小雅　　不行，不让他喜欢。

小雅爸爸　你可以不喜欢他，但你不能那样跟他说话啊？多伤人自尊心啊。

小小雅　　他还有自尊心？脸皮那么厚。

小雅爸爸　怎么没有？人家都转学啦！

小小雅　　转学就转学，关我什么事！

小雅爸爸　（对小小雅）哎，你这孩子！怎么这么做。哎！

小　　雅　（忏悔的）爸爸，我错了。我当年不懂事。

　　　　　　［小溪又隔空感慨了一句。

小　　溪　　看来真是伤他自尊心了。

小　　雅　　是啊。小溪。

小　　溪　　那以后过生日就没人送你杯子了吧？

　　　　　　［时间回到小雅读大学时。
　　　　　　［石磊迎面上。石磊在此处一直是油嘴滑舌，没个正形。

石　　磊　（拦住小雅的去路，既霸道又礼貌）小雅，等一下。

小　　雅　（瞪他一眼）你干吗？

石　　磊　　不干吗，我注意你很久了。

小　　雅　　神经病。

石　　磊　　对，自从得了神经病，整个人精神多了。

小　　雅　（忍不住扑哧笑了）油嘴滑舌，滚。

石　　磊　　我是因为你生病的，也只有你能治好。

小　　雅　　怎么讲？

石　　磊　　心病还需心药医嘛。

小　雅　癞蛤蟆想吃天鹅肉。

石　磊　呱、呱、呱。

小　雅　受不了你！

石　磊　（突然一本正经）小雅，祝你生日快乐！

小　雅　你怎么知道是我生日？

石　磊　从今天起，你的生日就是我的生日，送你一件礼物。（拿出杯子）

小　雅　杯子？切……

石　磊　这是一个神奇的杯子，下面就是见证奇迹的时刻。

　　　　［石磊拿杯子在嘴旁边晃了一圈，就表演起才艺来，可以是口技、也可以是唱歌，总之是有才华的。

石　磊　喜欢么？

小　雅　本姑娘正好要喝水。借你杯子一用。

石　磊　得嘞，小的这就给您打水去（准备跑下）。

小　雅　喂，你叫啥啊？

石　磊　（边下边回应）石磊，四个石头垒起来的。说明我实在。

小　雅　实在个鬼。

　　　　［小溪笑出了声，小雅的思绪拉了回来，时间回到当下。

小　溪　石磊哥哥还是很幽默的。

小　雅　嗯，也是奇怪，对其他人我就没么好的心态。对他算是个例外。

小　溪　看来真是对上眼了。

小　雅　小溪。姐姐跟你说啊，谈恋爱其实是一个非常开心、又非常严肃的过程。在一起的两个人要相互关心、共同进步。这样既对得起爱情，又对得起自己的前程。

小　溪　那我和胡晓强呢？

小　雅　你们现在还小。我这么跟你讲吧。如果你们真心喜欢对方，就把这份情默默地放在心底。两个人保持距离，相互鼓励，努力学习，把成绩提上去。这样的话，等到你们以后上了大学、参加了工作，就能很开心地在一起了。但如果你们不是真心喜欢对方，那就赶紧分开，做不了恋人还能做朋友嘛。毕竟学校已经给了通报批评的处分。还是要慎重的，后面可不能再犯错误了。

小　溪　嗯，小雅姐，我错了。

小　雅　这个年龄段也正常，知错就改，好孩子。

小　溪　谢谢小雅姐。那我回去跟我妈妈认错去。（小溪下）

[灯灭。

第五场

[灯亮。

[一周以后，校门口，小雅爸爸、石磊上。

石　磊　小雅，叔叔来看你了。

小　雅　哦。

小雅爸爸　你这孩子，怎么一点都不高兴啊。

小　雅　你又不是专程来看我的，你是来谈生意的。

石　磊　小雅，快别这么说。

小雅爸爸　好好，小雅。爸爸对不起你，给你道歉，行了吧？

小　雅　爸，你怎么……

小雅爸爸　石磊把你和小溪的事情都说给我听了。我觉得从小到大，没有照顾好你。是爸爸妈妈不对。你能原谅爸爸妈妈么？

小　雅　爸……你那个生态茶园？

石　磊　叔叔是想在生态茶园里种植茶叶、茶叶山上养鸡，这样鸡吃虫子就很环保了。鸡粪又可以养鱼，再办几个小鱼塘。有鸡有鱼了又可以搞农家乐。茶叶、鸡肉、鸡蛋、鱼这些都是纯天然无公害的食品。肯定很受欢迎啊。

小雅爸爸　是啊，我这么多天一直在和乡政府谈这些事情，也得到了他们的大力支持。

石　磊　政府看重的主要是吸引农民工返乡创业和就业。

小雅爸爸　石磊这小伙一点就通，我很欣赏。

小　雅　干吗欣赏他？没出息。跑农村来工作。

小雅爸爸　他那不还是陪你么？非要我说这么明显？

小　雅　爸……前面说农民工返乡，那小溪爸妈也能回来咯？

小雅爸爸　当然，等规模起来后，整个茶树乡半数以上的农民工都可以回到家乡，创业和就业。

小　雅　那太好了，爸爸！小溪就等着这一天了。

小雅爸爸　你的事情怎么样了？是不是还需要通过支教来保研啊？

石　磊　小雅，在这么长的时间里。你自己也在不断改正以前的缺点。我相信，明年凭你自己的实力，去考试，肯定行的。

小　雅　呃，我回去想想。

〔灯灭。

第六场

〔灯亮。

〔学校门口，大姐、小溪二人，大姐一边扯着小溪的胳膊，一边开骂。小溪不说话，只是不断地挣扎，却挣扎不掉。小雅听见骂声赶过来了。

大　姐　你个小毛孩子，不学好……看我不找你们校长……

小　雅　（想要松开大姐的手）大姐，你这是怎么了？你先放开她，有话好好说。

大　姐　你是谁？

小　雅　我是她姐姐。

大　姐　（找到出气口了，放开小溪）你是姐姐，好！你问问她，做了什么坏事？

小　雅　（赶紧把小溪拉到身边保护）小溪，怎么回事？

［小溪不言语，一边疼得在忍住不哭，一边得意的样子，意思是目的肯定达到了。

大　姐　（气不打一处来）你个死鸭子，嘴硬！

小　雅　你干吗骂人啊？

大　姐　怎么不骂？你妹妹小偷。敢偷我自行车，被我当场逮个正着。三岁看小，十岁看老。她长大了肯定还是贼。

小　雅　小溪，你告诉姐姐，是这样么？

［小溪继续不言语。

小　雅　大姐，对不起，我妹妹不懂事，给你添麻烦了。请你给她一个改正的机会。

大　姐　（不屑一顾地）我凭什么给她机会？

小　雅　（哀求的）大姐，她还小，后面还有很长的路要走。如果这个事情给她今后带来阴影的话，她还怎么做人啊？

大　姐　她怎么做人关我什么事？这年头，就得杀一儆百。我非得告诉她们校长。

小　雅　（着急的要哭了）大姐，你们家也有孩子。万一您的孩子犯错误了，您希望他没有机会改正么？

大　姐　你不要把我的孩子和你妹妹相提并论。我们家孩子才不像你们姐妹这样，有人生没人养呢！也不知道你们妈妈是怎么教的？

［大姐骂小溪妈妈触动了小溪的护母情节，站出来要跟大姐决斗似的，推着大姐走，哭喊着。

小　溪　你干吗要骂我妈妈？你干吗要骂我妈妈？

小　雅　（也气哭了）就算我们家小溪犯了错误。你也不能随便骂人啊！

［陈主任闻讯赶来。

陈主任　小雅老师，什么事？

大　姐　看你这样子，是学校领导吧？

陈主任　你好，我是教导处陈老师。

大　姐　哦，陈主任，来，你来看看这孩子。

陈主任　小溪？

大　姐　她大上午的，偷我自行车。

陈主任　上午不是有课吗？小溪，你没上课？

大　姐　哦，那问题更严重了，她逃课偷自行车，被我逮个正着。

陈主任　小溪，你……

大　姐　孩子交给你，你们看着办吧。

陈主任　我们一定会严肃地批评教育。

大　姐　批评教育？处理结果不好的话我就打电话给县电视台。叫他们采访一下。

陈主任　这个好像没有必要吧？

大　姐　什么叫没有必要。一所学校培养的学生逃课偷自行车？说明学校也不行。培养不了孩子就解散算了，你们学校也不要办了。

　　　　〔大姐和陈主任在争论，小雅在收住情绪。小溪在此时受不了侮辱跑了，没有人察觉到。

陈主任　您这说话也太不合适了吧。我们一个孩子犯错误，不能代表我们整个学校教育失败啊？

大　姐　随便你。我走了。我等着看你们处分结果啊。（下）

陈主任　你……（欲对小溪说话）小溪，你这孩子啊……小溪呢？哪去了？

小　雅　（回过神来）刚刚还在这儿啊？

陈主任　这样，小雅老师，你去她家找找。我去教室找找。我们电话联系。

小　雅　好。

　　　　〔二人急下，灯灭。

第七场

　　［灯亮。

　　［一天以后，学校门口，小溪爸抽着烟、小溪妈妈抱着小溪在抽泣、小雅在一旁劝。

小溪妈妈　我的孩子。我的孩子啊。你怎么这么糊涂啊？你要是真跑丢了，妈妈会后悔死的。

小　溪　妈妈，对不起，对不起。

小溪爸爸　（气得发狠话）你这学也不要上了。

小　雅　别呀！孩子刚找回来。你这不又要吓他么？

　　［小溪挣开妈妈的怀抱，冲到爸爸面前，头昂着，倔强地看着她爸爸，不言语。对她爸爸这句话表示很不满的样子。

小溪爸爸　小雅老师，我们家小溪这段时间犯了很多的错误，真对不住了。

小　雅　没关系，我们当年也这么叛逆过。

小溪爸爸　可她这次的问题实在是太严重了。逃课、偷自行车还离家出走。我怎么就生了这么个女儿？

小　溪　（急着解释）我不是离家出走。我不是。

小溪爸爸　还撒谎？那怎么在长途大巴上发现你的啊？你要去哪？

小　溪　（急哭了）我要去上海，我要找你和妈妈。

　　［小溪妈妈赶紧把崩溃的孩子再次搂进怀里，温柔地问道。

小溪妈妈　小溪，告诉妈妈，到上海找爸妈做什么啊？

小　溪　我怕。

小溪妈妈　你怕什么？怕自行车主人责怪你，还是怕学校处分你？

小　溪　都不是。我一人做事一人当。处分我我也认了。

小溪妈妈　那你怕什么啊？

小　　溪　　我怕你们不要我了，我就没家了。

小溪爸爸　你怎么这么乱说话？

小　　溪　　因为我是女孩。

小溪妈妈　女孩怎么了？小溪很可爱啊？

小　　溪　　他们说你们准备再生个弟弟。

小溪爸爸　这……

小　　溪　　（她的疑惑得到验证，更加崩溃）你们有了弟弟就不要我了。

小溪妈妈　小溪，这怎么可能呢？爸爸妈妈就算生了小弟弟，还是会疼你啊？

小溪爸爸　我们家三代单传，到了你这就一个女儿，如果不生个弟弟，我们家就绝后了啊！不孝有三，无后为大啊。

小　　雅　　小溪，你能理解你爸妈的苦衷么？

小　　溪　　不理解，不理解。我不在乎有没有弟弟，我在乎有了弟弟之后，爸爸妈妈还疼不疼我。

小溪妈妈　傻孩子，我们肯定会疼你啊。

小　　溪　　你骗人！我考100分，你们从来没回来看过我。我考0分，你们就回来了。我发现了，我表现得越好，你们就越不会来。我表现得很糟糕，你们就一次又一次地回来。

小溪爸爸　那这么说，这些错误都是你故意犯得了？看我不打死你？气死我了。

小溪妈妈　（伤心）你怎么这么不懂事啊？

　　　　　　［陈主任上。

陈 主 任　哦，你们都在啊，正好。学校处理意见基本达成，就等着校长办公会讨论了。

小溪爸爸　会是什么处分？

陈 主 任　这几件事影响很恶劣，再加上前段时间刚通报批评过。所以按学校管理规定，必须得开除。

小溪爸爸　不能啊！陈主任，小溪成绩一直很好的，考咱们安庆一中应该是没问题的啊。

陈主任　（表示可惜的）小溪从一名品学兼优的学生到今天这个地步，家长、学校都要反思啊！

小溪妈妈　陈主任，她要是被开除了，今后可怎么做人啊？

陈主任　学校也不希望这样，只是你得理解学校的苦衷啊。那么多的孩子，如果都这样，那怎么培养啊？

小　雅　陈主任，我作为她的帮扶老师，我有很大的责任。所有错误都算到我的头上。要不请你把我除名吧？小溪还小，这一开除就没办法了啊。

陈主任　小雅老师，你做得已经够好了。发生这些事情也不是你能预料的。

小　雅　陈主任，实话给您说了吧，我来帮扶的目的没有那么高尚，其实是为了我保送研究生的，是不道德的，我甘愿受罚。

　　　　〔众人非常错愕的表情，沉默。石磊上，看这边乱成一团，先在较远处观察。

小　雅　而小溪犯错误，并不是因为她本性坏，而是她这个年龄的叛逆，让她用这种极端方式去证明自己的存在，让父母来关心她，呵护她。

小溪爸爸　是的，陈主任。

陈主任　不管是出于什么原因，事情毕竟出了啊。给我们学校也带来了声誉上的影响。现在的媒体，三人成虎，狠啊！

小溪妈妈　（拉着陈主任的手，痛哭，音乐起）陈主任，千错万错都是我们做父母的错。我们为了挣钱，常年不在家待着，根本不顾孩子的感受。每年回来，就买两件新衣服给她。学习上只会说好好学习，考个好大学。其他事情我们关心得太少了。我们甚至还想给她生个弟弟。陈主任，（扑通一声跪下，小溪赶紧过来拉她妈妈，陈主任也在拉她起来）我求求你了！我不打工了，专门在家陪她，我只求你开开恩，让孩子读读书。她不能重走我们的路啊。

陈主任　（苦拉无果，也只好半跪着）你起来吧，这样跪着多不好啊。

小溪爸爸　（似乎也下定决心了，也扑通跪了下来）陈主任，我们也不要儿子了，我想通了，一个孩子我们都培养不好，两个就更难了。

陈主任　你们夫妻俩这是做什么？

　　　　［石磊看不下去了，赶紧冲出来，扶着陈主任，摆事实讲道理。

石　磊　陈主任，小溪所有的错误跟学校的培养是没有关系的，而是农村留守儿童的集体困惑。媒体这块我会呼吁，希望他们给学校一个宽松的舆论环境。学校这里，请您多多给小溪说说好话。孩子认错态度良好，父母又积极配合教育。其实已经达到了惩前毖后，治病救人的目的。还请学校多多考虑，把处分降低一个等级。如果可以的话，几位都请起来。学校门口跪一圈，报纸一登又说不清道不明了。如果不可以的话，那我就陪几位一起跪着吧。

陈主任　石磊说的有道理，我们都起来吧。

　　　　［大家伙赶紧起来了，腿脚还有点麻，起来得不是太利索。

陈主任　（看了一眼手表）这样，马上就要开校长办公会了。我把今天的事情跟校领导汇报下。看看学校最终的态度。

小溪爸妈　谢谢！谢谢！

　　　　［陈主任下，小雅爸爸上。

小雅爸爸　小雅。

小　雅　爸。

小雅爸爸　（看着小溪）我猜这就是小溪吧？

小溪妈妈　小溪，快喊伯伯好。

小　溪　伯伯好。

小雅爸爸　那你们肯定是小溪爸爸妈妈咯？

小溪爸爸　你好。谢谢你家的小雅老师。我们家小溪真是太淘气了。

小雅爸爸　石磊把小溪的事情都跟我说了。我反而觉得是你们家小溪让我们家的小雅成长起来了，懂得感恩和担当了。

小　雅　爸爸，对不起，我小时候太任性了。

小雅爸爸　你那也是留守儿童啊。

小溪爸爸　小雅老师也是留守儿童？

石　　磊　　是的，城市留守儿童。

小溪妈妈　这？

　　　　　[以下在石磊说话的进程中，两个家庭的人都是紧紧依偎在一起，似乎很多年的爱要在这一刻表达。如果条件允许，最好来一段音乐和舞蹈。

石　　磊　　城市里的留守儿童，看似与父母近在咫尺，却总是被独自锁在空空的家中，只能抱着那一个个价格昂贵却不会说话的玩具趴在窗户上傻傻盼着父母归来的身影。即使盼回了父母，恐怕也很难像小溪那样与你们开心地独处一段时间，因为走到哪就把忙碌带到哪是城市生活的常态，这些城市娃，有时其实更可怜。

　　　　　[广播响了。打断了他们的思绪

广　　播　　紧急通知，紧急通知。初一(3)班同学刘小溪在近期逃课、偷窃和离家出走，严重违反了校纪校规。根据《茶树初中学生管理条例》第七条第三款之规定，应给予开除学籍处分。鉴于事后该同学认错态度良好，家长配合教育，经校长办公会研究决定，给予该生留校察看处分，请同学们引以为戒。特此通知。茶树初中，2015年4月23日。

　　　　　[所有人都在高兴，小雅甚至感动得依偎在石磊的肩膀上。

小溪爸爸　小溪，学校给了你一次学习的机会。你可要好好珍惜。

小　　溪　　嗯。(下定决心的)爸爸妈妈，女儿不懂事，惹您二位生气了。你们还是去上海吧，我要上大学。再生个弟弟，我要教她数学。

小溪爸爸　你能这么懂事，爸爸真高兴。我去上海，妈妈就先在家陪你吧，一直陪到你上大学。生弟弟的事情就先不管了。

小溪妈妈　是啊，小溪，妈妈天天在家里烧红烧肉给你吃。

小　　雅　　对了，我爸要在这里搞一个生态茶园。

小溪爸爸　生态茶园？

石　　磊　　(为避免观众重复听，学戏曲里面的动作，摆了几个手势)是这样的。

小雅爸爸　怎么样？小溪的爸爸和妈妈，你们愿意加入我们的团队么？

小溪爸妈　(疑惑、意外)我们？

小　　雅　　是啊，小溪的爸爸种茶叶，小溪的妈妈经营农家乐。
小溪妈妈　我那都是农家小菜。
小雅爸爸　农家小菜就对了，这年头，好吃的就是农家小菜。味道纯正得很啊。
小溪爸爸　我这一个人力量有限啊，哪能种茶又养鱼啊？
小　　雅　　那小溪的叔叔伯伯们不都可以回来了么？除了小溪，其他孩子也不用留守了。在家又能把钱挣了，多好啊！
小雅爸爸　这也是咱们政府支持我的根本原因啊。
小溪爸爸　好嘞，我赶紧跟他们说说。让他们有个心理准备。我们在外面常年漂泊，也想家啊。（有点感动）
石　　磊　　我们每个人的小家照顾好了，国家才兴旺嘛！有首歌不是这么唱的，"家是最小国国是千万家"嘛。

　　［成龙、刘媛媛《国家》歌曲切入，声音先渐强再渐弱直至谢幕结束。

　　家是最小国国是千万家，

　　在世界的国在天地的家，

　　有了强的国才有富的家。

　　国的家住在心里，家的国以和矗立。

　　国是荣誉的毅力，家是幸福的洋溢。

　　国的每一寸土地，家的每一个足迹。

　　国与家连在一起，创造地球的奇迹。

　　…… ……

　　我爱我……国家。

　　［灯灭。

【剧终】

二、创作感悟

给留守孩子一片明亮的天空，是创作《给我一个家》的动力所在

与留守儿童的机缘非常巧合，2015年底，应岳西县广播电影电视发展中心之邀，创作广播剧《给你一个家》，接触到了退伍军人刘磊。他同时照顾留守儿童和孤寡老人的感人事迹，引起了社会的关注。由此，我也顺势观察到了留守儿童。

农村留守儿童在当代文学中被反复提及。总的来说，也是有发展的路径可寻。最开始是生存环境较差、经济基础弱，他们不仅遭受饥饿、寒冷的侵袭，还偶发一些身体遭受侵害的事件。后来，在父母打工收入提高的背景下，经济上基本没什么顾虑，但生活上缺乏管教、学习上缺少教导，容易出现厌学的情绪和与沾惹不良行为。尤其需要改观的是父母关爱的长期缺失。

2016年2月4日，国务院印发《关于加强农村留守儿童关爱保护工作的意见》（以下简称《意见》）中明确要求要坚持家庭尽责、政府主导、全民关爱、标本兼治的基本原则。到2020年，未成年人保护法律法规和制度体系更加健全，全社会关爱保护儿童的意识普遍增强，儿童成长环境更为改善、安全更有保障，儿童留守现象明显减少。

2018年，国务院办公厅复函民政部，同意建立农村留守儿童关爱保护和困境儿童保障工作部际联席会议制度。联席会议由民政部、中央政法委、中央网信办、发展改革委、教育部、公安部、司法部、财政部、人力资源和社会保障部、住房和城乡建设部、农业农村部、卫生健康委、税务总局、国家新闻出版广电总局、统计局、医保局、妇儿工委办公室、扶贫办、全国人大常委会法工委、高法院、高检院、全国总工会、共青团中央、全国妇联、中国残联、关工委等26个部门和单位组成，民政部为牵头单位。

《意见》的出台和联席会议制度的建立,是从国家层面统筹力量,保护农村留守儿童的各项权益。

但城市留守儿童呢?由于父母长年在外或工作繁忙,以至于要么小小年纪就寄宿在学校或者其他一些辅导机构,要么在爷爷奶奶的隔代抚育下成长,要么与保姆为伴,与父母缺乏沟通和交流。与农村儿童相比,他们在课余时间,没有很多小伙伴,没有广阔的天地可以玩耍。

作品表面上是写农村留守儿童,其实是相互映射,达到共同提高的目的。小雅在帮助小溪解决一个又一个问题的时候,会回想起自己当年的点点滴滴,反思自己的错误做法,从而走向积极正确的道路,她最终放弃了通过支教来获取保研机会的方法,要凭真本事考。

作品还提出了解决农村留守儿童的可行做法。农村想要逐步解决儿童的留守问题,必须要让父母能够在农村安居乐业。结合国家提出的"产业扶贫"等理念。让农民在家门口就能创收,无论是就业也好,还是在种植业方面创业也好,都是非常好的解决方案。小溪的父母回来,既能保证收入,又能照顾孩子,他们当然乐意。

当然,作品还存在一些问题。

首先,场次过多,演出时长约1小时,有七场戏,需要反复切光。说明把矛盾集中的能力不足。

其次,解决问题的能力有限,主人公小雅每次在小溪遇到问题时,都只能通过回忆来解决,这个"套路"被用了很多次。最考验小雅解决问题能力的"偷自行车"事件,小雅也无力处理,也没看到她采取了什么措施。小雅能力的缺失其实是编剧手段的缺失。

最后,想要表达的内容过多。农村留守儿童成长、农民工就业创业、城里留守儿童的心灵健康成长、城市家长的陪伴缺失、少男少女的情窦初开、择业观、就业观、诚信观等问题在作品中均有涉猎。这就导致每个内容都只能蜻蜓点水,不能深入。

第七节　儿童剧《输给怪兽的爸爸》[①]

一、剧本原文

输给怪兽的爸爸

人物表

李　峡：33岁，绩溪县荆州乡党委委员、纪委书记(原型李夏)。

周　莉：30岁，李峡的妻子。

琪　琪：5岁。李峡的女儿，正在学舞蹈。

八　戒：百灵家的猪，人扮演。

百　灵：8岁。奶奶的孙女，留守儿童。

王奶奶：70岁，胡家村村民。丈夫参过军，有觉悟。

胡　明：35岁，胡家村支书(原型胡向明)。

胡婶子：60岁，胡家村村民。

歌队：群演若干，根据需要，既做琪琪的伴舞，也可以模仿风、暴、泥石流等。

关于布景、道具

尽可能简化。

用形体来表现风、暴、泥石流等。

[①] 根据李夏事迹改编，与新闻真实有出入。

剧本正文

第一场

［音乐《亲爱的谢谢你》响起，灯渐亮。

［琪琪在伴着音乐练舞，歌队在后面伴舞。场景暂时虚化。

亲爱的妈妈，我要谢谢你。

梦里陪伴我找寻，甜美的香气。

亲爱的爸爸，我要谢谢你。

灌溉我每一天，满满的勇气。

亲爱的太阳，我要谢谢你。

让我看见美丽明亮的世界，

亲爱的大树 我要谢谢你。

早晨的呼吸全都是你。

［周莉在用手机录像。母女俩都会偶尔会抬起头看看门口。

周　莉　专心点。

［家中场景渐显，歌队隐退。

琪　琪　妈妈，你打电话给爸爸啊。

周　莉　快回来了吧，又到了礼拜五了。

琪　琪　爸爸上周五就没回来。

周　莉　回来，回来，好好跳！再练一段竖叉。

琪　琪　老规矩吧。（做竖叉）

［周莉打开电视，播放《奥特曼》。周莉张罗着吃饭。

琪　琪　（学奥特曼语气）想要赢我，你早两万年呢！
周　莉　琪琪，起来吧，洗个手，吃饭了。
琪　琪　我要等爸爸。
　　　　［周莉关掉电视。琪琪站了起来。
周　莉　不等了，老是迟到。
琪　琪　哦。
　　　　［琪琪拿起饭来吃。
琪　琪　妈，菜烫。
周　莉　净瞎说，是要等你爸爸吧？
　　　　［琪琪调皮地看着周莉。
琪　琪　我要打电话。
　　　　［画外音：你所拨打的电话已关机。
周　莉　你看，关机了，白等了，吃饭。
琪　琪　好吧，把鸡腿给我。
　　　　［开门声，周莉赶紧站起来。李峡拿着两个包进来，一个包是衣物，一个包是笔记本电脑。
周　莉　手机怎么关机了？不是带着充电宝么？
李　峡　也没电了。琪琪，还没吃完饭啊？
周　莉　都是等你呀。赶紧来吃。
李　峡　好，我充个电。
　　　　［妻子把李峡的碗筷摆好。
琪　琪　爸爸，你吃鸡腿。
李　峡　为什么呀？
琪　琪　你每天跑的路多啊。吃鸡腿，跑得快。
李　峡　爸爸要吃两个鸡腿。一个是往乡下跑，一个是往家跑。
琪　琪　往家跑的留着，你再给我留一个，我还要跳舞呢。
李　峡　学得怎么样了啊？下周要考二级了吧？

［琪琪迫不及待地放下碗筷，给李峡展示起来。

李　峡　真棒！

琪　琪　爸爸，我上次说给我买电话手表还记得不？

李　峡　记得，你买电话手表干啥啊？

琪　琪　打电话给你呀。

李　峡　好，爸爸答应你。

琪　琪　爸爸，来，斗舞吧。

周　莉　斗什么斗？先吃饭。

李　峡　吃撑了就不能跳了，我来跳。

［李峡跳起来笨拙但很诚恳的蒙古舞，又有点像猩猩舞。琪琪跟着学着。好开心。

［手机闹钟响，李峡关掉闹钟。

周　莉　都七点啦。吃饭。

［李峡打开电视。《新闻联播》的声音传来，根据需要时弱时强。

周　莉　再不吃收走啦。

李　峡　吃饭。

琪　琪　爸爸，明天带我去哪儿玩啊？

李　峡　明天带你去野生动物园。

琪　琪　好嘞。

［画外音：今年最强台风"利奇马"　今夜在浙江省温岭市沿海登陆，预计影响浙江、上海、江苏、安徽部分地区……

［李峡放下筷子，拿起手机，输入着什么。

周　莉　查啥啊？

李　峡　我看看利奇马。

琪　琪　爸爸？利奇马是什么马？

李　峡　哈哈哈哈。嗯，我看看啊，利奇马是一匹非常厉害的马，能把大树和不结实的房子都刮倒呢。

琪　琪　我知道了，利奇马是怪兽。

李　峡　哈哈哈，是怪兽，怪兽。（放下碗筷）琪琪，爸爸下周再带你去野生动物园好不好？

琪　琪　为什么啊？

李　峡　爸爸要去打怪兽！

琪　琪　怪兽那么厉害，躲在家里不行吗？

李　峡　我们可以躲。可是你胡家村的百灵姐姐家不行啊。她家在山脚下，很危险啊。

　　　　［琪琪跑下场。

周　莉　这孩子。（对李夏）那你慢点，别逞能。

　　　　［李峡走向琪琪跑下去的方向。正好琪琪跑上来了。手上拿着奥特曼。

琪　琪　爸爸，这个奥特曼送给你。它会帮着你打怪兽的。

李　峡　乖乖！如虎添翼啊！给我了你不玩啦？

琪　琪　我还有一个，我和你并肩战斗！

李　峡　加油！

　　　　［周莉把李峡东西收拾好，递给李峡。

周　莉　路上慢点。要是下大雨就别回家了。

李　峡　我都多大了。

周　莉　安全第一，你可是咱家的天。

李　峡　诶。电话手表我放抽屉里了。你改天给她。

周　莉　你给。

李　峡　等她考级结束，叫她给我打电话，我来接。

周　莉　嗯。别太累着。

琪　琪　爸爸，你跟妈妈说啥啊？

李　峡　我说我回来给你带南瓜。

琪　琪　那再玩一分钟呗？

　　　　［李峡把琪琪架在肩膀上，故意歪歪扭扭的转悠，把琪琪乐坏了。
　　　　［灯灭。

第二场

[灯起。

[8月9日20时，百灵家猪圈旁。百灵在歌唱，猪在跳舞。猪的数量可根据舞蹈进程的需要适时增减，最终是一个。

百　灵　（唱）八戒八戒，活泼可爱，
　　　　肥头大耳，身摇尾摆，
　　　　大腹便便，慢了半拍，
　　　　驻足一望，神气活来。

　　　　八戒八戒，饭量厉害，
　　　　一顿一桶，红薯芽菜。
　　　　吃饱喝足，拱墙祸害，
　　　　睡意来袭，地上一栽。

　　　　八戒八戒，孤单难耐，
　　　　爸爸魁梧，不曾过来，
　　　　妈妈温柔，从未理睬，
　　　　兄弟姐妹，天各一块。

　　　　八戒八戒，幸好我在。
　　　　给你喂食，瞧你吃菜，
　　　　陪你长壮，伴你成材。

王奶奶　年关一到，又得拜拜。
　　　　[猪害怕地下。
百　灵　奶奶，李叔叔。

[李峡和王奶奶往猪圈边过来。

李　峡　　百灵，台风就要来了，我们和你奶奶一起，赶紧转移吧。

王奶奶　　李书记，还是你带着百灵先走。我把猪圈拢一拢，别塌了。

李　峡　　我来吧。

王奶奶　　那不行，修猪圈的活哪是当干部做的？不行不行。

李　峡　　赵婶家的我都修好了，差不多。

王奶奶　　赵婶是赵婶，我是我。你王爷爷参过军。可不能这么没觉悟。

李　峡　　军属我们更要照顾啦。万一你闪着腰啥的，组织不还得批评我？

百　灵　　奶奶，让李叔叔做吧，你先回去收拾东西，我还要跟李叔叔说悄悄话呢。

王奶奶　　乖乖，才认识你李叔叔1年多，就有悄悄话啊？我们可认识八年了啊。

百　灵　　奶奶，你再给猪八戒喂点吃的好吧？

李　峡　　吃饱了，好取经是吧？

三　人　　哈哈哈。

王奶奶　　那你慢点。（下）

李　峡　　百灵，有啥悄悄话啊？

百　灵　　没有啊。

李　峡　　我不信。

百　灵　　就是有一篇作文我不知道怎么写。

李　峡　　作文不是你的强项么？

百　灵　　可是，可是……

李　峡　　我猜猜，不会是《我的爸爸》吧？哈哈哈。

[百灵没声音。

李　峡　　还真被我猜中了啊。我来教你好不好。

百　灵　　不好。

李　峡　　为啥呀？

百　灵　　老师说要有真情实感，不能瞎编乱造。

李　峡　　那我问你，你想不想你爸爸啊？

百　灵　　我不知道。

李　峡　　当然想啦。你看啊，你爸爸一年到头在外地打工，一年才回来一次，怎么不想呢？

百　灵　　可是，我想啊想，想啊想。爸爸就是不回来。想着想着爸爸的样子就模糊了。我就不敢想了。我怕我越想，爸爸越模糊。（李峡轻叹）

百　灵　　我有时候想着想着，爸爸的样子和你的样子重合起来。我都不敢再往下想了……李叔叔，对不起。

李　峡　　没关系，百灵。其实这一年，我和你待的时间比我和你琪琪妹妹待的时间都长呢。有时候啊，我也觉得，我好像有两个女儿。一个在跳舞，一个在唱歌，我左手牵一个，右手牵一个。带你们在草地上跑啊、跳啊。好开心啊。

百　灵　　谢谢叔叔。叔叔，我可以写你吗？

李　峡　　我先说说你的爸爸吧。要是你还是没印象，就写我，好不好？

百　灵　　嗯！

李　峡　　（唱）你的爸爸，个子比我高，力气比我大。
　　　　　干活很卖力，背有点驼，眼有点花。
　　　　　吃的随意，穿的不花，显得年纪大。
　　　　　头戴安全帽，脸上一层灰，嘴唇易沾沙。
　　　　　粗粗的衣服上，口子笑哈哈。

　　　　　手大有气力，搬砖和水泥，
　　　　　肩膀有老茧，扛着天和地。
　　　　　看起来有些土，手艺可神奇，
　　　　　电视台、纪念馆、大剧院，
　　　　　都有你爸爸的汗水在滴。

　　　　　[百灵根据需要适时增添一些反应，她的目光逐步变得有神而坚定。

李　峡　　（唱）我呢？干活没体力，
　　　　　跑个800米，累得直喘气。

地上一赖爬不起。

百　灵　李叔叔，我知道了，我可以写两篇，一篇写爸爸，一篇写你。

李　峡　（唱）可别写800米，

丢人不能提。

百　灵　不写就不真实了。

［猪哼哼的声音。

李　峡　你看，二师兄都抗议了，奶奶还没来。（拍了拍手）猪圈拢好了，去帮帮奶奶。

［风雨、雷电大作。

百　灵　李叔叔，我怕。

李　峡　不怕，来，奥特曼给你。我们一起打小怪兽。

［灯灭。

第三场

［灯起。

［8月10日10时，风雨、雷电大作。李峡、胡明等村干部引导村民转移。

歌　队　（唱）快跑，快跑，台风来了。

大树连根拔，电杆倒下。

小河涨满水，堤坝冲垮。

屋顶要掀翻，牛棚倒塌。

山石滚滚落，路面砸塌。

［李峡电话响了。听了电话，挂掉。

李　峡　胡书记，下胡家村口可能要塌方！我过去，你在这。

胡　明　一起去。

［二人疾跑，有大石挡在路边，他们徒手搬走。风雨雷电交加。一棵大

　　　　　　树倒了下来，横在了路边。二人又搬大树。
　　　　［胡婶上，急匆匆地往塌方方向赶路。

胡　明　　胡婶，你去哪？
　　　　［李峡跑上前去。

李　峡　　胡婶，那边要塌方，可别过去了。

胡　婶　　孩子都在那边，急死了我。

胡　明　　那边有村干部，没关系。

胡　婶　　要去要去，村干部忙不过来。

李　峡　　那，那我送你过去。（对胡明）你看着，尽量劝大家不要过来。
　　　　［李峡护送胡婶过了危险的地段，李峡拍张照片发群里。

胡　明　　你赶紧离开那儿。

李　峡　　我提醒一下大家，（对手机说微信语音）下胡家村土地庙这里塌方，树倒下来把路拦了，电线疑似被打断……
　　　　［轰隆隆，地动山摇，天昏地暗，泥沙俱下。胡明被泥石流产生的气流一把打倒，向前滑行了一两米，爬了两三步才站起来。

胡　明　　塌方啦。（找李峡）李峡……李峡……
　　　　［胡明目光所及之处，全是大地累累伤痕，根本看不到李峡的影子。
　　　　他拿起电话拨号。

胡　明　　舒书记，李峡被泥石流埋了。快，挖土机挖土机。
　　　　［村民从四面八方赶来，徒手扒，到处找。

歌　队　　（唱）李峡，李峡，你在哪——
　　　　　李峡，李峡，快回答——
　　　　　泪眼问花，花不语，
　　　　　柔肠一寸，愁千缕，
　　　　　万念俱灰，渐憔悴，
　　　　　英雄落难，人尽悲。
　　　　［突然，所有人肃穆而立，视线在同一个焦点。
　　　　［悲痛的音乐淡淡响起，百灵隐忍着读作文。

百　灵　　李叔叔，我的作文写好了。我念给你听听：

（念）《我和我的两个爸爸》。

我有两个爸爸，一个姓黄，一个姓李。

一个梦里才能见，一个白天就能见。

一个陪我过年，一个陪我过节。

一个挣钱供我读书，一个贴钱送我玩具。

一个大年初六夜里悄悄地走，一个大年初七早早地来。

一个打电话只会说三句话，学习好不好？奶奶身体好不好？有没有帮奶奶干活？一个教我认字，陪我写作业，给我讲故事。

一个我离我很远又很近，一个离我很近又很远。

一个我每次想起来都会哭，一个我每次想起来都会笑。

可是，过了今天，我（停顿）还有两个爸爸！

一个姓黄，一个姓李。

一个梦里才能见，一个也得到梦里才能见。

一个陪我过年，一个陪不了我过节。

一个挣钱供我读书，一个送不了我玩具。

一个大年初六夜里悄悄地走，一个大年初七也不会来。

一个打电话只会说三句话，学习好不好？奶奶身体好不好？有没有帮奶奶干活？一个再也不会教我认字，再也不会陪我写作业，再也不会给我讲故事。

一个我离我很远又很近，一个离我很远很远。

一个我每次想起来都会哭，一个我每次想起来会一直哭。

〔王奶奶把百灵搂在怀里。

百　灵　　（绷不住，痛哭）奶奶！

〔琪琪和周莉出现在舞台一侧，看着那个焦点。

琪　琪　　爸爸睡着了么？

周　莉　　爸爸累了。

琪　琪　爸爸，你不是说带我去动物园么？

周　莉　爸爸失约了。

琪　琪　爸爸，爸爸，你还要给我买儿童手表呢？

周　莉　爸爸买过了。

琪　琪　爸爸，你不是说你打怪兽去了么？

　　　　［周莉强忍着泪水，却再也无法回答。

琪　琪　爸爸，你的奥特曼呢？是不是因为我睡着了，没有和你一起战斗？爸爸，你打输了吗？

周　莉　爸爸没输。怪兽被爸爸打跑了。

琪　琪　爸爸，爸爸，你答应一声啊。爸爸，爸爸。

　　　　［周莉拥住琪琪。

琪　琪　我把《亲爱的谢谢你》学会了。我跳给你看好不好？

　　　　［琪琪认真地跳了起来。一边跳，一边自己唱。周莉后来也加了进来。

琪　琪　（唱）亲爱的妈妈，我要谢谢你。

　　　　梦里陪伴我找寻，甜美的香气。

　　　　亲爱的爸爸，我要谢谢你。

　　　　灌溉我每一天，满满的勇气。

　　　　亲爱的太阳，我要谢谢你。

　　　　让我看见美丽明亮的世界，

　　　　亲爱的大树，我要谢谢你。

　　　　早晨的呼吸，全都是你。

　　　　［琪琪扑在周莉的怀里，全身颤抖。

　　　　［胡明走到周莉前面，从隐忍到痛哭。

胡　明　弟妹，对不起！对不起！对不起！对不起！

　　　　［胡婶也走到周莉前面，痛哭不已。

胡　婶　妹子，对不起！对不起！对不起！

周　莉　我只想要一个平凡的家庭，我只要相夫教子。我不希望我的丈夫这么伟大，我不希望我的女儿失去爸爸。（对焦点）李峡，我们回家，再也不出去跑了。走，我带你回家。

［众人望着周莉离开，与歌队一起悲吟。

歌　队　（唱）《你还走在我家乡的小路上》[①]：
你与倒伏的玉米秆一样，
不愿离开，我家乡。
这美丽的地方，
那就醒来吧，站起来。
走回巡查时的水岸，水岸。

假如泥石可以重新依附大山，
村口旁，是你在守护着家园。
护送一对行走的母子，
提醒同事快一点，快一点离开。

我多想逆转，
这遗憾的时光。
把风雨还给山河，
把你留在家乡。
我多想逆转，
这遗憾的时光。
让洪水退回一座座山，
让每一滴回落一片片云。

你还在劝说，我的老爹老娘。
帮着他们搬走一楼的玉米棒。
我只希望每一次重回家乡，
你还走在我家乡的路上，

[①] 作词胡广华、庆皖，作曲袁和剑，原唱郭王。

啊，你还走在我家乡的路上。

［灯灭。

尾　声

　　［灯起。
　　［琪琪舞蹈考级结束，琪琪走出考试区域。
　　［周莉上前迎接。
　　［琪琪用电话手表拨打李峡电话。

周　莉　你打给谁啊？
琪　琪　爸爸说过回来接我的。
　　［电话无人接听。周莉和琪琪伤心地等着。琪琪又要打一遍。
周　莉　不打了吧。
琪　琪　要打，要打。
　　［突然出来一个人，穿着奥特曼的衣服，做着打怪兽之前的标准姿势。背对着琪琪。其实是胡明。
胡　明　（学奥特曼语气）想要赢我，你早两万年呢！
琪　琪　爸爸。
　　［奥特曼回过头，舞台似真似幻，对着琪琪跑过来。奥特曼把琪琪举过头顶。奥特曼和琪琪跳起了欢快的不怎么标准的蒙古舞。琪琪快乐极了。音乐要舒缓、深情。
琪　琪　这是我爸爸，我爸爸。我爸爸没有走，我爸爸他回来了。我爸爸是奥特曼，会打怪兽！
　　［周莉不忍心但又不得不喊住琪琪。
周　莉　琪琪。
　　［梦幻中的景象远去，一切回到了现实。
周　莉　谢谢你，胡大哥。

［琪琪跌落现实中，能看出失望。

胡　明　琪琪是个好孩子。(对琪琪)琪琪，我带你去野生动物园好不好？

［琪琪点头。

周　莉　谢谢啦。胡大哥。琪琪，我们走吧。胡叔叔还要忙呢。

［琪琪又低下了头。

［七八个奥特曼上来了，都是李峡生前同事或村民。

大　家　(七嘴八舌)胡叔叔忙？

　　　　杨叔叔不忙！

　　　　曹叔叔不忙！

　　　　冯叔叔不忙！

　　　　汪叔叔不忙！

　　　　郑叔叔不忙！

　　　　孔叔叔不忙！

大　家　(含胡明)我们是奥特曼小分队，打倒怪兽，保护琪琪！

［琪琪在众人的爱护下健康成长。

［灯灭。

【剧终】

二、创作心得

用柔和方式致敬逆行者，《输给怪兽的爸爸》创作感悟

2019年8月10日，安徽省宣城市绩溪县荆州乡党委委员、纪委书记李夏在抗击台风"利奇马"的过程中，突遇山体塌方，英勇牺牲，时年33岁。8月12日，李夏被团安徽省委、安徽省青年联合会追授"安徽青年五四奖章"荣誉称号；8月16日，李夏被追授"安徽省优秀共产党员"称号；9月，入选"中国好人榜"，获"敬业奉献好人"称号。10月，被中宣部追授"时代楷模"称号。

李夏牺牲后，文艺界通过创作歌曲、话剧、微视频等方式，来宣传李夏的先进事迹。学院领导、相关专业教师亲赴绩溪县长安镇等地，调研李夏生前的工作情况，为积极发挥优秀党员的师范引领作用积累创作素材。

李夏是在工作岗位牺牲的，如何通过舞台剧更好地展现呢？我们就得思考，从哪个角度来展现李夏事迹呢？英模人物不好展现，添一分容易过，减一分容易弱。

牺牲的场景显然要体现，但不能仅仅如此。毕竟牺牲有其偶然性。通过资料收集，我们发现，李夏同志在平时生活中是非常活泼爱笑的青年。他家里有着非常爱他的妻子和一个活泼的孩子。孩子在学习钢琴。他在工作时，又非常严肃，脸上看不到笑容。李夏在绩溪县长安镇工作时业绩突出，多次婉拒县直机关的调动。最终，他去了绩溪县最偏远的荆州乡，直至长眠于斯。

作品中，我们突出了两个情感。一是李夏与他女儿琪琪的父女情。二是李夏与王奶奶家孙女百灵的"父女"情。通过这两个情，既能体现李夏在繁忙的工作之余，也尽可能地照顾家里，让妻子、孩子享受到家庭的温暖。也能体现李夏工作是用心的、用情的，能让以百灵为代表的留守儿童和以王奶

奶为代表的老人感受到以李夏为代表的基层党组织负责人（当时他担任长安镇高杨村第一书记、党建指导员）的温暖。从情感的角度着手，通过日常的点点滴滴来反映，不刻意、不张扬，只需要平铺直叙、返璞归真即可。

手法则采用积极的心情写苦难。苦难来临之时，一定是一片哀恸，号啕大哭么？不一定。有可能是所有人都被压在一种非常沉重的气氛里，无法释放。李夏牺牲后，作品仅安排了少数角色的台词。

百灵的作文其实是对李夏的认可，在她的心目中，李夏已经等同于她的爸爸。琪琪的舞蹈其实是给李夏的慰藉。爸爸"打怪兽"失败，已经离她而去。但她仍会继续走好接下来的人生。妻子是最心疼李夏的。李夏长期在农村扎根，离家太远、太久，这下可以好好"休息"了。

作品就是希望把这份感动传递给观众，而不是通过苦难来渲染、通过哭泣来博得眼泪。只有诉说，把生前没来得及说的、没说完的都说给李夏听。结局还是要给人们以希望。李夏虽然离开了，但党的基层事业仍然有很多基层干部在做。李夏女儿琪琪依然有很多叔叔在呵护、在陪伴她成长。

这么做，英雄才不会流血又流泪。

第八节 儿童剧《包公审石头》

一、剧本原文

包公审石头

人物表

包　拯：12岁，善观察。

王　朝：12岁。

马　汉：12岁，斯文。

张　龙：12岁。

赵　虎：12岁，性格风风火火。

其他同学3名，均为男生，年龄相仿。

剧本正文

　　［灯起。

　　［午休时分，包拯和同学们在学堂的后花园里踢蹴鞠。大家踢得你来我往，好不热闹。蹴鞠到了王朝脚下。

王　朝　黑子，接着。

　　［包拯非常认真的接球，一个"牛尾巴过人"①甩开了前来抢球的张龙，

---

① 足球技巧，一次触球过程中完成两次变向。为达到突破的目的，球员的单脚在瞬间快速的分别用外脚背和内脚背反方向各触拉一次。

一个"钟摆过人"①甩掉了赵虎，用"插花脚"②完成射门。球朝球门跑去，晃晃悠悠地进了。一方欢呼，一方诧异，原来，大家发现守门员马汉不见了。

包 拯　马汉呢？怎么没守门？

[大家找马汉。发现马汉坐在大石头的边上哭。众人围过去问长问短。

马 汉　我钱丢了。

赵 虎　我没拿。

王 朝　啊？丢多少？

马 汉　七个铜钱。早上刚从父亲油条摊上拿来的。准备下午交给先生买毛笔。没了。

[一听说，马汉丢钱了，大家赶紧看看自己的包裹，发现都还在，松了一口气。包拯检查完自己的包裹后，观察了下同学们的反应。又在石头四周找了找、看了看。

王 朝　你怎么踢着蹴鞠，跑回来了？

马 汉　我渴了，我想喝点水。发现包裹是开着的。

王 朝　你确定你带到后花园了？

马 汉　玩之前还在。

王 朝　后花园就一个门，我们进来时已经反锁了。说明……

赵 虎　说明小偷是翻墙进来的。

王 朝　还有一个可能……

赵 虎　钻地下溜了？

王 朝　第三种可能是……

赵 虎　他会隐身？那我赶紧告诉先生去。

[正在思索的包拯拦住了赵虎。包拯认为，学堂的后花园是个封闭的环

---

① 足球技巧，高速突破中，通过晃动幅度极大上半身晃动幅度，且每一次虚晃的假动作随时可以视情况而定变成真动作。

② 足球技巧，以右脚球员为例，当球在左脚一侧时，就需要先甩出左脚假装起球，左脚做隐蔽的同时要稍微让出一些位置，实际上用右脚来完成击球。

境，没有外人能够进来，所以拿钱的人肯定在他们中间。只拿马汉的钱，不拿其他人的钱，说明这人不坏，应该是有急用，估计是为了交钱给先生买毛笔，因为这是先生约定的时间，先生代买既便宜质量又好。

包　拯　赵虎，先生在休息。我来想办法。

赵　虎　你能想什么办法？

　　　　［众人附和着赵虎。

包　拯　铜钱既然是在石头边丢的，那我们就来问石头。

众　人　问石头？

包　拯　对。（义正词严）石头！你告诉我们，是谁拿了马汉的铜钱？

　　　　［众人安静的等待着，发现没有任何反应。哄笑，马汉也着急了。

马　汉　石头能说话？

　　　　［包拯做了"嘘"的手势，把耳朵贴向石头。

　　　　［众人再次安静。

　　　　［包拯听了一会儿，起来了。

赵　虎　怎么样？石头说什么了？

包　拯　什么也没说。

　　　　［众人哄笑，马汉更急了。

马　汉　包黑子，你欺负我。

包　拯　（厉声地）大胆石头，你竟然知情不报？你可知，按我朝律法，你应以从犯论处。还不从实招来？

　　　　［众人被包拯的气场镇住，屏住呼吸。石头仍然没有反馈。

包　拯　既然你如此顽固，那就只好动刑了。

　　　　［包拯走到边上，找来一个树枝。对着石头啪啪打起来。包拯打了三下。

包　拯　说不说？

　　　　［包拯贴着耳朵过去，站起来。

包　拯　看来我们同学们得每人都来打它，才肯说。

　　　　［马汉、赵虎、王朝等同学先后抢了树枝，在石头上面打。［包拯这个时候在仔细观察同学。马汉打得最多，赵虎打得最用力。也有些同学

打得马马虎虎，潦草行事。众人都打完了，马汉还不解气，拿起树枝又打。

［包拯止住了马汉，又把头贴过去，仔细听。

众　人　怎么样？

包　拯　真是顽固的石头。

马　汉　那我怎么办啊？

包　拯　这样吧，马汉的毛笔钱，下午就要交了，明天先生就去买毛笔了。我们7个人，先每人借他一个铜钱。等他找到了或者今晚回家拿，明天还给我们。要是哪位同学的零花钱多的话，给他一个铜钱也行。

［众人找钱，包拯在观察。

众　人　好吧。

赵　虎　我就7个了，没多余的。

包　拯　那你给1个，我再借你1个。

赵　虎　这么麻烦。

马　汉　谢谢，谢谢！

［赵虎拿出钱，准备递给马汉，马汉也准备接。

包　拯　等一下。我还想给石头最后一个机会。马汉，你把你的水倒点放进石头顶上的洞里。

马　汉　干吗？

包　拯　铜钱是在石头边丢的，希望钱在石头上面出现。放点水，是希望石头洗心革面，认识到自己的错误，重新做石。

赵　虎　弄这么玄乎。马汉，快倒，快倒。

［马汉倒了点水放进石头洞里。

包　拯　大家挨个丢钱进去吧。

［赵虎第一个丢。包拯第二个。接下来同学们陆陆续续的丢钱进水里。包拯仔细观察。最后一个是张龙。当张龙的钱丢进水里时，泛起了一点油花。包拯把钱都捞起来，给马汉。

包　拯　快上课了，大家都进屋吧。张龙，你和我一起把蹴鞠还给先生好吗？

［张龙点点头。

［其他同学收拾好包裹，都进屋了。就剩包拯和张龙两人。张龙的情绪在逐步变化，最终后悔、痛哭。

包　拯　张龙，我们从小和马汉一起长大，是不是好朋友？

张　龙　嗯。

包　拯　好朋友遇到难处是不是要告诉其他人？

张　龙　嗯。

包　拯　可你做了对不起朋友的事。

张　龙　我……你怎么知道是我？

包　拯　马汉丢钱，所以人都在看包裹，你没看，说明你清楚你的钱没丢。赵虎要找先生，你吓得一哆嗦，说明你很紧张。看到我拦住了赵虎，你又松了一口气。用树枝打石头，只有你轻轻碰了一下，说明你心虚。更重要的是，你的钱，丢进水里泛起了一点油花。

张　龙　这说明什么？

包　拯　说明钱是马汉的，因为他父亲卖油条，铜钱肯定会沾上油。

［张龙拿出了铜钱。

张　龙　（哭）对不起……

包　拯　作为好朋友，能告诉我为什么吗？

张　龙　我早上来的时候，把钱全花完了，我不敢回家再要。刚才我趁大家没注意，就拿了马汉的钱。

包　拯　为什么拿马汉的呢？

张　龙　因为他的包裹离我的包裹近。

包　拯　接下来，你打算怎么做呢？

张　龙　我求你，不要告诉先生。我把钱还给马汉。

包　拯　现在先生还不知道，我可以不说，可是你怎么还呢？

张　龙　我……我不知道……

包　拯　你这么办！（耳语）我去把大家都喊来。

[包拯把所有人都喊到大石头边上来了。

赵　虎　包拯，你不会又要打石头吧，快上课了哎。

王　朝　第三种可能出现了。

包　拯　不用打了，石头已经说出答案了。

[众人诧异。张龙站到石头上面。众人嘀咕。

赵　虎　张龙，你干吗?

张　龙　包拯说得对，石头说了，是我拿的铜钱。我把我父亲给我的铜钱都花完了，一着急就偷了马汉的钱。马汉，对不起。我把钱还给你。

[张龙把铜钱放进水里。

马　汉　怎么只有6个?

赵　虎　笨蛋，有一个刚才不是借给你了么?

王　朝　恭喜赵虎智商在线。

[众人哄笑。

张　龙　马汉，你能原谅我么?

马　汉　能!

[众人鼓掌。

包　拯　张龙是我们的好朋友，也就犯了这一次错误。我们大家能原谅他么?还愿意和他相处?

众　人　愿意!

包　拯　那么下午就是张龙不能缴纳毛笔费了，那样的话，我们愿意像刚才帮助马汉那样再帮助张龙么?

众　人　愿意!

张　龙　谢谢谢谢。我明天还给大家。

[上课的钟声响起。

[灯灭。

【剧终】

二、创作感悟

幼小心灵的规则意识——《包公审石头》的创作目的

历史上，真实的包拯面白如玉，额头上也没有月牙。与断案有关的贡献主要在政治和法治改革方面[①]。

政治方面，包拯至少在奏折中指名道姓揭发了61名本朝人物，指责他们贪赃枉法、损公肥私、惨虐不法、蠹政害民、贪图荣禄、无耻求进、知识庸昧、才不堪任、恣横奸邪、挟私逞忿、无事生非、兴妖惑众等不法不良行径。法制改革方面，包拯认为治国之要莫大于法、立法原则公私两便、法令既立不可轻改、拒走内线止绝内降，实事求是避免犁滥、明察秋毫洞悉奸伪、严格执法铁面无私、开门办案无复隔阂。

惟其爱国，尽管言辞激烈，但无异心，皇帝可以容忍；

惟其爱民，尽管官居高位，但无架子，因而民众拥护；

惟其正直，虽不与人苟合，但不偏袒，因而未入党争，免遭攻击；

惟其廉洁，虽有方便条件，但不谋私利，因而不把柄可抓，保持清白。

这就是他在伴君如伴虎的北宋政坛，没有被浪潮卷倒；在官民隔阂的封建社会，没有被民众抛弃；在贪污盛行的腐败环境，没有被污染的根本原因。包拯一生的主张和行为，虽都是从巩固封建统治的根本利益出发，但在客观上符合于广大人民的要求，因此在当时就受到人民的称颂，经过历代民间传说和文学作品的艺术创造，他更以一个除暴安良的神化了的人物广泛流传于民间。

包拯形象的多次演变与老百姓对公平法治的向往、对美好生活的期盼、

---

① 杨国宜：《包拯集校注》，合肥：黄山书社1999年版。

对正义伸张的诉求是不分不开的。电视剧《包青天》《少年包青天》等作品的热播也是这一情结的反映。

《包公审石头》是民间传说，说的是青年包拯审石头的案子。本作品改成儿童剧是从儿童的审美特点、语言特点、逻辑方式、行为方式来重新构建这个故事，为的是以文艺的形式建构儿童心中的规则意识。

蹴鞠是现代足球的起源，发明于宋朝。正好能够引入包拯的故事中，只是在舞台呈现的难度有些大。包拯断案的细节呈现也需要导演处理和演员表演时把握"度"，达到意料之外，情理之中的效果。

第九节　小品《骗你好商量》[①]

一、剧本原文

骗你好商量

人物表

小　　雅：19 岁，大二学生，快节奏。

客　　服：23 岁，骗子，广东腔，慢节奏。

老　　板：与客服是同一个人，换一种声音，东北腔之类。

假警察：1 人，22 岁，男，道貌岸然。正直形象。

警　　察：3 人，含 2 个高个，英姿飒爽。

男朋友、快递员、外卖员：各 1 人。

画外音配音员 (电话铃声、银行通知)：1 人。

剧本正文

[灯亮。小雅站在观众入口，音乐响起，默剧，经过观众席。外卖员站起身送给小雅外卖。快递员送给其快递，男朋友站在进场口过道拿花等候。小雅经过，面无表情。男友展示电影票。小雅开心，挎着男友进入舞台。男友试图与小雅一同上舞台，被小雅阻拦在外。男友失落。小雅挥手示吻。男友高兴去台下等候。小雅完全松懈，开始化妆，准备和男友出门看电影。

[①] 编导冯传胜、郑军。

　　　　　　［台下，假警察起身向周边观众递防诈骗宣传单页。

假警察　　你好，杜绝网络诈骗，请多关注……

　　　　　　［发过几张宣传页后，假警察拿起手机，拨打电话。
　　　　　　［小雅电话响："美女，你来电话啦！"小雅开外音接听。

小　雅　　喂！

假警察　　你好，请问是艺术学院戏剧系李小雅同学吗？

小　雅　　你是谁？

假警察　　我是磨店派出所杜警官。请问你们学校宣传过防范网络诈骗的相关知识吗？

小　雅　　有啊。

假警察　　好的，我是联系艺术学院和广院的社区民警，你存一下我的手机号。万一遭遇类似的网络诈骗，你可以直接拨打我的电话。

小　雅　　好的，谢谢。

　　　　　　［小雅挂断电话，继续化妆。
　　　　　　［电话铃声响："美女，你来电话啦"。

小　雅　　（不耐烦）喂！

客　服　　你好，请问是李小雅么？

小　雅　　是！

客　服　　我是让你美服饰淘宝店的客服。您两个月前在我们家买了一条粉粉的纱裙，你还记得吗？

小　雅　　有！

客　服　　你的衣服还在穿么？

小　雅　　不！

客　服　　那太好了，千万不能再穿了。

小　雅　　啊？

客　服　　那批次的衣服甲醛超标，被福建的买家举报了。市场监督局查了我们店，要求我们给所有买这个衣服的顾客退款、赔偿。

小　雅　骗子!

客　服　当然不是骗子啦，钱不是我们出啦，我们是找厂家赔。请问你家的地址还是合肥市新站区磨店街250号么？我们可以预约快递上门收衣服，然后给你赔款。

小　雅　你怎么知道我家的地址？

客　服　我是真的客服啊。

小　雅　衣服丢了，不要赔了。

客　服　这样啊，我问下我们老板吧。你稍等，电话别挂。

　　　　［小雅的手机能听到那边的对话。

客　服　老板，这位顾客不愿意退衣服，说不要了，怎么办？

老　板　你丫傻呀？万一她再投诉我们店，怎么办？市场监督局再来查，怎么办？罚款你交啊？必须要赔；赔不成功，你就走人。败家玩意儿。

客　服　美女，我们老板说必须要赔啊。要不然，我就得卷铺盖滚蛋啦。

小　雅　好。

客　服　那我们上门收衣服啦。

小　雅　丢了。

客　服　老板，她衣服丢了怎么办。

老　板　你傻呀，让她写个收到服装赔款，以后此事不再追究，不就行啦。败家玩意儿。

客　服　你听见啦？可以不？

小　雅　好吧。

客　服　转你支付宝啦。

小　雅　（看了看手机）怎么才转39块钱啊，我衣服可是花了239啊。

客　服　是这样的啊，美女，我的支付宝钱不够啦，你加我下微信，微信转，手机号就是微信。

小　雅　好吧，加了。

　　　　［客服拿着巨大的二维码走到小雅的身边。

客 服	你扫下这个二维码,就收到退款啦。
小 雅	这怎么是付款?
客 服	放心,不会扣你的钱的。就是验证一下。
小 雅	这么麻烦,不要了。
客 服	不行啊,姐姐,现在电话已经开始录音了。你必须得收下赔款了。而且,如果你不配合,还会影响你的信用。你后面买房、贷款都受影响。
小 雅	说的啥呀?
客 服	就连你坐高铁、飞机都会受影响的。你赶紧填验证码,1560。
小 雅	1560。

[画外音:叮咚,您的工商银行卡扣款1560元。

小 雅	怎么我的钱被扣了?
客 服	因为你刚才不相信我们,操作延时了,导致被扣款,你再输一次验证码,钱就回来了。别等啊。我再发你一个二维码,这次的验证码是2680。
小 雅	真的吗? 2680。

[画外音:叮咚,您的工商银行卡 扣款 2680 元。

小 雅	(着急了)你骗我,你是骗子。把我的钱还给我。
客 服	你别急了。一次是1560,一次是2680,一共4240你再扫一次,我保证这次钱全部给你。这次的验证码是4240。
小 雅	4240。

[画外音:叮咚,您的工商银行卡扣款4240元。

| 客 服 | 接着扫啊,快点扫啊,再扫8000多块钱就都回来了。 |
| 小 雅 | (急哭了)你就是骗子!我要报警! |

[骗子灰溜溜下舞台。

[小雅急忙打电话报警。

假警察	小雅啊!
小 雅	杜警官(哭腔),我被骗了。
假警察	别着急,什么事情?

小　　雅　　我刚才信了假客服，被骗了8000多，叔叔，你可要帮我啊！

假警察　　天上怎么会掉馅饼呢？我今天都接到十几个报警的了。

小　　雅　　叔叔，这可是我的学费啊，您一定得帮我！

假警察　　现在报案的人太多了，处理你的事情至少得一个月。这样吧，我看你这么着急，叔叔帮帮你，走一个快速通道。你拿着你的身份证，拍张照片发到我手机上，我立马向分局申请帮你加快处理。

小　　雅　　叔叔，谢谢您，您真是我的大恩人，我现在就拍。

[小雅挂断电话，手拿身份证，站在高处拍了一张自拍照，发送。

[画外音：尊敬的李小雅客户，恭喜您顺利通过我公司网络贷款审核，10万元贷款已成功发放，请按时还款……

[绝望的李小雅拨通了110。

李小雅：喂，110吗，我被骗了……

[警笛大作。

[三警察从出场口上，从台下揪出假客服，在观众席中揪出假警察，押解出门……

【剧终】

二、创作感悟

"寓教于乐"——《骗你好商量》创作感悟

电信诈骗是指通过电话、网络和短信方式,编造虚假信息,设置骗局,对受害人实施远程、非接触式诈骗,诱使受害人打款或转账的犯罪行为。骗子通常冒充他人及仿冒各种合法外衣和形式或伪造形式以达到欺骗的目的,如冒充公检法,冒充商家、国家机关、银行等各类机构工作人员,伪造和冒充招工、刷单、贷款、手机定位、招嫖等各种形式进行诈骗。

近年来,电信诈骗呈高发态势,给人民群众的财产安全甚至人身健康带来极大损害。2015年10月9日,国务院打击治理电信网络新型违法犯罪工作部际联席会议第一次会议在北京召开,国务委员、公安部部长郭声琨出席并讲话。联席会成员单位公安部、最高人民法院、最高人民检察院、工业和信息化部、中国人民银行、银监会、中国电信、中国联通、中国移动等23个成员单位分管负责同志和联络员参加会议。这标志着打击电信诈骗成为国家层面的意志。

高校是电信诈骗的重灾区。冒充客服退款诈骗、刷单诈骗,是高校学生接触最多的类型。为积极发挥文艺工作者作用,通过艺术形式将骗子的伎俩展示给学生看,磨店派出所联合安徽艺术学院保卫处、团委打造了《骗你好商量》等六个防诈骗小品,寓教于乐。

作品还原了冒充客服诈骗的全过程。受害者是一位有着防骗意识的学生。她多次明确拒绝骗子的退款等事宜,但还是一步步陷入其中。为使剧情更加丰富好看,作品把骗子设置成有点"娘炮"的角色。表演者是一位身高190cm、体重180斤的大个子,身着西装。女大学生选角要求为身高160cm左右,有些"爷们儿"的感觉。通过主人公自身的反差和角色之间的对比，形成喜剧效果。

作品先后在合肥、芜湖、马鞍山、淮北、阜阳、淮南、六安7个城市演出10余场，观众1万余人。包括安徽省第三届校园读书创作活动颁奖典礼暨师生素养提升成果展演、安徽省教育厅高雅艺术进校园·戏剧汇专场演出、合肥市公安局2019年度警察公共关系月活动专场演出、合肥市新站区2019年"宪法宣传周"活动文艺演出、磨店派出所"防范电信网络诈骗舞台剧校园行"专场演出等，取得了良好的宣传效果和社会效益。

第十节　黄梅戏《你是我的眼》

一、剧本原文

你是我的眼

人物表

南仁东：男，62~72岁，吉林省辽源人，中国天眼总工程师，声音手术后变得沙哑。
南　方：18岁，南仁东的孙子，高考刚结束。
谭　静：女，19岁，贵州平塘县当地人，大学学导游，暑假帮忙，毛南族服饰。
小谭静：女，12岁，毛南族服饰。
歌　队：6~10人(根据舞台大小)，承担多个角色(猴鼓舞演员、游客、平塘县村民等，根据剧情需要)。

舞美

　　三个空间(现实空间、南方回忆空间、谭静回忆空间)，靠灯光虚拟隔开。彼此不会同时亮灯，但人物会在不同的空间穿插。

剧本正文

　　　　　　　[灯亮。
　　　　　　　[2018年6月10日，贵州省黔南布依苗族自治州平塘县。歌队猴鼓舞跳起来，游客在场外热烈鼓掌叫好。
谭　静　　（唱）猴鼓舞起人欢畅，

都是天眼带吉祥。
天文小镇平塘落,
黔南山区大变样。

条条大路通窝凼,
家家户户小洋房。
旅游经济长相伴,
一年更比一年忙。

谭静毛南本族人,
自幼生长苦山村,
两分田地产出薄,
一家四口勉为生。

若非天眼开在此,
哪能全家改命运。
父母本乡能务工,
弟弟求学心安稳。

我学旅游认得准,
暑假报答天眼恩。
八方游客齐聚此,
其中玄妙要探寻。

歌　队　（白）导游,往哪走?
谭　静　（唱）世界最大望远镜,
　　　　　二十二年才建成。
　　　　　同事小可已恭候,
　　　　　请往右边山里行。

歌　队　（白）你怎么不去啊?
谭　静　（白）她比我专业嘞。

［歌队嘻哈而去。

［谭静注意到落单的南方。南方一身高中毕业生打扮，远离喧嚣，走上舞台，心情比较沮丧。

南　　方　（唱）高考结束满心慌，
　　　　　　　不愁成绩愁方向。
　　　　　　　我的爷爷南仁东，
　　　　　　　天眼功臣传八方。
　　　　　　　二十二载劳心力，
　　　　　　　因病辞世隔阴阳。

　　　　　　　欲效爷爷学天文，
　　　　　　　宇宙天象尽俯仰。
　　　　　　　若学医术济苍生，
　　　　　　　方能救死亦扶伤。
　　　　　　　不学天文留遗憾，
　　　　　　　不学医术空皮囊。

［谭静急忙上来。

谭　　静　（白）帅哥，方向反咯，右边请。
南　　方　（白）我想静一静。
谭　　静　（白）咋咯？中国天眼不入你眼？
南　　方　（白）一口大锅。
谭　　静　（白）哈哈哈哈。
南　　方　（白）笑啥子？
谭　　静　（唱）帅哥小伙你不知，
　　　　　　　这口大锅真神奇。
　　　　　　　要问这话怎么讲，
　　　　　　　时间倒回开工期。

［谭静的回忆空间。2011年10月，南仁东在网状金属阶梯上做一些动作，

	上上下下。小谭静时不时地跟着。
小谭静	（白）南爷爷，这个洞杂实（实在）大呀。
南仁东	（白）是啊，静静，有 30 个足球场那么大。
小谭静	（白）做那么多足球场，得有多少人踢球啊？
南仁东	（白）哈哈哈，是做一个望远镜。
小谭静	（白）能看多远呢？
南仁东	（白）137 亿光年，也就是说太阳光一直跑一直跑，要跑 137 亿年呢。
小谭静	（白）阿么（这么）远啊。还有这个洞，像一口大锅。
南仁东	（白）要是里面装满水，能给全世界 70 多亿人，每人喝两碗！
小谭静	（白）好大的锅啊。
南仁东	（白）它叫中国天眼。
小谭静	（白）嗯？
南仁东	（白）我们国家还没有这么大的望远镜，想要观测最前沿的天文数据，就得到别的国家去缴费、排队。
小谭静	（白）也就是说，我们看天空比别人少了一双大眼睛。
南仁东	（白）是啊，所以我们要做一个全世界最大的眼睛，看清楚最远最远的距离。
小谭静	（白）那别的国家就会来我们这排队了么？
南仁东	（白）那当然。
小谭静	（白）那会不会有很多人来参观天眼呢？
南仁东	（白）科技奥妙与自然奇妙的结合，必然引起世人的巨大兴趣。
小谭静	（白）好酷啊。
南仁东	（白）小小年纪。中国天眼——它不仅仅是中国看向太空的眼睛、它还是贵州人民看向世界的眼睛、它更是你们看到未来的眼睛。
小谭静	（白）我想起了老师经常唱的一首歌——《你是我的眼》
南仁东	（白）唱给南爷爷听听。
小谭静	（唱歌曲《你是我的眼》）

　　　　　　你是我的眼，带我领略四季的变换；
　　　　　　你是我的眼，带我穿越拥挤的人潮；
　　　　　　你是我的眼，带我阅读浩瀚的书海；
　　　　　　因为你是我的眼，让我看见这世界，就在我眼前。

南仁东　　（白）好听。

小谭静　　（白）爷爷，你们真了不起。

南仁东　　（白）不是爷爷了不起，是爷爷身边的伯伯、婶婶、叔叔、阿姨们了不起啊。

小谭静　　（白）他们？

　　　　　　[下文南仁东唱的时候，歌队配合表演。

南仁东　　（唱）多少位科学斗士，放弃高薪奔黔南；
　　　　　　多少次日日夜夜，披星戴月苦钻研；
　　　　　　多少个山头洼底，沟沟坎坎被翻遍；
　　　　　　多少双铜履铁鞋，踏破穿洞脚磨烂。

　　　　　　多少家妻儿老小，驻足远眺泪蒙眼；
　　　　　　多少次梦还家乡，守护亲人笑欢甜；
　　　　　　多少回实验失败，从头再来不惧难；
　　　　　　多少个年纪轻轻，满头华发遮真颜。

　　　　　　为的是心中所牵，射电望远镜；
　　　　　　为的是心中所挂，苍穹浩无边；
　　　　　　为的是心中所念，子孙做科研；
　　　　　　为的是心中所想，天文傲世间。

歌　　队　　（唱）多少年克难攻坚，
　　　　　　多少年魂萦梦牵，
　　　　　　多少年心如撞鹿，
　　　　　　多少年日夜难眠。

小谭静　　（白）南爷爷，你咋总穿这一件衣服啊？

南仁东　（白）帅不帅？

小谭静　（白）这件衣服有三多。烟灰多、尘土多、破洞多。

南仁东　（白）哈哈哈，两套换着穿。我看你也总是这件毛南族的衣服啊。

小谭静　（白）漂亮吧？

南仁东　（白）好看。对了，你个小跟屁虫怎么总是在我这啊？你老师不找你么？

小谭静　（白）我小学毕业啦，不用上学啦。

南仁东　（白）谁讲的？

小谭静　（白）哥哥上学就可以了啊。我还要做饭给爸妈吃呢。

南仁东　（白）哪轮得到你做啊？

小谭静　（白）他们都在天眼这干活，要吃糯米糍粑，又管饱又扛饿。

南仁东　（白）食堂一顿不才3块钱么？

小谭静　（白）妈妈说省点伙食费，给哥哥读书。

南仁东　（白）那你呢？

小谭静　（白）我跟着你后面学啊。你不是很厉害么？

南仁东　（白）哈哈哈。（停顿一会）糯米糍粑还有么？

小谭静　（白）还剩两个。给你吃吧？

南仁东　（白）我尝尝。（咬了一口）嗯，不错。

小谭静　（白）真的吗？

南仁东　（白）你明天多做点，送给你爸妈，剩下的卖给我。另外，再送早一点，送完了就去上学。

小谭静　（白）真的吗？可是我没有钱。

南仁东　（白）我可以先预付了一学期学费的糍粑钱。

小谭静　（白）妈妈说不能拿别人的钱。

南仁东　（白）是你的糍粑换来的，不是拿。

小谭静　（白）谢谢南爷爷。（下）

南仁东　（白）（对背影）不用谢，你应该属于教室。

歌　队　（唱）一个小姑娘，

　　　　　　　　两眼水汪汪。
　　　　　　　　三天跟身后，
　　　　　　　　不去上学堂。
南仁东　（唱）问清缘由心一皱，
歌　队　（和）心一皱——
南仁东　（唱）山区经济仍落后。
歌　队　（和）仍落后——
南仁东　（唱）家中儿女无学上，
歌　队　（和）无学上——
南仁东　（唱）贫穷面貌怎摘走，
歌　队　（和）怎摘走——
南仁东　（唱）一介书生力单薄。
歌　队　（和）力单薄——
南仁东　（唱）她定有同乡遇落魄。
歌　队　（和）遇落魄——
南仁东　（唱）独善其身我能做，
歌　队　（和）我能做——
南仁东　（唱）兼济天下怎奈何。
歌　队　（和）怎奈何——
南仁东　（唱）天眼压力徒增多，
歌　队　（和）徒增多——
南仁东　（唱）建成移走贫困窝。
歌　队　（和）贫困窝——
南仁东　（唱）天文小镇旅游兴，
歌　队　（和）旅游兴——
南仁东　（唱）生活定然改善多。
歌　队　（和）改善多——

南仁东　（唱）川西高原柴达木，
　　　　　　　鄂尔多斯准格尔，
　　　　　　　贵州山区喀斯特，
　　　　　　　选址难题折磨我。

　　　　　　　踏破了铁鞋百双，
　　　　　　　踏尽了一十八春，
　　　　　　　天眼迟迟未立项，
　　　　　　　窝凼大路已通畅。

　　　　　　　老兄弟山开石劈，
　　　　　　　老姐妹肩挑手提，
　　　　　　　巨型设备他们抬，
　　　　　　　超长钢梁他们立。

　　　　　　　为了天眼，他们把故土离；
　　　　　　　为了天眼，他们把房屋弃；
　　　　　　　为了天眼，他们把田园丢；
　　　　　　　为了天眼，他们安置在镇里。

　　　　　　　我不能，忘却祖国恩；
　　　　　　　我不能，忘却百姓情；
　　　　　　　我只有，舍得一身好力气，
　　　　　　　誓死要把天眼立。

歌　队　（唱）睡工棚，
　　　　　　　跑工地，
　　　　　　　赶工期，
　　　　　　　加工量。

歌　队　（女唱）窝凼锅型，
歌　队　（男唱）鬼斧神工。

歌　　队	（女唱）天眼师傅，
歌　　队	（男唱）巧匠能工。
歌　　队	（女唱）实施过程，
歌　　队	（男唱）合作分工。
歌　　队	（女唱）中国天眼，
歌　　队	（男唱）巧夺天工。
歌　　队	（女唱）工欲善其事，
歌　　队	（男唱）必先利其器。
歌　　队	（女唱）只要功夫深，
歌　　队	（男唱）天眼定能成。
歌　　队	（女唱）窝凼草木逾葱翠，
歌　　队	（男唱）仁东头发渐白灰；
歌　　队	（女唱）天眼平地一声雷，
歌　　队	（男唱）仁东双眸迷离泪；
歌　　队	（女唱）天眼支架固难摧，
歌　　队	（男唱）仁东身躯摇摇坠；
歌　　队	（女唱）天眼撑起扬国威，
歌　　队	（男唱）仁东双脚不负累。

[字幕：2015年，南仁东被检出肺癌晚期，他积极配合治疗。

[南方的回忆空间。晚间，朗朗星空。国际机场附近广场（室外）南仁东在路灯下，仍然拿着一个本子记着、画着，夹着一根烟时不时使劲地嗅着。

南　　方	（白）爷爷！
南仁东	（白）没抽，没抽，闻闻。
南　　方	（白）真不要命么？
南仁东	（白）要，要！要不然我去美国治疗啥？
南　　方	（白）那你还这么拼？

南仁东	（白）	工程投资大，耽误一天，就浪费国家12万啊。
	［南方要收拾笔记本。	
南　方	（白）	别写了，收起来。进候机室吧？快登机了。
南仁东	（白）	到了大喇叭会喊的。我再标记几个，等会儿交给我同事。
南　方	（白）	你早上出发不好吗？非赶这最晚的一班。
南仁东	（白）	鳖犊子，走早了不就看不着你了。
南　方	（白）	那没关系，又不是不回来了。
南仁东	（白）	万一回不来呢？
南　方	（白）	不可能……（拿出一件夹克衫）试试，看看孙子的眼光。
南仁东	（白）	（穿上）我这可以去美国相亲了。
南　方	（白）	怎么着也得让人家看出是科学家啊。
南仁东	（白）	一边去！（咳嗽，继续画图）
	［南方心疼地看着爷爷。	
南　方	（唱）	爷爷他，眉头紧缩心发愁。
南仁东	（唱）	孙儿他，年幼怎知我心忧。
南　方	（唱）	爷爷他，把心浇在穷贵州。
南仁东	（唱）	孙儿他，不知国家宏大谋。
南　方	（唱）	爷爷你，团队人才济济有。
南仁东	（唱）	爷爷，我团队虽众我为首。
南　方	（唱）	爷爷你，脸色蜡黄见消瘦。
南仁东	（唱）	爷爷我，斗志昂扬疾病走。
南　方	（唱）	工程浩大，难度如登天。
南仁东	（唱）	投资甚重，期望压在肩。
南　方	（唱）	前无古人，经验无处寻。
南仁东	（唱）	后有来者，教训岂敢连。
南　方	（唱）	身体为重，出师尚未捷。
南仁东	（唱）	使命在上，凯歌书长卷。

南　方	（唱）	听从天命，细水慢慢流。
南仁东	（唱）	尽却人事，脚步不敢闲。
南　方	（唱）	爷爷呀，孙儿想，多陪爷爷看世间。
南仁东	（唱）	孙儿呀，爷爷愧，从小到大手少牵。
南　方	（唱）	爷爷呀，孙儿念，多请爷爷教书卷。
南仁东	（唱）	孙儿呀，爷爷惭，孙儿学业未挂念。
南　方	（唱）	爷爷呀，孙儿思，多让爷爷做好菜。
南仁东	（唱）	孙儿呀，爷爷做，酸菜排骨地三鲜。
南　方	（唱）	爷爷呀，孙儿惦，多让爷爷睡够觉。
南仁东	（唱）	孙儿呀，爷爷睡，踏踏实实自然眠。
南　方	（唱）	爷爷呀，孙儿怕，天眼未成爷先走。
南仁东	（唱）	孙儿呀，爷爷想，功成含笑奔九泉。
南仁东	（白）	不吉利，都奔九泉了。
南　方	（白）	对，你又不搞卫星发射。
南仁东	（白）	等我从美国回来，我带你去贵州看看？
南　方	（白）	好，两年后吧，等我高考结束，我就过去。
南仁东	（白）	（开玩笑的）我可奉劝你，别考天文。
南　方	（白）	为啥？
南仁东	（白）	天上太热闹了。你看，夜长人自起，星月满空江。
南　方	（白）	迢迢牵牛星，皎皎河汉女。
南仁东	（白）	微微风簇浪，散作满河星。
南　方	（白）	危楼高百尺，手可摘星辰。
南仁东	（白）	高节雄才向何处，夜阑空锁满池星。
南　方	（白）	嫦娥应悔偷灵药，碧海青天夜夜心。
南仁东	（白）	纤云弄巧，飞星传恨，银汉迢迢暗度。
南　方	（白）	天阶夜色凉如水，卧看牵牛织女星。
南仁东	（白）	小伙子，书没白念。

南　方	（白）老人家，记忆尚可。
南仁东	（白）想好了没？考天文，和爷爷并肩战斗？
南　方	（白）想好了，听爷爷的，不考了。
南仁东	（白）嘿，我抽你。
南　方	（白）我躲。（看天空）爷爷，你看天空——
南仁东	（唱）仰望星空，寥廓而深邃，
	无穷真理，求索而追随。
	仰望星空，庄严而圣洁。
	凛然正义，热爱而敬畏。
	仰望星空，自由而宁静。
	博大胸怀，栖息和依偎。
	仰望星空，壮丽而光辉。
	永恒炽热，烈焰和春雷。
	〔歌队化身为各类角色上，谭静也来了。
队员1	（南同事兼学生）（白）南老师，听说您要去美国治疗，我们到机场来送你。您要好起来。
南仁东	（白）你是我最欣赏的学生，你要多担待点。（把本子递给队员1）
队员2	（辽源市相关部门负责人）（白）南老师，辽源人民很牵挂你。你要好起来。
南仁东	（白）王主任，感谢家乡人民。
队员3	（国家天文台负责人）（白）是啊，南老，天眼工程还得依靠你这个发起人呢。你要好起来。
南仁东	（白）张局长，天眼不开，我眼睛不敢闭。
谭　静	（白）南老师，我这跟屁虫又来了。
南仁东	（白）不做跟屁虫，要做领头羊。
	〔画外音：各位旅客请注意，飞往美国洛杉矶的国航CA983号航班已经开始检票登机。请您从16号检票口检票登机……
	〔南仁东挨个道别。

队员1　（唱）学生的祝福你带上。

南仁东　（唱）老师的嘱托不能忘。

队员2　（唱）乡亲的思念你带上。

南仁东　（唱）孤独与寂寞靠边让。

队员3　（唱）天眼的未来你带上。

南仁东　（唱）履行立下的军令状。

谭　静　（唱）跟屁虫的想念你带上。

南仁东　（唱）领头羊的目标放心上。

南　方　（唱）孙儿的目光你带上。

南仁东　（唱）爷爷的亲人陪身旁。

歌　队　（唱）仁东他不舍离开，

　　　　　　　仁东他久久徘徊，

　　　　　　　仁东他病魔缠身，

　　　　　　　仁东他乐观释怀。

　　　　　　　仁东你早日归来，

　　　　　　　仁东你战胜病灾，

　　　　　　　仁东你保重身体，

　　　　　　　仁东你不负期待。

　　　　　　　仁东我心力不逮，

　　　　　　　仁东我壮士情怀，

　　　　　　　仁东我雄心伟志，

　　　　　　　仁东我凯旋归来。

［众人挥手告别。南仁东走远，背对观众，定格。

［南仁东画外音（沙哑）：我不害怕得病。我害怕看不到天眼的落成……

［新闻联播画外音：2017年9月15日，"中国天眼"首席科学家兼总工程师南仁东因肺癌突然恶化，抢救无效，病逝。

［谭静画外音：所以，你填报的专业是医学？

［南方画外音：贵州师范大学，天文学。

［新闻联播画外音：2017年10月10日，"中国天眼"发现2颗新脉冲星，一个10—20年的射电天文黄金时代，在中国揭开大幕。

［习近平画外音：此时此刻，我要特别提到一些闪亮的名字。今天，天上多了一颗"南仁东星"。①

［灯灭。

【剧终】

---

① 习近平2019年新年贺词。

二、创作感悟

大国重器，天空之眼——黄梅戏《你是我的眼》创作感悟

南仁东[①]，1945 年 2 月生，男，满族，吉林辽源人，中国天文学家、中国科学院国家天文台研究员。

1994 年起，近 50 岁的南仁东率先提议并负责 500 米口径球面射电望远镜（FAST）的选址、预研究、立项、可行性研究及初步设计。作为项目首席科学家、总工程师，他负责编订 FAST 科学目标，全面指导 FAST 工程建设，并主持攻克了索疲劳、动光缆等一系列技术难题。2016 年 9 月 25 日，FAST 落成启用。

2017 年 5 月，南仁东获得全国创新争先奖。2017 年 7 月，入选为 2017 年中国科学院院士增选初步候选人。2017 年 9 月 15 日晚，南仁东因病逝世，享年 72 岁。2018 年 12 月 18 日，党中央、国务院授予南仁东同志改革先锋称号，并获评"中国天眼"的主要发起者和奠基人。2019 年 9 月 17 日，国家主席习近平签署主席令，授予南仁东"人民科学家"国家荣誉称号。2019 年 9 月 25 日，被评选为"最美奋斗者"。

回顾南仁东的一生，22 年宝贵的时光用在了当时普遍不被看好的 FAST 身上，仅选址就进行了 12 年，到正式开工实施已经过去了 17 年。南仁东克服了巨大的精神压力，创造性地提出了一些先进的理念，从而攻破了一个个技术难题，将"中国天眼"打造成集智慧与美貌于一身的现代大科学装置。

"中国天眼"的灵敏度是号称"地面最大的机器"的德国埃菲尔斯伯格 100 米口径望远镜的 10 倍，是被评为"人类 20 世纪十大工程之首"的美国阿

---

① https://baike.baidu.com/item/%E5%8D%97%E4%BB%81%E4%B8%9C/8911651?fr=aladdin。

"中国天眼"全景（新华社记者欧东衢 2020 年 1 月 8 日拍摄）

雷西博 300 米口径射电望远镜的 2.25 倍。主要性能指标达到了国际领先水平。①

"中国天眼"从 2011 年 3 月正式开工建设，到 2020 年 1 月国家验收，短短 9 年间，在人才队伍建设和科学产出上已经取得不错的成果。据严俊介绍，目前项目除了有国家千人计划 1 人，中科院百人计划 3 人，西部之光青年学者 10 人，星云人才计划 3 人等之外，还通过"中国天眼"伙伴计划引进了 9 位国内外高水平的优秀青年人才；已发表论文 300 余篇，其中 SCI 收录 80 篇，EI 收录 76 篇。

从 2017 年 10 月"中国天眼"首次发现 2 颗脉冲星，到 2020 年 1 月 11 日召开的国家验收会上公布的已发现 102 颗脉冲星，它两年多来发现的脉冲星超过同期欧美多个脉冲星搜索团队发现数量的总和。②"中国天眼"对中国天文事业的前进与人才培养的支撑做出巨大贡献。

---

① http://news.cctv.com/2020/01/25/ARTIVrt3Hs80mb90AetzaW6H200125.shtml 。

② https://baijiahao.baidu.com/s?id=1655492638643193973&wfr=spider&for=pc 。

贵州省平塘县原本经济落后,交通不便。天眼落成后,平塘成为独具特色的"天文小镇",每年吸引大量的游客前来观光、旅游,也吸引全世界天文学家的探索目光。

"中国天眼"不仅是中国人看向天空的眼睛,也是世界发现中国的眼睛,还是平塘人民观察大山之外的眼睛。

第十一节　民族舞剧《梁红玉》

一、剧本原文

梁红玉

人物表

梁红玉：女，18~27 岁，宋朝人，原籍池州，将门之后，成长为爱国女将。

梁　父：40 余岁，宋朝将领，梁红玉父亲。

祖　父：60 余岁，宋朝将领，梁红玉祖父。

韩世忠：41 岁，宋朝爱国将军。

宋高宗：赵构，23 岁。

群演若干（傩舞队、宫廷舞队，士兵等）。

剧本正文

[字幕：公元 1120 年，宋徽宗宣和二年，睦州方腊，集聚山民起义，迅速发展到几十万人，连陷州郡。朝廷极为震惊，派兵镇压。梁红玉的祖父和父亲也在出征的将军之列。红玉的一生将因此改写。

序　初长成

[灯起。

[秋，硕果累累。日间，红玉家乡。

红玉祖父在敲鼓。

18岁的红玉在舞剑，英姿飒爽，红玉父亲在一旁指导。

突然，红玉调皮地拿着剑直奔父亲而来，父亲连忙招架。

红玉步步紧逼，父亲不愿伤了女儿，仅仅招架，不愿还击。

红玉顿觉无聊，转身直奔祖父而去。

祖父扔掉鼓槌，加入战斗。

父亲既要防着红玉伤害到祖父，又要防着祖父戳到红玉，还要防着二人伤到自己，非常辛苦。

红玉声东击西，竟然顺利地将祖父和父亲的兵器打落下来，红玉非常快乐。

[突然间，鼓声急促，号角吹起，这是战斗前的集结号。三人停下。

祖父和父亲向红玉告别。红玉也要去，被二人拦下。

鼓声大作。

傩舞队出场，这是出征前的仪式。

傩舞展现天地的景仰、对邪恶势力的讨伐等内容。

宋朝军队走过，"宋""梁"等旗号迎风飘舞，"梁"旗插上舞台最高点。

红玉驻足远望。

[灯灭。

第一场　伤别离

［灯起。

［冬，萧瑟，荒凉，日间，方腊行营。

鼓声低迷。

宋朝军队败北。

"梁"旗被斩，"方"旗迎风飘摇。

身受重伤的红玉祖父和父亲被五花大绑推上来。

士兵推搡要他们跪下，二人顽强不屈。

方腊喝止，给二人松绑，命人端上来一盘黄金、一顶官帽要他们投降。

二人拒绝。

方腊又命人把红玉推上来。

三人相见，痛苦不已。

祖父冲向方腊，被杀。

父亲摘下头盔，艰难地往黄金和官帽处走。

红玉觉得自己罪孽深重。红玉冲向方腊，要与之拼命。

方腊很快就制服了红玉，意欲侵犯。

父亲拼向方腊，无奈伤重，被士兵乱刀砍死。

方腊命人把祖父、父亲拖下去。他的目标转向这个刚烈的女子，这个女子引起他巨大的兴趣。

二人追逐，打斗。

方腊擒住红玉，红玉拿下发簪，誓死不从。

方腊仍未放弃，步步紧逼。

［鼓声大作，号角吹响，一片喧哗。

方腊起身而去，命人绑住红玉。

一阵阵催命的鼓声袭来。

红玉寻找出路。

鼓声渐息。

"方"旗被斩,"韩"旗竖起,旁边还竖起"宋"旗。

看守红玉的士兵被韩世忠所杀。

红玉死死地盯着韩世忠,不清楚他的来路。

韩世忠疑惑地打量着红玉。

士兵抬上红玉祖父与父亲的头盔。

韩世忠拜头盔。

红玉跪下,痛颤。

世忠给红玉解绑,红玉拜谢世忠。

世忠还礼。红玉晕厥在其怀中。

世忠怜惜地看着她。

[灯灭。

第二场　誓白头

[灯起。

[字幕:前场三月后。春,韩世忠平叛有功,被封为武胜军节度使。

[韩府,日,洞房花烛

韩世忠迎娶梁红玉。

池州傩仪、傩舞等民俗庆典活动纷纷登场。

洞房里,红玉世忠深情对望,相拥入怀。

[战鼓阵阵,号角吹响。

世忠、红玉赶紧起身。

红玉给世忠褪去红装穿武装。

二人依依不舍。

世忠把佩刀拿出来，递给红玉。

红玉抽刀，割了一缕青丝，递给世忠。

世忠拿青丝下。

[战鼓喧天。

"金"旗遮天蔽日，迎风飘曳。

金人铁骑所到之处，尸横遍野。

宋朝老幼妇孺流离失所。

"征兵官"敲征兵鼓，旁边一篮子钱币，一篮子"兵牌"。

青年男子参军，拿兵牌，把征兵的补贴给家人。家人不舍又无奈。

中年男子、老年男子也纷纷要参军、拿兵牌。篮子里钱币逐渐变少，意味着后来参军的人征兵补贴更少，家人痛苦又无奈。

一位腿折的老人要拿兵牌，被征兵官推倒，半天爬不起来。

红玉要拿兵牌，征兵官阻止。

红玉拿出佩刀。征兵官以为红玉欲动武，赶紧招架。

红玉把佩刀递给征兵官。征兵官拿起佩刀，仔细查看，待看清是韩世忠佩刀，作揖便拜。

红玉还礼，拿起补贴，给了腿折的老人，随应征队伍开路。

征兵官拿来马鞭（意指牵马），递给红玉，指向另一个方向。

红玉策马远去。

一声马鸣响彻天际。

[灯灭。

第三场　求援兵

[灯起。

[字幕：夏，前场三月后，皇宫内。梁红玉求援兵。

歌舞升平，宋高宗淹没于舞女之中。

红玉殿外，奏折高举头顶。无人搭理。

红玉闯入殿中，舞女吓退，高宗始见。

高宗不悦。

红玉跪拜，进奏折。

高宗阅毕，合上，丢出，振臂一呼。

舞女再上，高宗淹没于舞女之中。

红玉怒下。

第四场　战金山

[灯起。

[一天后，黄天荡，中军帐。

[韩世忠眉头紧锁。

三位副将逐个回程，禀报，信笺原封不动的带回，意思是没有援军。

世忠烦闷至极，但还有一丝希望在红玉那儿。

一声马鸣，世忠起身相迎。

红玉奔向世忠，行属下对将军的跪拜礼，全身止不住颤抖。

世忠赶紧扶起红玉。

红玉拿出奏折。

世忠大失所望，气愤异常。

金人送来如山财宝，和书一封。

红玉以为世忠投降，对世忠大失所望，质问世忠。

世忠看完和书，愤懑难当。

红玉看完和书，丢给世忠。看世忠如何打算。

世忠一手奏折、一手和书。

世忠撕掉奏折，众人惊慌，红玉羞愧。

世忠撕掉和书，众人雀跃，红玉昂扬。

红玉剑指金人，抬走如山财宝。

金人抬走财宝，急下。

["金"旗、"完颜"旗飘舞，金人长号如歌。

一台大鼓被推至舞台中央，一个士兵击打着鼓。

[战鼓如雷。鼓声与长号声交锋。

两军交战。宋军弱于金军。

[鼓手被刺。鼓停。长号声一枝独秀。

金军士气大振。宋军形势危急。

[红玉撤到鼓前，手执双槌，奋力击鼓。"梁"旗迎风飘舞。

宋军找到指令和力量，奋勇杀敌。

红玉左胳膊中箭，跌倒。

[鼓停。

红玉爬起，右手击鼓。力量似乎并未有弱。

红玉右胳膊中箭，跌倒。

[鼓停。

红玉爬起，跳上鼓面，用身体和脚部的力量击鼓。

[鼓声悲壮。

[一排大鼓被推上，一群女人头裹红巾，击鼓助威。

[鼓声惊天动地。

两岸民众，执各种农业器具，上阵杀敌。"杀"声震天。

红玉领鼓、众人和鼓。

金军溃不成军。"金"旗被砍。"完颜"旗被剁。

世忠跑上，奔向红玉。

红玉从鼓上摔下，倒在世忠怀里。

[灯灭。

【剧终】

二、创作感悟

苦难与突围，巾帼英雄梁红玉

巾帼英雄自古以来就是文艺舞台创作的重点对象，和梁红玉较为类似的女英雄主要是花木兰。

花木兰最早出现在北朝民歌《木兰辞》中。她代父从军，杀敌卫国，居功至伟，却婉拒官职，回归故里，重回田园生活。花木兰是中华传统伦理"孝悌忠信"的楷模，兼具英勇战士与温柔女儿的双重美感。[①]

花木兰目前的籍贯存在多种争论，安徽省亳州市、湖北省武汉市黄陂区、河南省商丘市、陕西省延安市等地都称"木兰故里"。是否真有"花木兰"其人，也尚无定论。

但关于花木兰的文艺创作非常成功，其中有中央歌剧院、武汉市黄陂区人民政府、宁波市演艺集团歌舞剧院共同携手打造的大型原创民族舞剧《花木兰》（导演周莉亚、韩真，编剧朱海，2019年荷花奖获奖剧目），辽宁芭蕾舞团创作的中国芭蕾舞剧《花木兰》（编导王勇、陈慧芬），美国迪士尼公司出品的动画片《花木兰》和真人版《花木兰》（导演妮基·卡罗，编剧劳伦·海尼克、伊丽莎白·马丁、里克·杰法、阿曼达·斯尔沃，预计2020年上映），长春电影制片厂出品的豫剧电影《花木兰》（导演刘国权，张新实，编剧河南豫剧院编剧小组，1956年上映），中央电视台、北京金尊影视文化传播中心、河南百姓嘉业文化传播公司等单位联合制作的戏曲电视剧《花木兰》（导演李琦，编剧韩尔德，2008年首播）等诸多影视剧作品。

反观梁红玉，仅有电影《梁红玉》（导演岳枫，编剧周贻白，1940年上映），

---

① https://baijiahao.baidu.com/s?id=1634961126398447454&wfr=spider&for=pc

电视剧《梁红玉》(导演张多福、曹伟,编剧柳桦,2000 首播),龙江剧《梁红玉》(导演卜万苍,编剧李隽青),昆曲《梁红玉》等为数不多作品。

梁红玉是历史上真实存在的人物,她祖籍安徽省池州市,1102 年生于江苏省淮安市。生平、事迹均可考证。

那么梁红玉究竟是什么因素导致缺少了更多创作的动因呢?

梁红玉的生平非常传奇,自幼习武。祖父和父亲因在与方腊战役中失败,皆被杀,梁红玉被抓,成为京口营妓。

在韩世忠平定方腊的庆功宴上,与梁相互欣赏,后成为韩世忠小妾。韩世忠正室病故后,梁红玉成为正室。

在苗傅叛软禁宋高宗时,梁红玉背娃夜行数百里,召韩世忠平叛。因平叛有功,被封为"安国夫人""护国夫人"。

北宋末年,韩世忠奉命镇守江淮。当时金兵南犯,两军江上交战。韩败退,回营与夫人梁红玉商议。梁擂鼓助威,并亲自出战,终于在黄天荡拖住金兀术 48 天之久,大大地鼓舞了宋军士气。

1135 年,梁红玉战死沙场,为国捐躯。

梁红玉是"巾帼不让须眉"的典型代表,个人精神力量和本领强劲,通过自己的努力赢取自身的幸福生活。在战争面前,她体现了一个将士的担当和一个夫人的职守。我们可以推断出梁红玉故事是一座尚未被完全开发的"文艺金矿"。

舞剧兼具女性的柔美和力量感,能够体现梁红玉的飒爽英姿和娇柔美貌,是很好的表现形式。从梁红玉的生平简介可以看,她的故事复杂程度不高,可以通过舞剧来展现。

梁红玉籍贯所在地池州有傩仪、傩舞、傩戏,三种傩相互依存,经常用在请神祭祖、驱邪纳福、驱灾逐疫、祈求丰收、渴盼平安等祭祀、占卜、庆典等大型活动中。池州傩戏更是被誉为"戏曲活化石"。作品里涉及的战争之前的场面、婚礼场面、庆功场面,都可以用傩展现,以丰富舞台表现力。

第十二节　肢体剧《高考1977之命运火车》[①]

一、剧本原文

高考1977之命运火车

人物表

小根宝：男，20多岁，瘦小。

老　迟：男，60岁，农场革委会主任。

歌　队：12人，男男女女，高矮胖瘦不等。根据舞台大小灵活增删。

甲、乙：男，20多岁，从歌队里挑个子最大、力量最大的两个人，其中乙最高最重。

剧本正文

　　　　〔背景音乐《敬祝毛主席万寿无疆》起。
　　　　〔歌队演员排纵队，站定在观众席两边。左右循环喊着口号。

歌队1　　太阳最红！毛主席最亲！

歌队2　　扎根农村！扎根群众！

歌队3　　为祖国站岗！

歌队4　　社会主义放光芒！

歌队5　　广阔天地，大有可为！

歌　队　（合）广阔天地，大有可为！

---

① 创意参考了电影《高考1977》(导演江海洋，编剧江海洋、谷白、宗福先，2009年上映)和话剧《高考1977》(导演王晓鹰，编剧喻荣军，2015年首演)。

［歌队全体一边喊着口号，一边往舞台上走去。

［灯起。

［画外音：1966年至1971年，大学停招，大批初中、高中毕业生无处可去，他们响应国家号召，上山下乡，奔赴祖国最需要的地方。

［音乐起——快乐、积极。

［肢体动作1—踩水车。

［肢体动作1—推独轮车。

［肢体动作3—割麦子。

［肢体动作4—打夯。

［画外音：1977年2月，高考仍采取"自愿报名、群众推荐、领导批准、学校复审"的十六字方针。他们约定，谁背得最重，就推荐谁。

［舞台上出现3堆人，左堆（上场口附近）1人，代表100斤粮食。右堆2人（下场口附近），代表200斤粮食。中间一堆3人，代表300斤粮食。

［甲从左边上，抱起1个人的那一堆。展示了一下手臂的力量。他走向中间，放弃。又走到右侧，准备抱，虚晃一枪，下台。

［乙从右侧上。他走到左堆，不屑地摆了摆手。加速走到右堆，猛地一抱，纹丝不动。再加把劲，用力抱，还是摔倒了。放弃了，下。

［小根宝从右侧上，与乙碰面。

［画外音：小根宝要想获得群众推荐，必须背起眼前这超过自己体重3倍的粮食。

［乙拦住小根宝，示意搬不动。小根宝不愿放弃，乙扛起小根宝。小根宝在乙的肩膀上乱打乱踢。乙只好放下小根宝。

［小根宝径直走向中间堆，咬咬牙。中间堆的三个人上了小根宝的背。小根宝背着往舞台前方行进，缩短与观众的距离。

［音乐起——凝重、担忧。

［肢体—歌队眼盯小根宝，仿佛每个人与小根宝背的一样沉，都在艰难行进。

［小根宝摔倒，小根宝绝望。

［歌队一起摔倒。

[灯灭。
[广播响。
[广播：中央人民广播电台，中央人民广播电台。下面播送重要消息：1977年10月起，凡是符合招生条件的工人、农民、知识青年、复员军人、干部和应届高中毕业生均可自愿报名，全面恢复高考。
[肢体——众人打上手电，指向老迟。
[老迟在舞台后方黑暗区，借助手电筒方能看见他。他背对歌队，高举报名表，仿佛在挑衅，你们来啊！
[画外音：众人欢欣鼓舞、满怀希望去找革委会主任老迟。他们知道，他们必须要拿到高考报名表。可此时正值农场最忙的时候，老迟会给他们吗？
[音乐起——紧张、逼迫。
[肢体——众人向老迟逼近，索要报名表。
[肢体——老迟突破包围圈，冲了出来。站定。
[肢体——众人站定，小根宝被抬到了众人的肩膀上。
[只有小根宝的手电筒顽强地指着老迟。其他人的手电筒都关掉了，但他们的眼神还紧紧地盯着老迟。
[老迟走向小根宝，扯下了小根宝的书包。
[肢体——众人低头、绝望。
[灯起。
[画外音：推荐无望，自愿无表，小根宝绝望了
[音乐起——绝望。
[肢体—小根宝绝望欲上吊，众人欲上吊。
[老迟冲出，抛撒报名表。
[众人纷纷捡起报名表。
[画外音：高考前一天，他们奔向火车站，这是一天中仅有的一趟去省城的火车。他们必须要坐上这趟能改变他们命运的火车。
[肢体——火车造型摆好，启动。
[肢体——众人追火车。

[音乐起——着急。

　　[小根宝摔倒。

　　[众人要搀。

　　[小根宝不让搀,推别人快走。

　　[众人架着小根宝跑。

　　[众人与火车擦肩而过。

　　[众人贴着火车追。

　　[追不上,众人崩溃。

　　[音乐起——愧疚。

　　[小根宝向众人磕头,感觉对不起大家。

　　[肢体——众人搀扶,准备回农场。

　　[口哨声,急响。

　　[众人回头。

　　[火车停下。

　　[众人看向火车。

　　[老迟从火车上下来,原来他叫停了火车。

　　[小根宝与老迟相向而行。

　　[老迟把书包挂在小根宝的胳膊上。

　　[众人欢腾。

　　[音乐起——《春天的故事》

众人齐呼 小平你好!小平,你好!

　　[灯灭。

【剧终】

二、创作感悟

用滚烫的热泪向改变命运的伟大决定致敬

先引一段中国共产党新闻网刊发的一篇文章《查全性：如何建议小平同志恢复高考》。

1977年8月6日邓小平同志召开会议讨论恢复高考事项。查全性[①]教授面对邓小平慷慨陈词："招生是保证大学教育质量的第一关……如果我们改进招生制度，每年从600多万高中毕业生和大量的知识青年、青年工人、农民中招收20多万合格的大学生是完全可能的。现行招生制度的弊端一是埋没了人才；二是卡了工农兵子弟；三是助长了不正之风；四是严重影响了中小学生和教师的积极性……入学招生名额不要下放到基层，改成由省、市、自治区掌握。按照高中文化程度统一考试，并要严防泄露试题……应届高中毕业生、社会青年，没有上过高中但实际达到高中文化水平的人都可以报考。"

邓小平又问刘西尧[②]，还来不来得及？刘西尧说，还来得及。邓小平略一沉吟，一锤定音："既然大家要求，那就改过来，今年就恢复高考！"其实，在召开这次座谈会前，恢复高考就是邓小平酝酿多年的一个拨乱反正的重大举措。他最初的想法是1977年用一年的时间做准备，1978年正式恢复高考。这次座谈会老教授的肺腑之言感染了邓小平，推动了高考政策的提前推出。约578万人参加了当年的高考，录取27.3万，录取率4.7%。

从1977、1978、1979年三年考上大学的学生被称为"老三届"。"老三届"如今已成为国内大部分行业的翘楚和中流砥柱，为国家和民族的发展贡献了巨大的力量。

---

① 时任武汉大学副教授。
② 时任教育部部长。

安徽省2019年的综合录取率已达83.9%,约是1977年的18倍。但今天的学生还像当年那样珍惜上学机会么?我们充满了忧虑。熬夜打游戏、上课睡大觉,周末谈恋爱,毕业无处去的学生每年都有。还有因为旷课严重被处以警告、严重警告、记过、留校察看,甚至开除学籍等处分的学生。我们希望通过一个有关于高考的作品来重新激起学生当年奋战时的初心。于是,电影《高考1977》和话剧《高考1977》进入了我们视野。

采用何种形式呢?若干年前,上海话剧艺术中心出品的肢体剧《鲁镇往事》始终萦绕在我的脑海。它发挥了肢体的巨大能量,充分激发了观众的想象力,生动、有趣、高级。所以,我们几位青年老师展开想象,浓缩电影和话剧的情节,用肢体剧的形式来展现。

在节奏的把控上,我们采用了现场鼓声和配乐联合展现,提醒观众人物的状态、情绪和命运。

附录一　书中列举的作品

一、电影（动画电影）

电影《画皮》（导演陈嘉上，编剧刘浩良、邝文伟、陈嘉上，2007年上映）

动画电影《哪吒之魔童降世》（导演饺子，编剧饺子、易巧、魏芸芸，2019年上映）

电影《全民目击》（导演、编剧非行，2013年上映）

电影《西游·降魔篇》（导演周星驰、郭子健，编剧周星驰、郭子健、霍昕、王芸、冯志强、卢正雨、李尚正、江玉仪，2013年上映）

电影《西游·伏妖篇》（导演徐克，编剧周星驰、李思臻，2017年上映）

电影《大话西游之月光宝盒》和《大话西游之大圣娶亲》（导演、编剧刘震伟，1995年上映，2014年重映）

电影《西游记之大闹天宫》（导演郑保瑞，编剧黄子桓，2014年上映）

电影《西游记之三打白骨精》（导演郑保瑞，编剧冉平、冉甲男、文宁，2016年上映）

电影《白鹿原》（导演王全安，编剧陈忠实、芦苇，2012年上映）

电影《孔子》（导演胡玫，编剧何燕江、陈汗、胡玫，2010年上映）

电影《焦裕禄》（导演王冀邢，编剧方义华，1990年上映）

电影《亲爱的》（导演陈可辛，编剧张冀，2014年上映）

电影《满城尽带黄金甲》（导演张艺谋，编剧张艺谋、曹禺，2006年上映）

电影《红高粱》（导演张艺谋，编剧莫言、陈剑雨、朱伟，1988年上映）

电影《同桌的你》（导演郭帆，编剧傲立、高晓松、宋晋川，2014年上映）

电影《无间道》（导演刘伟强、麦兆辉，编剧庄文强、麦兆辉 2002年上映）

电影《风声》(导演高群书、陈国富,编剧陈国富、麦家、张家鲁,2009年上映)

电影《色·戒》(导演李安,编剧王蕙玲、詹姆士·沙姆斯,2007年上映)

电影《忠犬八公》(导演莱塞·霍尔斯道姆,编剧斯蒂芬·林赛、 新藤兼人,2009年上映)

电影《双龙会》(导演徐克、林岭东,编剧徐克、黄炳耀、张同祖、黄易,1992年上映)

电影《我不是药神》(导演文牧野,编剧韩家女、钟伟、文牧野,2018年上映)

美国电影《What Women Want》(导演南希·迈耶斯,编剧乔什·史密斯、凯茜·尤斯帕,中文名《男人百分百》《偷听女人心》等,2000年美国上映)

美国电影《Hollow Man》(导演保罗·范霍文,中文名《透明人魔》,2000年上映)

电影《百变星君》(导演叶伟民,编剧王晶、叶伟民,1995年上映)

电影《神话》(导演唐季礼,编剧唐季礼、王蕙玲、李海蜀,2005年上映)

电影《囧妈》(导演徐峥,编剧何可可、布鲁鲁夫、何一禾、徐峥,2020年上映)

意大利电影《美丽人生》(导演罗伯托·贝尼尼,编剧文森佐·克拉米、罗伯托·贝尼尼,1997年上映,2020年重映)

电影《唐山大地震》(导演冯小刚,编剧苏小卫,2010年上映)

电影《流浪地球》(导演郭帆,编剧龚格尔、严东旭、郭帆、叶俊策、杨治学、吴荑、叶濡畅,2019年上映)

电影《2012》(导演罗兰·艾默里奇,编剧罗兰·艾默里奇、哈拉德·克卢瑟,2009年上映)

电影《卡萨布兰卡》(导演迈克尔·柯蒂斯,编剧凯西·罗宾逊,1942年上映)

电影《无间道》(导演刘伟强、麦兆辉,编剧庄文强、麦兆辉2002年上映)

电影《窃听风云》(导演麦兆辉、庄文强,编剧麦兆辉、庄文强,2009年上映)

电影《精武门》(导演罗维,编剧李小龙、罗维、倪匡,1972年上映)

电影《阿甘正传》(导演罗伯特·泽米吉斯,编剧瑞克·罗斯、温斯顿·格鲁姆,1993年上映)

电影《滚蛋吧！肿瘤君》（导演韩延，编剧袁媛、张维重，2015年上映）

美国电影《哥斯拉》（导演加里斯·爱德华斯，编剧戴夫·卡拉汉姆、麦克思·鲍伦斯坦、弗兰克·德拉邦特，2014年上映）

美国电影《侏罗纪公园》（导演史蒂文·斯皮尔伯格，编剧迈克尔·克莱顿，大卫·凯普，1993年上映）

美国电影《大白鲨》（导演史蒂文·斯皮尔伯格，编剧彼得·本奇利、卡尔·哥特列布，1975年上映）

黄梅戏电影《天仙配》（1955年上映，石挥导演）

电影《我不是潘金莲》（导演冯小刚，编剧刘震云，2016年上映）

电影《钢的琴》（导演张猛，编剧张猛，2001年上映）

电影《全民目击》（导演非行，编剧非行，2013年上映）

电影《海洋天堂》（导演薛晓路，编剧薛晓路，2010年上映）

电影《妈妈再爱我一次》（导演陈朱煌，编剧陈朱煌、柳松柏，1989年上映）

电影《杀戒》（导演竹卿，编剧刘恒、俞胜利、竹卿，2013年上映）

电影《孙子从美国来》（导演曲江涛，编剧曲江涛，2012年上映）

微电影《幸福的片儿川》（导演王瑛，编剧王瑛，2013年播出）

电影《我的兄弟姐妹》（导演俞钟，编剧陈桐，2001年上映）

伊朗电影《天堂的孩子》（又译《小鞋子》，导演马基德·马基迪，编剧马基德·马基迪，1999年上映）

日本动画电影《萤火虫之墓》（导演高畑勋，原著野坂昭如，1988年上映）

电影《霸王别姬》（导演陈凯歌，编剧李碧华、芦苇，1993年上映）

日本电影《三月的狮子》（导演矢崎仁司，编剧小野幸生，1992年上映）

黄梅戏电影《天仙配》（导演石挥，编剧桑弧，1956年上映）

美国电影《人鬼情未了》（导演杰瑞·扎克，编剧布鲁斯·乔伊·罗宾，1990年上映）

电影《美人鱼》(导演周星驰，编剧周星驰，2016年上映)

电影《集结号》(导演冯小刚，编剧刘恒，2007年上映)

电影《离开雷锋的日子》(导演康宁、雷献禾，编剧王兴东，1996年上映)

电影《中国合伙人》(导演陈可辛，编剧周智勇、张冀、林爱华，2013年上映)

印度电影《三傻大闹宝莱坞》(导演拉库马·希拉尼，编剧乔普拉、拉库马·希拉尼、查腾·白加特、Abhijit Joshi，2011年中国内地上映)

电影《七月与安生》(导演曾国祥，编剧林咏琛、李媛、许伊萌吴楠，2016年上映)

电影《全城高考》(导演钟少雄，编剧赵葆华、李志朴、范从政，2013年上映)

电影《精武英雄》(导演陈嘉上，编剧陈嘉上、叶广俭、林纪陶，1994年上映)

电影《战狼II》(导演吴京，编剧吴京、刘毅、董群、高岩，2017年首映)

电影《邓稼先》(导演王冀邢，编剧钱道远、钱滨，2009年上映)

电影《林则徐》(导演郑君里、岑范，编剧吕宕、叶元，1959年上映)

电影《狼牙山五壮士》(导演史文炽，编剧邢野、孙福田、和谷岩，1958年上映)

电影《红海行动》(导演林超贤，编剧冯骥、陈珠珠、林明杰，2018年上映)

电影《勇敢的心》(导演梅尔·吉布森，编剧兰道尔·华莱士，1995年上映)

电影《忠犬八公》(导演莱塞·霍尔斯道姆，编剧斯蒂芬·林赛、新藤兼人，2009年上映)

美国电影《波普先生的企鹅》(导演马克·S.沃特斯，编剧西恩·安德斯、约翰·莫里斯、Jared Stern、理查德·艾特沃特、弗洛伦斯·艾特沃特，2011年上映)

电影《斗牛》(导演管虎，编剧管虎，2009年上映)

电影《少年派的奇幻漂流》(导演李安，编剧大卫·马戈、扬·马特尔，2012年上映)

电影《我和狗狗的十个约定》(导演本木克英，编剧川口晴、泽本嘉光，2009年上映)

二、电视剧（动画片）

电视剧《你好再见，妈妈！》（柳济元，编剧权慧珠，2020年首播）

电视剧《西游记》（导演杨洁，编剧戴英禄、杨洁、邹忆青，1982—1988年陆续播出，俗称86版《西游记》）

电视剧《西游记后传》（导演李源，编剧钱雁秋，2000年首播）

电视剧《孔子》（导演张新建、刘子云，编剧张辉力、方肇瑞、张营、陈子钊，1990年首播）

电视剧《孔子》（导演韩刚，编剧钟晶晶、隋东，2011年首播）

动画片《孔子》（导演赵先德，编剧曹小卉、李冯，2009年首播）

电视剧《剑仙李白》（导演丁亮、庄伟建，编剧潘怡竹、许淑娴、金岱，1983年首播）

电视剧《焦裕禄》（导演李文岐，编剧何香久、陈新，2012年首播）

电视剧《司马迁》（导演杨洁，编剧柯文辉、朱抗美、陈金沙，1997年首播）

电视剧《蜗居》（导演滕华涛，编剧六六、滕华涛、曹盾，2009年首播）

电视剧《安家》（导演安建，编剧 六六、九枚玉，2020年首播时间）

电视剧《天仙配》（导演吴家骀，编剧熊诚、曾有情，2007年）

电视剧《大宅门》（导演郭宝昌，编剧郭宝昌，2003年首播）

电视剧《红高粱》（导演郑晓龙，编剧赵冬苓、管笑笑、潘耕、巩向东，2014年首播）

电视剧《马向阳下乡记》（导演张永新，编剧谷凯，2014年首播）

电视剧《包青天》（导演梁凯程、孙树培、侯伯威、陈俊良、陈烈、邓育庆、郑少峰、刘立立、王重光、金鳌勋、苏沅峰、李英、刘为义，编剧蔡文杰、陈曼玲、邓育昆、陈文贵，首播时间1993年）

电视剧《名捕震关东》（导演崔凤娟、韩东、王响伟，原著温瑞安，2003年首播）

网剧《白夜追凶》（导演王伟，编剧韩冰，2017年优酷网首播）

韩国电视剧《来自星星的你》[导演张太维（장태유/Chang Tae Wei），编剧朴智恩（박지은/Ji-eun Park），2013年韩国首播]

电视剧《天龙八部》（原著金庸，香港、台湾、内地均出品过作品）

电视剧《康熙王朝》（导演陈家林、刘大印，编剧朱苏进、胡建新，2001年首播）

电视剧《康熙微服私访记》（导演张子恩、张国立，编剧邹静之，1997年首播）

电视剧《甄嬛传》（导演郑晓龙，编剧流潋紫，2011年首播）

电视剧《寻秦记》（原著黄易，导演文伟鸿、林子欣、刘顺安、吴锦源，编剧黄国辉，2001年首播）

电视剧《魔幻手机》[导演余明生、吴国栋，编剧王标（笔名九年），2008年首播]

电视剧《上错花轿嫁对郎》（导演张子恩，编剧童边、阡陌、朴勤、国芳，2001年上映）

电视剧《神雕侠侣》（编导袁英明、刘顺安、冼燕芳、刘国豪、邝锦宏，编剧黄国辉、汤健萍、赵静蓉、陈宝燕，1995年首播）

韩国电视剧《蓝色生死恋》（导演尹锡湖，编剧吴秀妍，2000年首播）

电视剧《士兵突击》（导演康洪雷，编剧兰晓龙，2006年首播）

电视剧《你是我的幸福》（导演姜凯阳，编剧申捷，2011年首播）

电视剧《十八岁的天空》（导演李济昌，编剧王博，2002年首播）

电视剧《射雕英雄传》（导演杜琪峰、刘仕裕、吴一帆、萧显辉、余凯荣，编剧陈翘英、陈丽华、张毅成、何耀宏、张华标、林零，1983年首播）

三、戏剧（小品）

杂剧《赵氏孤儿大报仇》

话剧《赵氏孤儿》（导演林兆华，编剧金海曙）

话剧《赵氏孤儿》（导演田沁鑫，文学策划姚远）

伏尔泰《中国孤儿》

英国皇家莎士比亚剧团(Royal Shakespeare Company)出品的《赵氏孤儿》(导演 Gregory Doran,编剧 James Fenton)

话剧《白鹿原》(导演林兆华,编剧陈忠实、孟冰,2006年首演)

话剧《白鹿原》(导演胡宗琪,编剧孟冰,2016年首演)

舞剧《孔子》(编导孔德辛,2011年首演)

话剧《李白》(导演苏民,编剧郭启宏,1991年首演)

舞剧《李白》(导演韩宝全,编剧江东,2017年首演)

豫剧《焦裕禄》(导演张平,姚金成、何中兴,2011年首演)

音乐剧《焦裕禄》(导演吴楠,编剧妮南,2014年首演)

话剧《焦裕禄》(导演李利宏、李享达,编剧陈鹏、黄河,2017年首演)

话剧《商鞅》(导演陈薪伊,编剧姚远,1996年首演)

话剧《司马迁》(导演任鸣,编剧熊召政,2015年首演)

歌剧《司马迁》(导演查丽芳、陈蔚,编剧张平,2000年首演)

评剧《祥林嫂》(编导胡沙)

越剧《祥林嫂》(编导南薇,1946年首演)

话剧《归》(编导汪晓明、冯传胜、杨超、曹磊,2018年首演)

黄梅戏《徽州女人》(导演陈薪伊、曹其敬,编剧刘云程,1999年首演)

黄梅戏《妹娃要过河》(导演张曼君,编剧宋西庭、周慧,2011年首演)

舞剧《永不消失的电波》(导演:韩真、周莉亚,编剧罗怀臻,2019年首演)

云南花灯剧《小河淌水》(导演卢昂、卢珊、王亦工,编剧黄自廉、盛和煜、卢昂,2000年首演)

民族歌剧《小河淌水》

京剧《大宅门》(导演郭宝昌、李卓群,编剧郭宝昌,2017年首演)

话剧《大宅门》(导演郭宝昌,编剧刘深,2013首演)

舞剧《红高粱》(导演王舸、许锐,编剧咏之,2013年首演)

民族歌剧《马向阳下乡记》(导演黄定山，编剧代路、廉海平，2017年首演)

小品《梦幻家园》(蔡明、郭达、王平主演，2008年央视春晚播出)

小品《要面子》(于洋、朱天福、杜旭东、韩兰成主演，辽宁卫视《欢乐饭米粒》第五季出品)

莎士比亚戏剧《麦克白》

儿童剧《重返侏罗纪》

话剧《暗恋桃花源》(导演赖声川，台湾表演工作坊首演于1986年)

小品《面试》(导演王剑男，编剧王承友、董太锋，央视2012年春晚播出)

话剧《我爱桃花》(导演任鸣，编剧邹静之，2003年首演)

话剧《两只狗的生活意见》(导演孟京辉，编剧孟京辉，2007年首演)

相声《关公战秦琼》(原作张杰尧，侯宝林推广)

独角戏《每一件美妙的小事》(原著邓肯·马克米兰，导演谢帅，中文版编剧陈天然，2016年首演)

古希腊悲剧《俄狄浦斯王》(索福克勒斯编剧)

黄梅戏《女驸马》

悲剧《罗密欧与朱丽叶》(编剧莎士比亚)

越剧《梁山伯与祝英台》

莎士比亚戏剧《奥赛罗》

越剧《西厢记》

四、小说（传说）

小说《白鹿原》(作者：陈忠实)

小说《红楼梦》(作者：曹雪芹)

小说《三国演义》(作者：施耐庵)

小说《水浒传》(作者：罗贯中)

《录鬼簿》（作者：钟嗣成）

公案戏《包待制智赚生金阁》（作者：武汉臣）

童话《海的女儿》（作者：安徒生）

网络微小说《给自己上坟》

小说《活着》（作者：余华）

传说《牛郎织女》

附录二 主要参考文献

厉震林、濮波：《电影编剧九讲》，北京：文化艺术出版社2015年版。

吴丽娜、周倩雯、吕永华：《剧本写作元素联系方法》，北京：中国戏剧出版社2012年版。

顾仲彝：《编剧理论与技巧》，北京：中国戏剧出版社1981年版。

陆军：《编剧理论与技法》，北京：中国戏剧出版社2005年版。

[美]乔治·贝克特：《戏剧技巧》，余上沅译，北京：中国戏剧出版社2004年版。

[美]詹姆斯·斯科特·贝尔：《冲突与悬念：小说创作的要素》，王著定译，北京：中国人民大学出版社2014年版。

[美]拉里·布鲁克斯：《故事工程：掌握成功写作的六大核心技能》，刘在良译，北京：中国人民大学出版社2014年版。

[美]罗伯·托宾：《好剧本如何讲故事》，李子译，北京：中国人民大学出版社2015年版。

[美]威廉·尹迪克：《编剧心理学：在剧本中构建冲突》，井迎兆译，北京：北京联合出版公司2014年版。

[美]杰克·赫弗伦：《作家创意手册》，雷勇、谢彩译，北京：中国人民大学出版社2015年版。

后 记

  但凡有客人进我们家的门，第一句话就是，你们家的书好多啊。我自然也会自嘲又略带骄傲地接一句，我们家也只有书了。

  从入学开始，我是有习惯留书的。只是经历了搬家、升学、毕业和换工作，书或是变卖或是遗失，越来越少。我每次想找哪本书却无处找寻时，总感惆怅。

  2014年，我搬进了现居的陋宅，随我在安庆、滁州、昆明、新余等三省四市奔波的书总算有了归宿。

  为了表示我的歉意和诚意，我把客厅最重要的一面墙留给了大书柜。里面的格子间就成了书们各自的空间。

  随着研究兴趣的增加，书的品类越来越多，哲学、美学、小说、儿童文学、戏剧、电影、诗词等不一而足。书柜也近乎放满。还有几个格子间留给了孩子们。姐弟俩在我的影响下，看书、写字、玩游戏成了他们的每日三部曲。电视、手机等和他们的接触每天不会超过半小时。

  妻子曾问过我，冯老师，何时有你自己的书啊？

  我笑了笑，说，会有的。我想，作为一名高校教师，无论教材、创作集还是论文集，我总会拥有自己的书。

  这一天终于来了。经过多年的积累，书的雏形展现在我的眼前，加以归纳，能作为一个阶段的总结。

  序中，恩师吴戈也提到过，我是农学出身。我高中学理科，2004年高考，我报考的是浙江广播电视高等专科学校（同年该校更名为浙江传媒学院）。时任班主任不知是不看好我的成绩，还是不看好我的文艺细胞，将我的志愿改到了安徽技术师范学院（安徽科技学院的前身）的园林专业。

在安徽科技学院，我专业学得并不好，花草树木不认识几种，CAD、PS、Sketchup 等绘图软件学得是半半拉拉。但骨子里的文艺细胞仍在拼命扩张。我会在深夜爬起，奋笔疾书，把想法写到纸上，然后在学校的文艺晚会上自导自演。大四时，我追随学长考研，报考中国艺术研究院的曲艺专业，是想在读书之余，去北京学说相声。因外语成绩不达标，未能进入复试。后调剂到云南艺术学院，幸遇恩师吴戈，学习中国话剧。怎奈我文学功底实在太浅，加上自己不够刻苦，理论水平始终在末端徘徊。迄今，我也没发表高质量的论文，辜负了恩师的期望。

历史不能重来，我不敢预测当初如果没改志愿，今天会是什么样子。但我敢预测的是，绝对和今天不一样，无论是更好还是更坏。

但我始终觉得我的运气很好。我对我今天的状态充满了感恩。我的专业、兴趣和职业完全匹配，人生大幸。我遇到的领导、同事、同学、友人还有我的学生们都给了我很多的帮助，让我这个半路出家的"编剧"有几个作品能够立于舞台或屏幕，甚至还能出书。

中国戏剧出版社的书，我家里有不少。这次黄艳华编辑能亲自编审我的书，也是我书稿的荣幸。黄老师从书名、框架、内容等方面给了我很多建议。我也想积极响应。怎奈，前期积淀太少，关于编剧技巧，我还提不出新的观点、新的思路、新的方法。于是，我只好忍痛割爱，未能涉及。

我始终把这本书当成一面镜子。镜子的背面是过去的积累。镜子的正面是当下乃至未来的自己。与积累有粘连，但绝不回望。

"断·舍·离"是我当下的信条。我尽可能把一切无关幸福、成长的断掉、舍掉、离掉，好好生活、认真工作、持续学习，从书中获取走向未来的力量。

作者

2020 年 6 月 13 日于合肥福禄园